COLLECTION FOLIO

Pierre Dubois

Comptines assassines

Gallimard

Pierre Dubois est né dans les Ardennes en 1945. C'est au cœur de cette forêt légendaire que, très tôt, il aurait rencontré pour la première fois l'Esprit des lieux et foulé l'herbe enchantée.

Auteur des trois grandes encyclopédies sur les lutins, les fées et les elfes qui l'on fait connaître dans le monde entier, il est également scénariste de bandes dessinées.

Ma tresse restera auprès de vous ;
les fleurs sont « les pensées » :
le myosotis, le bouton-d'or, les petites roses
sont et représentent mon enfance,
pâquerettes pour les plus belles puretés.

MÉLANIE, SASKIA DUBOIS

Le Chat botté

Et le maître chat, tirant aussitôt les cordons, le prit et le tua sans miséricorde.

CHARLES PERRAULT
Le Chat botté

Il était une fois, il n'y a pas si longtemps, en ces lendemains incertains quand les horreurs de la Grande Guerre avaient réduit celles du Grand-Guignol à d'innocentes pitreries de patronage, un tueur d'infirmes.

Il y a des tueurs de pleine lune, des tueurs de filles perdues, des tueurs d'enfants, des tueurs de veuves, des tueurs de dames un peu boulottes, des tueurs de petits épargnants, des tueurs de daims et des tueurs de temps. Celui-ci était tueur d'infirmes.

L'époque n'était pas encore parvenue à l'âge éclairé des criminologues, des profileurs et autres spécialistes pointus du *serial killer* protéiforme, aussi le conte ne s'essayera-t-il point ici à expliquer quoi que ce soit des traumatismes précoces, des mécanismes psycho-patho-parano-schizophréniques qui poussaient déraisonnablement le chat à attendre la nuit, au coin des rues, les bancals, les contrefaits, les bossus, les grabataires, les bancroches, les défavorisés de la nature pour les occire de quelques coups de crocs sur la tête.

On peut affirmer cependant — au risque de décevoir certaines bonnes âmes enclines à la résilience, certains avocats du diable — qu'il n'agissait pas mû par quelque aberrante inspiration mystique et miséricordieuse afin d'abréger le martyre d'une humanité souffrante, mais par pure méchanceté. Torturer un être déjà douloureusement meurtri l'élevait vers ces jouissances extatiques et jubilatoires que seul l'adepte d'une semblable Passion serait en mesure d'apprécier.

Au crépuscule, lorsqu'une indéfinissable impression de petite mort venait embuer les vitres, que la voix cinglante d'un précepteur sadique et claudiquant remontant d'une enfance esseulée scandait en frappant « Ne remets pas au lendemain ce que tu dois faire le jour même », que ses propres ronrons l'étouffaient au fond de ses coussins, Chat sentait l'appel impératif du dehors l'envahir.

Il sortait vêtu de sombre, de cette « cape follette » qu'endossent les Gobelins quand sur les pavés ils se veulent invisibles. Un manteau ou un costume couleur murailles, pierres grises, briques brunes, et aux ombres se confondait, se mouvant le long des trottoirs sans être remarqué, semblable au minet anonyme auquel personne ne prête attention. La nuit tous les chats sont gris. Il fredonnait silencieusement d'un rauque et doux roulement de gorge.

Il chassait par tous les temps, qu'il pleuve, qu'il fasse chaud, qu'il neige, qu'il vente. Chaque saison offrait un charme différent.

Le chat miaulait le long de la gouttière
Le vent soufflait sur sa petite queue légère
J'ai vu, j'ai vu le petit trou de son derrière
J'ai vu, j'ai vu le petit trou de son...

Il appréciait la bruine et l'averse, les toupies dansant dans les rigoles et le halo des lampadaires à travers le crachin, les tourbillons de flocons voltigeant à l'assaut des cheminées fumantes, les parcs aux arbres cristallisés dont les branches en dentelles accueillaient les étoiles. Les maisons somnolentes sous la pesanteur des ciels d'été qui soupiraient leurs rêves de fraîcheur par les fenêtres ouvertes, les bises de novembre à cheval sur les toits, se poursuivant de rue en rue pour se retrouver ivres et échevelées à hurler autour des fontaines comme au sabbat des chats.

Chat chassait.

Par les ruelles chaotiques des banlieues populaires, les corons pouilleux, par les rues tranquilles des quartiers modestes, les avenues bourgeoises, les havres cossus des allées résidentielles où les familles privilégiées ne laissent sortir leurs « ratés » qu'une fois l'obscurité tombée, et par la porte de service. Il chassait certaines fois au hasard « par aventure », au plaisir de la rencontre. D'autres fois il chassait « à l'arrêt », ayant auparavant repéré sa proie.

L'oreille tendue, le souffle tenu, il attendait, épiant le moindre déclic d'une jambe mécanique, le moindre raclement d'un pied bot, le tic-tac d'une canne, le cahot d'un fauteuil roulant, le double pas des béquilles, le petit moteur d'une charrette perfectionnée. Il guettait, tassé sur lui-même, les muscles ramassés prêts à la détente... et bondissait au moment propice, une main plaquée sur la bouche de la victime, l'autre brandissant son arme : une griffe à trois tranchants, lourds et acérés, soudés à un gantelet d'acier qu'il assenait d'abord sur les avant-bras levés par réflexe défensif, puis sur le torse pour lacérer et enfin sur le visage et la tête.

La sensation du fer broyant les os, tranchant les viandes malades et les couinements de souris des ultimes tressaillements lui procuraient un long et voluptueux orgasme dont il allait savourer les derniers spasmes pelotonné dans une cache dérobée, avant de disparaître.

Il s'éclipsait en quelques bonds, glissait par les soupiraux, les venelles, les goulets, sautait les murs, escaladait les toits, se faufilait de gouttière en gouttière, retombait sur ses pattes dans un jardin, se coulait à travers les murs comme à travers une chatière et rentrait chez lui par le grenier ou la cave retrouver ses coussins.

Jamais il n'avait été inquiété, pourchassé, soupçonné... pas même aperçu.

Jamais on n'a vu, vu, vu
Jamais on ne verra, ra, ra
La queue d'une souris, ris, ris
Dans l'oreille d'un chat, chat, chat.

S'il avait toujours été pas vu pas pris, c'est qu'il était né pour la chasse. Naturellement doué. Souple, les sens exacerbés, instinctif, insaisissable, vif, efficace. Le journaliste qui le premier l'avait baptisé de ce surnom ne s'y était pas trompé. Chat était chat jusqu'au bout des moustaches. Gourmet, paresseux, égoïste, il observait les choses avec indifférence, son regard oblique et fauve perdu dans ses jeux de miroir.

Sa maison tarabiscotée, la coupole en gros dos, les fenêtres mi-closes, faussement assoupie derrière les massifs ensauvagés d'un parc enclos de grilles, lui servait de panier. Le dédale des pièces éparpillées dans les étages abandonnés aux souris, aux rosaces lanugineuses des arantelles, à la déambulation morose des locataires défunts moisissait doucement sans qu'il s'en inquiète. Son périmètre se bornait à un salon bibliothèque capitonné de rideaux épais, de tapis moelleux, de deux confortables fauteuils et d'un vieux canapé tiré devant la cheminée qui lui servait de lit. Au fond, une tenture armoriée dont les ors s'écaillaient masquait l'entrée d'une cuisine où, après la chasse, il appréciait de s'attarder à mitonner de savoureux plats de venaisons en sauce, des rôtis, des volailles farcies qu'il arrosait d'honorables château-petrus. Chat mangeait lentement, mâchant chaque bouchée en ronronnant de satisfaction.

Puis, couché devant les flammes ronflantes de l'âtre, il se laissait gagner par un lascif engourdissement tandis que ses bouts de doigts, d'un mouvement régulier dans l'oreiller, en égratignaient la soie.

Cet état léthargique pouvait durer très longtemps. Les bûches tombées en cendres, le vent s'engouffrant par le conduit de la cheminée, le froid le réveillait. Il remontait la couverture pardessus ses oreilles, bâillait et se rendormait. Chat décidait de ne se lever qu'une fois les membres raidis. Il s'étirait longuement, s'en allait dans le bûcher quérir de quoi allumer une nouvelle flambée... puis, les prunelles fascinées par la danse pétillante du feu, les paupières clignotantes, il retournait à ses rêves obscurs.

Il ne sautait sur ses pieds qu'une fois sa provision de songes tarie. Alors Chat adaptait sa griffe au poignet, en aiguisait le fil et, revêtu de son pelage de nuit, sortait, avide...

Avide comme un chat famélique, affamé de souris à éventrer, d'oiseaux à démembrer.

Moustachi Moustacha
Ferma la porte à cause du chat
Moustacha Moustachi
Mais le chat est déjà parti
À la chasse aux petites souris.

Cette nuit-là, incrusté à l'encoignure d'une porte cochère, sous la pluie crépusculaire, Chat attendit longtemps qu'elle sortît. À l'affût, le temps ne comptait plus. Il pouvait rester ainsi concentré une éternité sans qu'un nerf ne tressaille, sans qu'un poil ne bouge, le regard fixé sur la porte qui ne tarderait plus à s'ouvrir. Elle était cependant en retard, cela faisait maintenant plus de vingt minutes que les onze coups de bronze fêlé du clocher de l'église Saint-Géry s'étaient péniblement efforcés de se tracer un chemin de notes grêles à travers le fracas des averses.

Chat écarta l'idée que la peur de se mouiller la retenait chez elle. Cela ne concordait pas avec la personnalité de Mlle Léonce Delgutte. Discrètement Chat s'était renseigné, il connaissait son nom, sa situation, son caractère, ses habitudes. Durant plusieurs années, il l'avait suivie, scruté sur ses traits émaciés les progrès de la maladie. De mois en mois, elle boitait de plus en plus bas et sa toux caverneuse effrayait les corbeaux. Les vestiges d'une beauté passée, son grand regard fiévreux et la volonté qu'elle mettait à combattre, à surpasser les épreuves en s'obligeant à marcher, à respirer, malgré la douleur et les intempéries, avaient convaincu Chat de ne pas la gâcher par une mort trop rapide.

Il l'avait réservée comme un morceau de choix, un fruit à mûrir, mais sa dernière furtive consultation quant à l'état de santé de la demoiselle l'avait averti qu'il était maintenant grand temps d'agir.

Mlle Léonce Delgutte s'imposait chaque nuit pluvieuse, venteuse ou radieuse une même promenade à l'itinéraire inchangé. À onze heures, elle quittait sa grise demeure partagée avec une vieille tante fort pieuse qui entourait sa nièce d'une tendre affection de marraine-fée, et s'engageait dans la petite rue des écoles, vide de tout curieux à cette heure, pour faire le tour du square des Tilleuls. Elle en arpentait les allées désertes jusqu'aux ondines pétrifiées de la fontaine, s'asseyant sur la margelle le temps de reprendre haleine et... cette fois n'en repartirait pas.

Car c'est à ce moment-là que Chat avait prévu d'intervenir. Il jaillirait soudainement des buis taillés. La faible lueur du lampadaire brandi par le triton barbu enchâssé dans son socle éclairerait d'une pâle aura le visage à la beauté dégradée figé par la terreur. Et la griffe tracerait dans la chair les runes en traits majuscules.

Ça se passerait ainsi
Si Mlle Léonce sortait.

L'horloge frappa douze fois ses douze trébuchants échos. La pluie ayant cessé, les cieux lavés, offrant à l'imaginaire des nuées leurs espaces lisses, se peuplaient de formes noires et chimériques croustillées d'argent : des géants ailés, des châteaux-navires, des hydres que la lune, par-dessus les toits luisants, effilochait paresseusement.

Chat attendait, les muscles ankylosés, ses yeux fendus fixés sur la porte toujours close. Il attendit, la griffe rétractée en poche, jusqu'aux premières lucioles frileuses de l'aube, jusqu'à ce que l'arrivée d'un médecin reconnaissable à sa sacoche, bientôt suivi par un prêtre, la pèlerine déployée, lui fasse comprendre qu'une implacable Ennemie voilée était venue à sa barbe et à son nez lui couper sournoisement l'herbe sous les coussinets.

Mlle Léonce Delgutte avait préféré partir anonymement plutôt que glorieusement en dernière victime du chat, sa photo étalée sous les gros titres, à la une des journaux.

Il en cracha de rage, il en feula de dépit et, queue basse, rentra chez lui.

Quand le chat n'est pas là, toutes les souris dansent.
Toutes les danses y compris la plus macabre.

Chat s'en voulait d'avoir trop tardé, de ne pas l'avoir surveillée plus attentivement, d'avoir diagnostiqué à la légère. C'était la première fois qu'une proie lui échappait... et tant qu'à enfiler des chapelets de pensées moroses, il gémit en songeant que les rangs d'éclopés, de gueules cassées revenues du front dans lesquels il avait largement taillé commençaient sérieusement à s'éclaircir. Sans compter qu'une fois le soir tombé, ils n'osaient plus sortir, que les gazettes ne cessaient de les mettre en garde, de leur conseiller de rester chez eux ou de sortir en bandes flanquées d'infirmiers armés. La police patrouillait partout. Une importante association de bonnes œuvres avait également offert pour sa capture une forte récompense...

Peut-être valait-il mieux qu'il quitte la ville le temps de se faire oublier, qu'il abandonne sa tanière pour une autre dans un endroit plus accueillant. De toute façon, le changement d'air le stimulerait et ce ne serait pas la première fois qu'il déménagerait. L'évocation de noms de villes marquées par son passage vint flatter les fonds nébuleux de sa mémoire de souvenirs niçois, lillois, bordelais, lyonnais, strasbourgeois... Il sourit au kaléidoscope d'images de chaises renversées, roues en l'air, de béquilles éparpillées avec un moignon d'homme ou de femme gigotant sous ses coups. Il s'attarda un instant sur cette coquette cul-de-jatte, pomponnée et chapeautée, qu'il avait massacrée derrière les grilles aux entrelacs dorés de la place Stanislas à Nancy, tandis qu'au loin un orgue de Barbarie jouait une rengaine. Il se souvenait du titre de la chanson : *Si vous l'aviez compris....* et de la mélodie.

Il esquissa, en fredonnant, un pas de danse, un ballon d'armagnac à la main : une de perdue, dix de retrouvées !...

Les sept vies d'un chat ne sont jamais compliquées.

Jadis, on leur attribuait une année pour dormir, une année pour jouer, une autre pour manger, la quatrième pour tuer, la cinquième pour s'accoupler, la sixième pour mentir et la dernière pour mourir, mais un pacte conclu avec Maître Cornu leur permit dès lors de tout mélanger à leur guise. Aussi Chat vivait la sienne dans l'insouciance extravagante de ces funambules de rayons de lune que les « chroniques gargantuines» font naître à la minuit du 1er mai à l'instant où graine la Fougère Mère.

Les âmes tourmentées de ces victimes pouvaient huer à ses fenêtres, Chat, occupé à dissiper les extrêmes rogatons de son festin perdu, n'en écoutait rien, uniquement captivé par l'onde ruisselante des flammes moirant les dos fauves, rouges et bruns, frappés d'or, des précieux volumes de contes de fées que recelait l'imposante bibliothèque. Il caressait les cuirs, en lisait d'une voix veloutée les titres : *Le Cabinet des fées, Contes de ma mère l'Oye, La Belle et la Bête, Le Nain jaune, Contes d'un buveur de bière...* Avec précaution, il retirait des rayonnages un Grimm, un Hauff, un Andrew Lang pour les déposer sous la lampe du bureau... et, confortablement lové dans le fauteuil, le nez fripé de plaisir, en tournait religieusement les pages. Mais ce qui allumait sa prunelle, le réjouissait au point de se pourlécher les moustaches de satisfaction, n'était pas les belles images de Doré, de Doyle, de Dulac ou de Rackham, mais d'affreuses coupures de journaux glissées entre les feuillets en guise de signets.

Des collections complètes de coupures de presse relatant ses exploits. Découpées dans de grands quotidiens, des feuilles de chou de province, d'ignobles torchons à sensation... toute sa biogriffue tenait là, illustrée de photos verdâtres, noir et blanc ou sépia.

D'article en article, on apprenait, les cheveux dressés sur la tête, que son passe-temps sanglant ne datait pas d'hier. Qu'il avait commencé très jeune avec des proies faciles comme les chatons font leurs armes sur des portées de souriceaux, des oisillons tombés du nid, lardant en culottes courtes, à l'aide d'un sarcloir de jardinier, un petit paralysé posé sur le gazon d'un sanatorium de La Bourboule.

On apprenait également qu'il chassait sur tous les horizons. Sur tel cliché, on voyait un chasseur alpin, coiffé du vaste béret, désigner un corps prostré sur fond de montagne ; sur un autre un groupe de gendarmes à la moustache copieuse cherchait ses traces au pied d'un terril, ici un inspecteur de police, torse bombé, les pouces glissés dans le gilet, posait auprès d'un suspect menotté que l'on avait dû relâcher à contrecœur, innocenté deux semaines après par un autre meurtre du chat à quatre cents kilomètres de là.

Et puis, surtout, on apprenait que la police piétinait lamentablement, ne possédait aucune piste, ne savait rien du tout. Que Chat demeurait aussi insaisissable qu'un fantôme.

Qui c'est le chat ?
C'est toi le chat ?
C'est pas le chat
Autant jouer à chat perché avec une ombre
Autant donner sa langue au chat

À bon chat, bon rat...
Et tout chat, et tout chat...

Les relectures de son panégyrique mettaient toujours Chat si bien en joie qu'il les faisait à chaque fois suivre d'un petit souper fin aux chandelles et champagne.

D'un coup net de son tranchoir, Chat sépara en deux le pigeonneau vidé et plumé à la cire, jeta l'un des morceaux dans une poêle grésillante, l'autre dans un faitout pour obtenir deux cuissons différentes. L'un serait saisi, doré et encore saignant, et l'autre cocotté. Il ferait caraméliser les petits oignons grelots ensuite et ajouterait les morilles. Une grande flambée claire répondit aussitôt à la rasade de cognac versée généreusement.

Les narines grisées d'arômes, Chat, de quelques entrechats, glissa jusqu'au gramophone placer un disque. Après quelques grésillements d'aiguille, une mélodie nasillarde s'échappa du pavillon. Qui donc encore osait prétendre que les chats n'appréciaient pas la musique ? Quelle méconnaissance de la sensibilité des grippeminauds ! Chat se flattait de l'aimer, surtout les airs un peu vulgaires, qui sentaient la gouttière.

Installé devant la table dressée, nappée de blanc, Chat finissait de saucer en lapant l'assiette sans façon. Il se félicita une nouvelle fois de ses indéniables talents de cuisinier et se porta un toast, faisant rouler lentement sur son palais une capiteuse gorgée de vieux bourgogne. Il y dénicha au travers des saveurs épicées d'heureux relents de chasse, d'humus, de bois humide et de champignons, de cuir tanné, de sang frais et de tripailles.

Sa tête dodelinait : deux bouteilles après le champagne, il avait trop bu.

S'arrachant de la chaise, une dernière bouchée de profiterole glacée au marasquin entre les dents, il tituba vers le canapé, s'y laissa tomber et chavira dans le sommeil.

Chat fit un rêve de prince — que d'aucuns auraient plutôt qualifié de cauchemar, mais tout dépend de quel côté de la rive on se tient — Chat fit un rêve que seuls les ogres des légendes font. Un rêve de Roi Tigre, de Barbe-Bleue... un rêve de contes de fées, de ceux où le loup en ressort victorieux, lorsque le Petit Chaperon rouge disparaît sous ses crocs.

Il se réveilla tard, inspiré, transfiguré. L'Esprit était venu cette nuit se pencher sur son panier pour lui ouvrir le Pays des chasses éternelles.

Depuis le temps que Chat parcourait villes et régions en tous sens, accomplissant en quelque sorte une quête initiatique, un chemin de Compostelle... un tour de France quasi compagnonnique de l'Art de l'assassinat, ne méritait-il pas enfin, après tous ces exploits, d'accéder aux séjours des héros, au Walhalla, à ces îles bienheureuses où le gibier toujours abonde ?

L'Esprit des songes d'un coup d'aile lui avait indiqué la voie.

Une semaine après, Chat, ayant bouclé sa tanière, réglé quelques affaires chez le notaire, prenait, fin prêt, la route de Lourdes.

À présent que le train emporte Chat vers la cité enchantée, il se sent comme un écolier au premier jour des grandes vacances en route pour la plage et ses châteaux de sable. Son cœur bat au rythme des pistons de la locomotive. À l'abri dans son compartiment réservé, il contemple par la vitre s'envoler les paysages, les prés, les champs, les vaches qui les regardent passer, une fille sur une charrette à foin qui fait signe de la main... et toutes ces petites maisons coquettes de gardes-barrières, on dirait des jouets. Il a l'impression de traverser le manuel de géographie de sa petite enfance, mais cette fois son méchant précepteur n'est pas là pour lui cingler la main.

Une crispation de souvenir le ramène à sa

griffe et porte son regard sur le grand sac auprès de la valise hissés dans le filet à bagages. Tout est là. Il a tout prévu.

D'ailleurs les aiguilles de sa montre-gousset lui indiquent que l'heure d'arrivée approche, qu'il est temps qu'il s'apprête, qu'il est temps qu'il se métamorphose, car si Chat l'insaisissable veut le demeurer, il doit jouer serré. Et pour passer inaperçu dans la masse bancroche de son gibier, le plus judicieux c'est de lui ressembler.

De son sac à malice, il sort des bandages dont il se couvre le haut du visage, y dépose un demi-masque de cuir maintenu au front par un cercle d'acier et dont la forme découpée ne laisse apercevoir que la bouche charnue légèrement ombrée d'une fine moustache, la fossette du menton et deux prunelles perçantes taillées d'ambre et d'émeraude.

Tout est là, il a tout prévu, et ce n'est pas tout.

De son sac à malice, il sort encore deux gaines de cuir, deux semblants de cuissardes qui, enfilées, lui maintiennent les jambes raides, en les hérissant d'un assemblage de courroies, de coussinets et d'un bizarre échafaudage métallique qui n'est pas sans rappeler la reproduction « Meccano » du pont de Tancarville. Ce ne sera pas facile de se mouvoir avec de telles attelles, mais sa canne à poignée orthopédique l'y aidera, et puis, s'il veut faire illusion, il n'a pas d'autre choix.

Cette fois, Chat est botté.

La coupe élégante du costume gris, l'avenante silhouette, la taille cambrée, la moustache bouclée et ce fragment de visage qui suggère qu'il fut beau et noble évoquent le drame d'un jeune officier frappé en pleine charge héroïque. Chat, en se mirant derrière son masque, se trouve un petit côté « Nez-de-Cuir, gentilhomme d'amour ». Ces fausses blessures lui serviront d'appâts. Sous le halo du plafonnier, ses prunelles jettent des éclats mordorés : de l'escarboucle que la Vouivre déposait sur la rive des étangs pour attirer sa proie.

Dès que Chat, sur le quai de la gare, pose maladroitement sa botte, aussitôt on lui porte secours et bagages vers un taxi qui l'emporte à destination. Il a pris pension dans un hôtel paisible entre l'hôpital des Sept Douleurs et l'hospice de la Sainte Larme. La suite qu'il occupe se borne à un court vestibule, une chambre et un modeste salon tristement meublé, l'ensemble tapissé d'un papier aussi fané que les pages d'un missel. Flotte dans l'air un vieux relent de poireaux et de soupe à l'éther. Chat a compté sur les murs pas moins de sept crucifix. Il se sent dans la place, l'épiderme électrique, sa griffe cachée sous une pile de chemises dans le tiroir du bas de l'armoire à glace, en attente : mais pas pour longtemps. L'ouïe fine de Chat l'entend à travers le bois gratter aussi discrètement mais fébrilement qu'une souris.

De sa fenêtre surplombant les rues pentues du quartier, il peut contempler l'étendue de son terrain de chasse, suivre l'incessant grouillement de son gibier cahoter dans toutes les directions, se presser au salut, aux soins, au rosaire, à la procession.

Vingt heures, déjà le souper. Chat se rend en hâte au restaurant car l'établissement ne badine pas sur le strict respect des horaires. Le règlement encadré dans le hall d'entrée ne manque pas de le préciser avec fermeté sous l'œil attentif d'une sainte vierge, l'index levé.

Les filles de salle, les serveuses, les soubrettes, les cuisiniers, les marmitons, le chef, les chambrières, le patron ont tous peaufiné leur physionomie : la joviale tirelire hôtelière est ici remplacée par un subtil mélange d'expressions déclinant à la fois la commisération, la douleur partagée et transcendée, l'encouragement, l'espoir. En quelque sorte que le miracle niche aussi dans la marmite... ce que la succincte lecture du menu, par contre, ne confirme pas.

— Alors, les radis pour commencer... soupire Chat, et ensuite le poisson à la nage.

— Nouilles ou purée en accompagnement ?

— Euh... purée.

— Le vin, un quart de carafe ?

— Montrez-moi la carte.

Il y cherche un vin de tête qui compensera la fadeur monacale du souper. Il lui faut un vin de pleine bouche aux arômes sanguins et prolongés, un vin cérémonial de quoi fêter sa première soirée au Pays des chasses éternelles. Chat est au centre du spectacle — tout ici est spectacle — et ce spectacle il va en récrire la trame, en fouiller les coulisses, en modifier la mise en scène.

Euphorique, il découpe son poisson machinalement, tant ses sens se ramifient, fleurissent, explorent cette affluence de victimes innocemment offertes à portée de sa patte. Il les compte, les recompte, à l'unité, en couples, en groupes de dix. Détaille chaque cas, s'essaie à donner un nom à leurs maux. Invente un scénario fatal pour l'un et l'autre, pendant qu'ils soupent, la fourchette malhabile, le geste incontrôlé, crispés dans des poses incongrues ou emprisonnés par l'étau de rébarbatifs appareils.

— S'il vous plaît.

— Merci, monsieur.

Il vient de ramasser la serviette d'une belle dame assise à la table d'à côté.

Hémiplégie partielle, songe-t-il, la jaugeant vivement avant de rendre au mi-sourire de reconnaissance une œillade veloutée de mistigri.

— Merci beaucoup, susurre-t-elle à mi-voix.

Droite en son fauteuil, elle coupe et mange d'une main gracieuse son steak haché persillénouilles. La quarantaine coquette, les cheveux bruns et épais relevés en chignon dégagent un visage agréablement modelé, les pommettes hautes, la bouche pulpeuse, le regard mi-clos. La paralysie s'arrêtant en chemin n'a pas tout emporté, laissant en demi-teinte le long des courbes encore flatteuses une impression de clair-obscur.

Elle a un petit sursaut de repli lorsque la froide jambe mécanique de Chat vient toucher la sienne.

Trop tôt, pense-t-il en voyant les yeux se détourner. Il aurait dû remarquer le petit crucifix d'or étouffé entre les seins trop généreux, l'un dardé, l'autre pas.

La nuit est venue. La nuit est là. Déjà la foule serpente vers la basilique où des multitudes de feux Saint-Elme se lampionnent à la mèche des cierges calicés de carton. Chat botté sur ses bottes, sur sa canne-béquille, se laisse entraîner par le flux des pèlerins bancroches dont les ombres se projettent haut sur les façades illuminées. Saisi par le tourbillon des lumières, les odeurs d'encens et de désinfectant, les remous de tous ces corps pressés les uns contre les autres traversés par une fiévreuse extase mystique, Chat vacille, chavire dans l'embouteillage des civières et des voiturettes. Enivré par les miaulements sans fin des hymnes et des prières, par les chairs égrotantes qu'il touche, palpe, respire... il va, vient, se perd.

Sa griffe n'a pas brillé. Le faste de l'orgie l'a pris au dépourvu, l'a étreint et bouleversé jusqu'à l'orgasme.

Il rentre à l'hôtel bien avant d'avoir épuisé les fastes de la nuit, trahi par l'excès de plaisir. Dernière satisfaction avant de regagner sa chambre, il croise sur le palier la charmante hémiplégique et constate qu'elle lui fait vis-à-vis.

Une fois ses bottes ôtées, il détend ses jambes ankylosées, les articulations nouées, la circulation engourdie par une série d'assouplissements. Il soupire d'aise en libérant son visage des bandages et du masque de cuir qui irritent la peau. Mais l'excitation qu'il vient d'éprouver mérite au moins quelques désagréments.

Chat, couché en rond dans l'édredon, songe que demain il lui faudra maîtriser plus fermement le contrôle de ses instincts. Sans doute est-il encore trop impulsif, trop sensible.

Lune, lune Chattelune pourtant
Le lui répète si souvent...

Et quand le lendemain matin pour déjeuner il descend, le spectacle, au lieu de se désenchanter quelque peu, au contraire s'exalte encore davantage car Chat cette fois les découvre dans la lumière. C'est presque la première fois qu'il en surprend en plein jour et surtout autant... Il y en a tant et tant, et tant de spécimens différents qu'il a envie de passer à l'acte sur-le-champ.

Ils picorent croissants, tartines beurrées à la confiture, grappillent les miettes et avalent du café au lait tout en préparant, avec l'aide de quelques prêtres, les différents chemins de croix de la journée.

— Belle journée. Ce serait dommage de ne pas en profiter ! le hèle du haut du perron l'hôtelier, alors que Chat s'apprête à s'adonner au charme du tourisme religieux.

Il franchit le courant turbulent du gave. « Le gave naît au mont Perdu, tombe dans le cirque de Gavarnie par une cascade de quatre cent cinquante mètres de hauteur, arrose Argelès, Lourdes, Pau, Orthez, et se jette dans l'Adour à Peyrehorade », scande une aigre voix boiteuse que Chat aimerait une fois pour toutes étrangler.

Au-dessus des toits s'éloignent de plus en plus d'autres existences paisibles au creux d'inaccessibles vallées cachées dans les montagnes aspirées par l'horizon.

Le Chat botté, à travers le dédale des rues à boutiques saint-sulpiciennes, n'a pas d'autre choix que s'exercer à marcher avec ses entraves ; il doit s'y habituer car, dans quelque temps, peut-être devra-t-il courir ainsi attelé, fuir, disparaître, s'échapper. Transpirant sous le masque, il s'applique à presser le pas. Un pas, puis deux, puis trois et quatre... un pas, et deux, et trois, puis quatre... Il avance par torsions, tandis que par-dessus, par-dessous, par-devant, par-derrière, des étalages de bondieuseries proposent des œufs à chapelet, des rosaires en coquillages, des cierges de tous calibres, des grottes miraculeuses en carton bouilli imitation rocher, des saintes vierges bouteilles, des saintes vierges sous globe ou dans des boules en verre avec flocons de neige tombant à la moindre secousse, de l'eau bénite, des crucifix phosphorescents, des sacrés-cœurs cendriers, des basiliques baromètres, thermomètres...

— Et ça, qu'est-ce que c'est ? demande-t-il à un marchand rabattant le badaud sur ses dévotes bimbeloteries, la poitrine constellée de médailles pieuses.

— Un mesureur de foi. Voyez-vous, monsieur, c'est une vierge éprouvette : vous lui serrez bien le fondement, là où ça s'évase, et à la température de la main le mercure bénit monte et indique votre ferveur par ces graduations : un peu, beaucoup, passionnément, à la folie... arrivé en haut, l'auréole se met à bouillonner.

— J'en prends un.

— C'est pour offrir ?

— C'est pour offrir.

— Ah, merci, il ne fallait pas, murmure mi-confuse, mi-flattée la belle hémiplégique découvrant le cadeau présenté dans sa corolle de papier gaufré.

— C'est que... je...

Il esquisse sous sa moustache une de ces petites moues peloteuses qu'utilisent les grippeminauds lorsqu'ils veulent minauder...

— Je voulais me faire pardonner pour mon geste déplacé d'hier soir.

L'allusion à la pression du pied sous la table lui empourpre une joue.

— Mais... je n'y avais pas fait attention, ment-elle. J'ai cru à un frôlement involontaire.

— Il n'était pas involontaire, chère madame, insiste-t-il, accentuant l'allusion par une fente assassine du regard... C'est que vous me troublez tant...

Et la laissant là, émue sur son accoudoir, Chat s'efface, certain des émoustillants émois que sa galante estocade a provoqués.

Balançant de la queue
Grignotant des dents
Balançant de la queue
Et grignotant des dents.

Chat sourit de toutes ses dents en dedans. La coquine avait dû être une ensorcelante féline avant sa maladie, rêvasse-t-il, se calant dans les coussins d'un des fauteuils en rotin du salon-véranda pour s'accorder un panatela. Suivant les volutes sinueuses de la fumée bleutée du cigare, il y superpose les courbes de la proie qu'il a ferrée.

La tuerai-je ce soir ?
Chez nous, soyez reine
Nous sommes à vous.
Régnez en souveraine
Chez nous, chez nous...

La sieste indolente sera de courte durée : voilà que, portées par les hymnes et litanies, les foules de Lourdes se déversent dans les rues et devant chaque hôtel, hôpital, hospice, pension de famille, sanatorium, dispensaire, marquent une pose pour appeler aux leurs et grossir encore le flot. Au restaurant, soudainement tout cahote, on finit les crèmes renversées à la hâte, on s'agite sur les fauteuils roulants, à la porte les roues s'engouffrent, se bousculent, se doublent, se coincent, s'éraflent... autour les brancardiers doivent intervenir.

Dans l'avenue, un soleil triomphant rayonne sur les étendards brodés d'or, les croix, les drapeaux déployés qu'arborent les pèlerins de chaque pays, les fanions régionaux, les pancartes paroissiales, ruisselle sur les masques des bandages et des membres tordus. Chat s'y laisse glisser comme dans un tableau de Jérôme Bosch ou de James Ensor. Il a l'impression d'avoir connu semblable cavalcade lors de mascarades en Flandre, en Belgique, au temps du Mardi gras, quand les carnavaleux sortent leurs géants et leurs grotesques de carton, lorsqu'il chassait outre-Quiévrain vers Ypres, Mons, Binche, La Louvière, Ellezelles et qu'il tuait ses victimes au son des flonflons, dans des parfums de frites, de fricandelles et de croustillons.

Mêlant ses Ave aux autres, il entonne oraisons et litanies, poussé par la foule sur la pente gravillonnée du coteau des Espéluges, là où se succèdent les statues « grandeur nature » des douze stations du chemin de croix. À chacune on s'arrête et un prêtre lance une nouvelle grainée de chapelet que l'écho répète et ramène de répons en répons. Ici le Christ tombe pour la première fois... plus loin un légionnaire le relève à coups de fouet, là Marie-Madeleine imprime sur un linge blanc un visage aussi extatique que sanglant... Puis quelques pauses après l'intervention de Simon de Cyrène on accède enfin au sommet hérissé des trois croix. C'est assis sur un rocher en surplomb, où il repose ses jambes en feu, que Chat mesure réellement l'ampleur de son troupeau dans lequel bientôt il va frapper. Chat se sent loup au pays des brebis, se sent chat au pays des souris. Les crocs retroussés, il en poursuit le flot lorsque la marée malade déferle maintenant vers la vallée, vers la basilique et ses coupoles blanches découpées sur les fonds montagneux.

Envahi par la fièvre de la chasse, éperonné par les pointes aiguës de sa griffe qui, dissimulée dans sa poche, lui laboure la cuisse à travers le tissu, il entre dans la mer de voitures, de chariots et lits roulants poussés par des boy-scouts boutonneux, au milieu des infirmières, des soutanes, des religieuses noires. Flottant au-dessus des têtes, quelques virginales cornettes battent de-ci de-là des ailes avec des élégances de cygnes.

Mais l'arrivée d'une autre vague l'entraîne plus loin encore dans l'écume des plaies qui vient s'engouffrer dans l'entrée de la grotte miraculeuse où, perchée sur sa corniche, la sainte azurale auréolée de béquilles s'effare, en son pauvre cœur de plâtre, de voir tant de misères, d'entendre tant de suppliques...

Chat écarte des forêts de bras tendus, des formes agenouillées, prostrées ou extasiées, s'insinue vers les bains où des corps à moitié dévêtus trempent leurs tumeurs.

Ailleurs on s'asperge, on boit à la régalade, on embouteille l'eau de la fontaine sainte. Une voix ecclésiastique s'élève :

— *Seigneur, celui que vous aimez est malade !*

— *Seigneur, si vous le voulez, vous pouvez me guérir !*

Et la ferveur de mille et mille gorges reprend en chœur :

— *Seigneur, dites seulement une parole et je serai guéri !*

Chat, le front enfiévré sous le masque, feule, rugit intérieurement, le souffle haletant, la main crispée sur sa griffe pour ne pas la brandir et frapper. Frapper sans retenue, lacérer dans l'amas de chair pantelante jusqu'à ce que le bras retombe, douloureux, las, rouge de sang, et que son être diverti s'élève légèrement vers les toits... vers ce monde subtil et aérien qui est le sien.

Mais il ne frappera pas. Pas maintenant en plein jour, sous la lumière si brute qu'elle charrie les nuances et transforme le Mystère en vaste guignolade.

Il attendra la nuit et le sacre de l'ombre pour assassiner dans ce décor d'opéra : la basilique illuminée en toile de fond, les flambeaux liturgiques éparpillés sur la scène, les chœurs... et, en guise de lustre, la lune de cristal.

Le reste de l'après-midi se passe à reconnaître le terrain, les endroits écartés, les raccourcis en cas de fuite précipitée, les cachettes possibles et les sentiers discrets regagnant la ville en évitant les endroits fréquentés. Il repère aussi les ruelles, les venelles par où se faufiler pour rentrer à l'hôtel sans être remarqué.

À l'heure de l'apéritif, avant d'aller souper, il s'accorde une pause à la terrasse d'un petit bistrot tranquille loin de l'agitation hyperdulique. L'air du soir lui apporte quelques fraîcheurs parfumées au chèvrefeuille. Les jambes allongées, il se détend en buvant son vin cuit à petites gorgées... pour un peu il se laisserait aller au sommeil si les tintements sévères d'une horloge proche ne venaient pas lui rappeler que le règlement de l'hôtel ne badinait pas avec l'horaire.

Lorsque, traversant la salle à manger, il va s'asseoir sagement à sa place habituelle, la clientèle a déjà attaqué le hors-d'œuvre. À la table voisine, sa charmante hémiplégique est occupée à mâcher son demi-melon, le regard mouillé d'on ne sait quel plaisir.

— Bonsoir.

— Bonsoir.

Ils s'échangent un bonsoir voilé d'une intonation complice et Chat note que la dame a troqué sa robe demi-saison pour une tenue plus estivale et échancrée. Le crucifix a disparu du décolleté hâlé par le soleil de la belle journée. Son charme félin a certainement commencé à ouvrir une brèche dans le rempart de convenance de la mâtine. Chat se dit qu'il ne doit pas cette fois commettre la même erreur qu'avec la regrettée Léonce Delgutte mais profiter de la moindre défaillance de la proie qu'il convoite pour forcer ses dernières défenses et investir la place.

Il va lui proposer de l'emmener à la procession nocturne, il poussera sa voiturette tout là-haut voir la basilique illuminée : le spectacle est impressionnant, bouleversant... Ensuite ils pourraient continuer la promenade au clair de lune... et revenir à l'hôtel en amoureux.

Lune, lune, coquelune,
Prête-moi tes souliers gris
Pour aller en Paradis.

Chat sait d'avance où et quand il la tuera. Sous les sombres tilleuls d'un jardin suspendu au-dessus du gave qu'il a repéré tout à l'heure. Ensuite, d'une simple poussée il pourra jeter cadavre et véhicule dans l'eau.

Elle ne recule plus lorsque Chat, sous la nappe, vient presser sa jambe contre la sienne.

— Êtes-vous libre ce soir ?

— Merci, mais je suis si lasse ! Cette journée m'a beaucoup fatiguée... et puis que dirait-on de nous ?

D'un mouvement discret, elle désigne le parterre de dévotes et dévots qui, une main agrippée à la fourchette, l'autre au chapelet, lorgnent en coin avec désapprobation.

— Nos chambres se font face, c'est un signe, ronronne Chat. Venez me rejoindre et nous irons rêver sous les étoiles. Vous me troublez, vous me troublez tant !

Mais la bougresse n'était point venue cogner à l'huis. Longtemps il l'avait attendue, l'oreille collée contre la porte, attentif à l'imperceptible glissement de roues sur le tapis du couloir. En vain. La traîtresse qu'il croyait si malignement ferrée l'avait avec morgue dédaignée. À moins qu'effrayée par ses luxurieux élans, elle était à cette heure occupée à les refréner par des prières et le port du cilice, voire en s'infligeant le martinet.

Qu'importe, le gibier est illimité et Chat se sent prêt à passer à l'acte. Il ne peut plus attendre. L'échine hérissée, tout son être se réclame à la lune, à la chasse, au jeu sanglant.

Il assure une dernière fois les courroies de son masque et de ses cliquetantes cuissardes, avant de vérifier les lames recourbées de sa griffe aux fils aussi tranchants que des rasoirs dont il fait miroiter les reflets sous la lumière crue de la salle de bains.

Une fois ainsi masqué, botté, ganté, il a envie de lacérer.

Claudiquant d'un pas béquillard, il descend rejoindre les groupes qui des rues convergent vers l'avenue où l'encadrement religieux et médical les rassemble pour les mener vers l'Espérance.

On avance lentement mené par le mouvement et l'attraction d'une aura lointaine posée sur les cieux comme si s'ouvraient au firmament les portes du Paradis. Devant l'interminable procession s'écartent deux larges allées montant à l'immense esplanade où luciolent des milliers de tremblotantes flammèches, cierges, flambeaux et photophores. La nuit scintille d'étoiles, de luminaires, d'éclats chromés des fauteuils roulants, des civières à miroirs, des prothèses que dominent les pièces montées des églises superposées resplendissantes de blancheur chantilly.

Le chat est en chasse. Les narines dilatées, il renifle la buée suffocante planant sur le gibier ; il en suit le mouvement, les entrailles tenaillées d'une faim féline. Les sens en alerte, la griffe prête à jaillir... Il sait qu'il va bientôt frapper, repérer et sélectionner plusieurs victimes parmi les plus faibles à saisir, à écarter du troupeau... choisir à coup sûr celle qu'il va capturer... et abattre.

Il va et vient entre les groupes, agité par une transe telle qu'il en oublie la douleur de ses jambes mordues par le fer des attelles. Pourtant il clopine, agité de si pitoyables sursauts qu'une jeune infirmière bénévole, émue par ses efforts, se précipite vers lui et lui offre son épaule pour l'aider à se déplacer.

Derrière les fentes de son masque, Chat, déconcerté, détaille la frêle silhouette, la blondeur toute vaporeuse sous le voile de l'angélique apparition.

Vierge, notre espérance,
Étends vers nous ton bras

Sauve, sauve la France
Ne l'abandonne pas...

D'une voix d'une fraîcheur et d'une pureté rédemptrices, l'enfant de Marie invite Chat à reprendre le refrain.

Ne l'abandonne pas
Ne l'abandonne pas...

Désarçonné par ce sourire sanctifié par tous les lys des reposoirs, il se laisse guider, appuyé contre la rondeur adolescente qui renfle timidement l'étoffe aseptisée du blanc tablier. Quel âge peut-elle avoir ? Dix-sept ans, dix-huit ans ? compte Chat, évaluant d'une patte discrète les humbles attraits de la fée d'infirmerie. Tandis que le flot humain les presse et les bouscule, les jette l'un contre l'autre, Chat se sent soudainement envahi par une intuition qu'il connaît bien. C'est d'abord un frisson dans l'air, une odeur particulière. L'instinct.

Un mouvement contraire de la marée les a rejetés hors de la masse dans l'ombre d'une rangée d'acacias, à l'abri d'une haie de troènes. Chat s'est arrêté comme pour reprendre haleine. Il a très mal aux genoux, souffle-t-il, et il désigne un banc proche. Très haut, la lune luit et se reflète dans les prunelles de la nymphe de chapelle... La nuit les a engloutis...

Pauvre petite souris blessée, qui est venue innocemment se jeter entre les pattes du chat !

Brusquement, elle se sent alors agrippée, enserrée. Sa blouse déchirée découvre deux petits seins blancs sous lesquels se cuirasse un corset de cuir, bardé de métal.

Chat miaule et feule triomphalement : son instinct ne l'avait pas trompé, c'est bien ce harnais qu'il avait deviné lorsqu'elle était pressée contre lui.

Pauvre proie qui pousse un cri, un petit cri tout gris de souris, qui cache son tronc grêle harnaché du roide pansement... Des larmes lui engluent les yeux où se noient les rayons de lune.

— Mon dos ! Mon dos ! gémit-elle, saisie par le chat.

Il déchire toujours et dénude un ventre tout plat, tout pâle, enserré de sangles. Elle tombe, le voile défait comme une aile blanche brisée, s'effondre à quatre pattes et essaye de ramper sous le banc. Il tire sur une jambe. Les cuisses gainées de bas s'écorchent aux cailloux. De l'autre côté de la nuit la procession continue à chanter, à tenter l'ascension d'un mirage entrouvert.

Seigneur, faites que je voie !
Seigneur, faites que j'entende !
Seigneur, faites que je marche !

Il arrache les jarretelles. Son genou lui ploie les reins en arrière... l'immobilise.

— Mon dos ! Mon dos !

Brutalement il l'a retournée, regarde le corps souillé de terre et le corset, la bouche suppliante, les paupières closes, les joues luisantes et le corset orthopédique.

La griffe brandie dans les ténèbres n'a jamais autant brillé.

Chat rentre en catimini feutre-feutre, aussi silencieux qu'une ombre chaussée de pantoufles de brume, voilé de sa cape follette. Si, par un irréprochable hasard, il tombe sur le patron qui, à cette heure tardive, doit additionner ses recettes au fond de son bureau, il dira qu'il a eu un malaise pendant la procession. Personne dehors n'a rien vu, n'a rien entendu. La nuit tous les chats sont gris.

L'épais tapis laineux du palier étouffe ses pas. Doucement, il ouvre sa porte que prudemment il n'avait pas fermée à clef, évitant ainsi le moindre déclic, et se coule dedans le havre frais de son couloir... de son abri. Après la chasse, le goût du sang sur la langue, il aspire au repos, à la langueur, au rêve.

Ses derniers spasmes de satisfactions assassines, il les a laissés dériver le long des rigoles, se fondre dans les noires fissures sur le chemin du retour. La chasse est terminée. De sa faim nocturne il ne reste plus rien que quelques gouttes de sang sur sa griffe et l'amidon de ses manchettes.

Chat est tout simplement fatigué. Devant la glace du lavabo il soupire d'aise en se débarrassant de son masque et ses bandages, en rafraîchissant d'eau claire le haut de son visage irrité. Assis sur le bidet, il ronronne d'aise en libérant ses jambes torturées par le pénible mécanisme d'acier. Il frotte ses cuisses, ses mollets pour en activer la circulation, sautille et fait pianoter ses orteils en feu sur le carrelage glacé.

C'est en chantonnant les paroles d'une comptine incongrûment ânonnée sur un air religieux qu'il gagne sa chambre et que sur ses lèvres meurt la serinette.

Il a, d'un seul coup d'œil, tout de suite repéré le fauteuil roulant figé dans un coin et sur le lit, allongée dans le halo doré de la lampe de chevet... la dodue hémiplégique, demi-nue, qui l'attend.

— Je suis venue effacer votre trouble, votre si grand trouble, promet-elle, d'une bouche gourmande... Vous avez mis bien longtemps.

Et puis son regard s'agrandit, détaille le front lisse de Chat, se pose sur ses jambes droites et agiles... s'étonne... rayonne.

— Mais... mais... la procession ! Vous, vous

êtes guéri... c'est miraculeux. Mon Dieu. Miracle !

Et son regard s'illumine. Miracle !... Miracle ! tandis que sa voix retentit comme un magnificat à travers les étages.

Chat, au débotté, se rue sur elle pour la bâillonner, cherche sa griffe pour la faire taire, mais déjà des portes s'ouvrent, claquent. On se bouscule, des silhouettes en pyjama, en chemise de nuit s'encadrent sur le seuil. Le patron, en bas, téléphone à l'évêché, appelle les journalistes, les photographes, la presse écrite, parlée, la police et tous les saints du Paradis.

— De quoi êtes-vous guéri ?

— Et ces jambières, c'est à vous ?

— Et cette griffe avec du sang, qu'est-ce ? demande-t-on au chat qui rêve de s'échapper par un trou de souris.

Croquemitaine

À Jean-Pierre Croquet, grand chasseur de fantômes et d'assassins en chambres closes.

Qu'y a-t-il dans la hotte du croquemitaine ?
Sept agnelets aux cheveux bouclés
Sept chevreaux en robes plissées
Trois gouttes de sang sur leurs souliers
Un, deux, trois, j'te coupe le nez !

Comptine

1

SPLEEN ET SPLEEN ET COLÉGRAM

Il pleut, il mouille
C'est la fête à la grenouille...

chantonnait Sherlock Holmes en accompagnant sur les cordes du violon les pizzicati des gouttes de pluie contre les vitres d'un petit cottage perdu sur les Downs du Sussex enchifrené d'automne. Saison grise, pensées grises.

Il était une fois un roi qui s'ennuyait, un roi des détectives dont la couronne ternissait. Parfois, lorsque sa mémoire régressait dans le temps, il la laissait dangereusement s'éloigner jusqu'aux trompe-l'œil de l'enfance, au bord de la mare aux comptines, aux *nursery rhymes*... et la cocaïne à sept pour cent n'y était pour rien.

Novembre diluait les verdures de la haie, détroussait un à un les hauts charmes et les hêtres que les génies d'octobre avaient un instant illuminés d'une illusion d'âge d'or. Le vent éparpillait les jonchées comme le temps emportait les feuillets de ses enquêtes passées. Il soupirait dans sa pipe les fumées des jours déclinants et de ses longs doigts secs en chassait les cendreux vestiges.

Dodo l'enfant do, l'araignée Gipsy, loupant une pirouette, dégringola de la gouttière dans la noble barbe d'Old King Cole.

> « *Hickory, Dickory, Dock*
> *The mouse ran up the clock.* »

Les échos des rimes chantées par sa grand-mère française, mêlés aux fabulettes que lui récitait son grand frère Mycroft, annonçaient toujours une longue période de langueur, voire de déréliction. La girouette piquée sur le pignon du toit de chaume virait au *fog*, à la dépression, aux cauchemars. Bientôt le pauvre chien d'Old Mother Hubbard se transformerait en chien des Baskerville hurlant sur la lande du Dartmoor... et Holmes arracherait des hantises aux cordes du violon avant de se momifier dans les replis de sa robe de chambre.

Déjà à l'époque heureuse des premiers émerveillements, quand l'âme en se défroissant d'émotion en émotion s'abandonne aux imaginaires, le jeune Sherlock n'avait jamais voulu se laisser troubler par les sortilèges des fées, des elfes et Gobelins. « Les fées n'existent pas, pas plus que les sorcières, pas plus que les Dragons », déclarait-il, préférant emprunter à la bibliothèque d'austères encyclopédies sans images plutôt que les délicieuses féeries si malicieusement illustrées par Richard Doyle. Dédaignant *Le Roi de la Rivière d'or* de Ruskin, ou le poétique *Goblin Market* de Rossetti, il choisissait de s'absorber avec grand sérieux dans le *Juris inter gentes* de Richard Zouche, imprimé en caractères gothiques, ou l'*Annuaire des chemins de fer.* De la même façon que durant la période de Noël, lorsque la nurse ou ses parents l'entraînaient au théâtre admirer les faramineux spectacles de pantomimes, loin de partager le ravissement naïf de ses petits camarades, derrière les apparitions des Dragons crachant des feux de Bengale, les interventions fantasmagoriques de Reines de Féerie faisant de leurs baguettes sortir des châteaux papillons, il se concentrait à deviner la machinerie des illusions ; scrutait les coulisses, les trappes, cherchait les jeux de miroir et les ficelles qui, des cintres, actionnaient les envols des actrices ailées. Et quand certains soirs de veillée, sur un drap blanc tendu contre un mur du salon, on improvisait une projection de lanterne magique, c'était le fonctionnement de l'appareil qui l'intéressait davantage que les billevesées aux couleurs criardes dansotant sur l'écran.

— C'est bien, il a la tête sur les épaules ! appréciait son père.

— Ce n'est pas bon qu'un enfant n'ait pas des rêves d'enfant, se désolait sa mère. Les fées tissent les destins, il n'est pas sage de l'oublier, un jour ou l'autre elles le rappellent. Mais peut-être en a-t-il peur !...

De l'autre côté du miroir, en ce Royaume de Féerie où les eaux sont si limpides, les cieux si bleus, les princesses si charmantes, il suffit du passage d'un sombre nuage pour que le paysage se mette à grimacer. Du buisson étoile d'églantines, un croquemitaine surgit, tout au fond du jardin, couteau à la main, sous le feuillage sournoisement obscurci.

Chimères et sorcières
Cornes et licornes !

Le loup sort du bois, Dame Tartine se change en Carabosse, l'arbre s'ébouriffe, se ride et s'engriffe. Entre les frémissements vénéneux des champignons blêmes, une foultitude têtarde et crapoussine glapit, grince des crocs, s'agite : Fuaths cropignotants, Aspiols crochus, Alp luachra, spunkies, marantules, Trows, suçoirs et taroirs... Le veneur noir est passé ; dans la chaumine, les gnomes ont enlevé le bébé du berceau.

Cela faisait bien longtemps, maintenant, au temps longtemps de ses souvenirs les plus refoulés, oubliés, que Holmes avait rencontré le Maître de l'Obscur.

« Fiddle-De-Dee, fiddle-de-dee,
The Fly shall marry the humble bee... »

« Pussy-cat, pussy-cat, where have you been ?
I've been up to London to look at the queen... »

Roudoudou n'a pas de femme
Il en fait une avec sa canne
Il l'habille en feuilles de chou
Voici la femme à Roudoudou...

C'étaient ces bribes de comptines chiffonnées, déchirées, que lui récitaient jadis sa grand-mère française et son grand frère Mycroft, de sept ans plus âgé, qui à chaque fois le ramenaient à l'épouvantable face-à-face. Il y a de laids souvenirs qui ressemblent à l'illustration hideuse : la sorcière de Blanche-Neige, le cyclope de l'*Odyssée*, tapis entre deux pages et que l'enfant saute avec appréhension en feuilletant le livre, alors qu'un trouble insidieux le presse à y jeter un furtif coup d'œil. Un regard d'un instant pour un interminable cauchemar.

Sur la cheminée, la pendule tintait en mélangeant les heures d'un présent imparfait, d'un passé si peu simple, effeuillant les minutes et les pages comme pour inviter Holmes à y retrouver l'image d'un souvenir écœurant.

Enfouie dans le haut dossier du fauteuil, dont le cuir fatigué, effleuré par le mouvement des flammes de la salamandre, luisait vaguement dans la pénombre, sa tête décharnée creusée jusqu'à l'os oscilla en avant, projetant sur les reliures fauves de la bibliothèque une caricature de profil en croissant de lune, au crâne exagérément bombé, embué sur l'arrière d'une épaisse chevelure en queue de comète. Le profil tout en bec perché dans le vide eut alors l'air de picorer de-ci de-là l'espace, à la recherche des pièces dispersées d'un puzzle découpé à même les années de jeunesse ; picorant, piquetant, happant, assemblant des cris heureux, des saveurs de groseilles, des couleurs de rubans, les graviers d'une allée, des culbutes dans le gazon. Tout avait si bien commencé en cette belle journée d'été !

C'était en France, au cœur d'une riante campagne pleine de blés dorés, de meules de foin, de verts chemins creux où roulaient en cahotant de grosses charrettes de moissons emplies de jeunes filles belles et brunes qui hélaient les petits Anglais en gloussant. Leur grand-mère qui ne savait que faire pour les amuser les avait emmenés chez son frère, leur vieux grand-oncle Horace dont l'allure et la grandiloquence les fascinaient. Horace Vernet était peintre, peintre militaire comme déjà l'avait été son père Carle Vernet. La grande maison familiale entourée d'un parc envahi d'arbres et de taillis regorgeait de trésors, de dédales d'escaliers, d'ateliers, de recoins et de murs incendiés d'immenses scènes de batailles. Des soldats de tous poils, chapeautés, casqués, empanachés, sous les drapeaux déployés, affrontaient la mitraille en lignes ou en vrac, en pelotons, en escadrons. Fantassins, hussards, canonniers, mousquetaires croisaient le fer dans des poses théâtrales au milieu des fumées et des chevaux cabrés. Des heures durant, Sherlock et Mycroft pouvaient rester immobiles, à contempler tel ou tel tableau, à observer les détails d'un uniforme, à commenter à voix basse une scène particulièrement tragique jusqu'à ce que, inspirés par tant de tumultueuses bravades, ils se mettent à se poursuivre l'un l'autre en criant des « En garde ! » en français. Partout sur les meubles, dans les placards, remisé au grenier ou déployé en panoplie, il y avait de quoi s'armer et s'harnacher. Épées, sabres droits ou courbés, cimeterres, rapières, dagues et pistolets, ils pouvaient ferrailler. Casques de Dragons, tricornes, képis, heaumes, morions, bonnets de grenadier, dolmans, casaques, cuirasses, ils pouvaient se coiffer, se vêtir et ainsi guerroyer jusqu'à ce que Grand-mère vienne interrompre les hostilités. « Arrêtez ! Arrêtez, malheureux, vous allez vous blesser ! Et c'est l'heure du goûter ! » : de grandes tartines à la mie dense et surette tranchées dans d'énormes pains bruns et ronds, du fromage imprégné d'odeurs d'étable, du saucisson à l'ail et des brioches aux grattons, nourriture sauvagement excentrique qui les changeait des toasts au concombre, des muffins grillés, et leur donnait l'impression de ripailler comme des cadets de Gascogne.

Cette fois-là, en compagnie de deux garçons du voisinage et de leurs cousines, ils avaient passé toute la journée à épuiser tous les jeux jusqu'à leur dernier pétillement... Après les balançoires, le croquet, le ballon, le cerceau, colin-maillard, la course au mouchoir, les sauts à la corde, ils s'étaient maquillés, déguisés en princesses et chevaliers de la Table ronde affrontant félons, monstres et Dragons. Puis les lumières déclinantes du soir les ayant rassemblés, essoufflés, les joues vermeilles, autour du perron, Mycroft avait décidé une partie de cache-cache. Il serait le loup... et toutes les proies devaient s'éparpiller et ne plus bouger de leur tanière dès qu'il aurait compté cent !

Promenons-nous dans les bois
Pendant que le loup n'y est pas
Si le loup y était, il nous mangerait !...

En poussant des cris, ils s'étaient enfuis...

Le cœur battant, Sherlock, repoussé de plusieurs recoins déjà occupés, s'était alors réfugié dans la maison en s'élançant dans le labyrinthe des étroits couloirs à la recherche d'un dessous d'escalier, d'un placard.

Au-delà du seuil, il entendait les « soixante-dix-huit, soixante-dix-neuf, quatre-vingts » avec une intonation menaçante au bout du vingt... et, disséminés au fond des angles renfrognés, des chapelets de chuchotis étouffés.

« Quatre-vingt-sept, quatre-vingt-huit, quatre-vingt-neuf, quatre-vingt-dix !... », une vibration prolongeant le silence suspendu... « Quatre-vingt-onze, quatre-vingt-douze. » Tout au bout du corridor, une porte en cul-de-sac. La poignée de porcelaine avait glissé entre ses doigts, la clenche avait grincé et il s'était engouffré comme poussé dans le dos par le souffle d'un diable, attiré dans un puits d'ombres froides chargé d'écœurantes odeurs d'huile et d'essence de térébenthine qui prenaient à la gorge, il était resté pétrifié, les cheveux dressés sur la tête : hypnotisé par le regard de feu d'un spectre qu'un trait de lueur crépusculaire éclairait de pleine face... Un fantôme hideux hantait l'atelier du grand-oncle. Derrière lui, la porte se referma brutalement, les enfermant tous les deux.

On l'avait enfin retrouvé, tremblant d'effroi et de fièvre, prostré au pied d'une toile posée sur un chevalet.

La Ballade de Lénore ou Les morts vont vite. Ce n'était qu'un tableau peint par l'oncle Émile Horace il y avait quelques années et remisé là en attente d'une retouche de glacis, mais pour le jeune garçon ce fut sa première rencontre avec le Mal absolu... Le chasseur des ténèbres errant dans l'ombre à la recherche d'une proie, le Bogey Man, le croquemitaine.

Il se souvenait de l'atelier aussi humide et froid qu'un caveau et de ce grand épouvantail qui en surgissait, revêtu d'une armure luisante et noire, monté sur un cheval noir à la crinière hérissée, et dont les yeux, les naseaux, les sabots lançaient du feu. Son gantelet de fer tenait enfermé le poignet d'une jeune fille, enlevée dans sa course sauvage et maintenue en croupe, l'épaule dénudée, la chevelure dénouée. En se débattant, elle avait relevé la visière du heaume de son ravisseur et ce qui s'en révélait l'emplissait de terreur. C'était le visage d'un fantôme : un crâne grimaçant aux orbites éclairées par les braises de l'enfer.

Déchirant la nuit, le veneur maudit bondissait par-dessus un gisant de pierre et conduisait la pauvre Lénore au royaume de l'abîme.

Dans l'âtre, la dernière bûche n'était plus que poussière. Holmes frissonna parce qu'il faisait froid parmi les ombres du salon et plus froid encore parmi les ombres de ses souvenirs. Hugo de Baskerville, Moriarty, Jack l'Éventreur, combien de fois avait-il croisé les sanglants héritiers du sombre chasseur, tout au long de sa longue carrière. Une carrière peut-être inachevée...

... Le croquemitaine...

Au-delà des collines, la mer chantonnait une morne berceuse. Au bord du sommeil, recroquevillé dans la coquille de noix de son fauteuil voguant sur les vagues de brume, Holmes eut l'impression d'entendre le lointain galop d'un cheval errer sur la lande.

2

SATURDAY, SUNDAY, MONDAY, TUESDAY, WEDNESDAY, THURSDAY, FRIDAY, SATURDAY...

Samedi extirpa Holmes d'un sommeil fait de bric et de broc : d'escaliers pleins d'étages, de chambres, de galeries, d'enfilades de greniers peuplés de fuyantes souris. Leurs poches trouées grêlaient sur les planchers des giboulées de dents de lait. S'y croisaient également, flottant sous les poutres ou collées à des lambeaux de tapisseries flasques, des silhouettes d'hommes dansants, de noirs harponneurs, d'un nain hydrocéphale, de pantins aux tignasses rouquines... des visages de Sikhs pâles, très pâles, de spectres à la lèvre tordue.

L'aube les chassait, le crépuscule les ramenait, la cocaïne à sept pour cent n'y faisait rien.

De ces nébuleuses marées, une vague, toujours la même, le transportait à chaque fois derrière la fenêtre d'un taudis de Miller's Court découpé comme un décor de théâtre à hauteur d'un des nombreux paliers. Figé devant les éclats de la vitre brisée, il assistait impuissant au fiévreux dépeçage d'une femme chantant *Sweet Violet* à tue-tête, alors qu'une grenouille en habit de soirée — frac et claque. Heigho ! l'éviscérait.

Heigho ! la dépiautait de la tête aux pieds !... Heigho ! son sang dans le ruisseau !

Il se réveillait, hagard, recroquevillé sous les ailes feutrées du fauteuil, où le marchand de sable « Ole-Ferme-l'œil » l'y avait surpris dérivant sur un soupir.

— Vous avez une fois de plus oublié le chemin de votre chambre, Mr Holmes ! le gourmandait affectueusement la placide Elsie Marley à qui la dévouée et regrettée Martha Hudson avait sur son lit de mort légué solennellement sa charge de gouvernante.

Problème fort délicat à résoudre face à un choix de paysannes rustaudes, de corneilles de chapelles et de poulettes délurées. Jaugée, jugée, soupesée, empaquetée, cette brave veuve de « botaniste, artificier amateur » affirmait un caractère suffisamment trempé pour la remplacer.

Non, les coups de feu tirés dans un salon en plein après-midi ne la dérangeaient pas, ni les alambics et cornues qui éclatent en répandant partout d'affreuses odeurs.

Miss Hudson pouvait enfin quitter notre vallée de larmes et monter au ciel prendre sa place parmi les anges, la conscience en paix.

— Ce n'est pas une saine position pour dormir, ça ankylose le dos et condense les humeurs gazeuses sur le foie ! commentait Mrs Marley aussi ronde qu'une théière en préparant le breakfast.

Cependant, l'excentrique escogriffe qui l'observait d'un œil absent savait-il seulement qu'il avait changé de logeuse ? Les odeurs de bacon et d'œufs frits lui rappelaient Baker Street. Mais il n'entendait plus au-dehors le brouhaha des foules pressées, les appels des marchands ambulants et des crieurs de journaux, l'orgue du coin de la rue et le trot alerte des cabs.

Watson rasé de frais, la moustache taillée, dépliait sa serviette et commentait les gros titres du *Times* avec autant de vigueur qu'il attaquait son assiette de rognons.

— Vous avez omis, Watson, de me signaler ce long détour par l'excellente pâtisserie de Grosvenor Square, alors que vous m'annonciez hier courir chez Rowley and Rowley réapprovisionner votre réserve de tabac !

— ...

— Le Speech House Pudding est-il toujours aussi savoureux ? Car c'est bien un Speech House Pudding que l'on vous y a servi ?...

— Holmes ! Comment diable ?!... rougissait le bon Watson. Il est impossible que vous ayez pu m'y voir puisque...

— Je bouclais effectivement, ici même, le dossier Norwood. Simples déductions, mon cher, simples déductions.

Et, méthodiquement, un vague sourire ironique retroussant une lèvre, il détaillait sur le soulier une trace de boue provenant de travaux en cours sur North Audley Street, une tache minuscule de Brandy Butter Sauce près d'un bouton de manchette et, bien entendu — preuve accablante —, l'absence du précieux mélange d'Arcadie dans la tabatière négligée sur la cheminée.

— Époustouflant !

— Élémentaire, mon cher. En revanche, si vos poumons ne craignent point mon Black Special, n'hésitez pas à vous servir, ma babouche en est copieusement garnie.

Au début de son installation sur les collines reculées des Downs, Holmes, quelque peu désœuvré, s'était amicalement amusé à ces jeux d'observations faciles auprès des rares autochtones du voisinage, jusqu'à ce que le pasteur d'Alfriston — le plus proche village — vienne un soir le prier timidement de bien vouloir cesser ses brillants exercices aux dépens des braves mais frustes paysans dont il avait charge d'âmes, car, avait-il balbutié, si lui, fidèle lecteur du *Strand Magazine*, admirait sans retenue les exploits du grand homme et son exceptionnelle intelligence, il en allait autrement avec les paroissiens superstitieux « qui ne faisaient pas la part des choses » et confondaient son sens aigu de la logique, ses facultés intellectuelles avec certains dons divinatoires acquis des mauvais esprits et de la sorcellerie.

L'affaire du chien de Dartmoor traînait encore dans les mémoires et certains murmuraient que depuis son arrivée dans le pays, on entendait le long des falaises un molosse hurler à la mort.

Holmes s'était alors exilé plus encore dans la compagnie des abeilles.

Dimanche. Qu'avait-il fait dimanche ?

Demain c'est dimanche
À la maison blanche
Ma tante, elle balaie, elle trouve une orange
Elle l'épluche, elle la mange
Oh, la petite gourmande !

Il avait entendu le carillon des cloches appeler les bonnes gens à l'office et s'était rendu jusque-là en suivant le sinueux raidillon abrité du vent par des haies épaisses, tressées d'aubépines et de ronces barbelées. Sans entrer dans l'église, debout, appuyé contre une vieille pierre tombale sous la tour carrée tapissée de lierre toujours vert, il avait écouté les chants religieux monter leurs fervents messages vers les cieux dubitatifs. Parmi les chœurs se détachait une voix claire et fraîche comme un fil d'or, ouvrant dans la grisaille un rayon de lumière que bientôt la mue allait rompre en chemin, à moins qu'elle se faufile et demeure hors du temps, pensa Holmes.

Dispersés autour des créneaux, une bande de choucas à tête noire en se disputant glosaient, chicanaient le prêche du pasteur. Le long du muret, sur le sentier obscurci par les masses noires des cyprès, un merle furetait entre les touffes des langues-de-cerf, lançant à chaque sautillement un chant ponctué et métallique.

« Il compte ses écus », aurait dit sa mère, et elle lui aurait raconté « pourquoi le merle a le bec jaune ».

Il y avait là, mystérieusement réunis dans ce creux de cimetière, la mélodie de l'orgue, le vent dans les branches, la prière des corbeaux, la rumeur au loin des vagues, les notes du merle, l'appel de l'ange et la voix de sa mère.

Holmes frissonna en sentant sur sa joue la douce chaleur d'une joue maternelle, un souffle subtil parfumé d'héliotrope. Avant qu'une main gantée ne dévoile un visage, il eut pour chasser ses fantômes un geste d'épouvantail. Que restait-il désormais de ses certitudes, de son implacable logique et de sa froideur scientifique depuis qu'il ne servait plus à rien ?

À quand remontaient son dernier coup d'archet et les quelques services discrets rendus à la Couronne durant les années terribles ? Deux ou trois conseils à un Lestrade fatigué, une sordide affaire d'escroquerie résolue le temps d'une pipe, sans même quitter le fauteuil. Les comptes rendus romancés de ces enquêtes ayant disparu du *Strand* à la mort du fidèle Watson, lentement, jour après jour, il avait quitté la scène londonienne, page par page la mémoire des quotidiens. Hormis le cas des « Sept mouchoirs rouges » auquel son frère Sherrinford avait été, à tort, mêlé et l'abominable traque au Croquemitaine-dévoreur-d'enfants qu'il préférait oublier, plus rien ni personne n'était venu le solliciter... Personne en dehors des fantômes et des ombres carnavalesques du passé vers lesquels il se sentait aspiré.

La messe terminée, les chœurs d'anges remisés au fond de l'harmonium, les ouailles quittaient par petits groupes l'enclos paroissial, avec un court arrêt sous le porche pour une poignée de main au pasteur, tout rose dans son surplis, sans oublier le compliment quant à la qualité du sermon suivi de la rituelle prévision du temps.

— Bon dimanche, mon père. Vent du nord, ciel clair cet après-midi.

— Une journée sans parapluie ! Bon dimanche à vous également, Matthew, et à toi aussi, Elsie.

— Bon dimanche, mon père.

— Bon dimanche, John. Tu as encore bien chanté aujourd'hui, mais remonte d'un ton la reprise de *O God Most Mighty*, je l'ai dit et redit déjà plus d'une fois. Oh, Mrs Etticoat, merci pour les splendides bouquets de l'autel. Il n'y a que vous, chère Mrs Etticoat, pour trouver des lys en cette saison !

Ils disparaissaient sous le vieil auvent de chêne sculpté d'une frise d'hommes sauvages, derrière les massifs de buis, s'arrêtaient au pub à l'enseigne du « White Hart », regagnaient les cottages blottis les uns contre les autres où ils s'attableraient bientôt devant le traditionnel roastbeef-Yorkshire pudding et le verre de sherry. Leurs regards fuyaient la longue et dérangeante silhouette découpée, immobile, à contre-ciel. N'était-il pas mort une fois, précipité dans un gouffre tumultueux et sans fond ? Une sorte d'enfer au nom imprononçable. Les gazettes l'avaient déclaré disparu et il était revenu, enseveli sous cette extravagante défroque qui faisait se retourner les passants.

Le deerstalker, la casquette à deux visières, le macfarlane à mantelet avec lesquels l'illustrateur Sydney Paget l'avait en quelque sorte immortalisé sur les couvertures du *Strand Magazine.* Une caricature longtemps exécrée jusqu'à ce qu'il s'y rattache comme à une ombre perdue, quand l'oubli n'avait laissé de lui que cette vacillante estampe. Que resterait-il de Polichinelle sans ses deux bosses, le bicorne, le profil en casse-noix ?

Puis, après une machinale errance sur les

ondulations crayeuses des Downs, la mémoire du dimanche l'avait au dernier coup de minuit escamoté sans y penser.

Lundi. Il s'était, le lundi — jour de marché à Lewes —, employé à faire du rangement, c'est-à-dire déplacer méthodiquement ses affaires pour les déranger ailleurs. Le cliquetant et imprévisible matériel de chimie, installé près du bow-window donnant sur le jardinet d'entrée, avait pris la place des étagères aux vieux dossiers entassés derrière le canapé, qui s'étaient dès lors déportées dans le coin réservé au secrétaire et à la bibliothèque, laquelle avait repoussé l'antique penderie débordante de postiches et déguisements coincée par la cheminée, comme un décor dont on retourne l'envers.

Mais les Brownies, les esprits domestiques, n'apprécient guère d'être bousculés et tirés de leurs léthargiques replis. Un lieu, un objet endormi sous son voile de poussière brusquement remué ramène à la surface des tains liquides, des fragments encore frémissants du passé enlisés dans les vases. Aussi, ils affluèrent par vagues d'images et d'odeurs lorsque les portes du placard en bâillant découvrirent l'étalage de postiches, de nécessaires à maquillage et d'insolites travestissements que le détective avait utilisés au cours de ses enquêtes : biaude bleue d'ouvrier, vareuse et casquette de loup de mer, robes diverses, tablier de palefrenier, livrée lustrée de valet qu'il avait endossée lors de l'affaire du « Diadème de béryls ». Il se souvenait de la surprise de Watson lorsqu'il s'était métamorphosé en vieux bibliophile, le dos cassé, parcheminé, les yeux plissés par la lecture d'antiques grimoires. Sans doute n'enfilerait-il plus jamais cette noire défroque de clergyman empruntée pour le « dernier problème ».

Assis devant la penderie, les doigts joints, entouré d'un halo de fumée, il était resté tout le reste du jour à contempler ces vestiges fanés, mangés aux mites.

Mardi. Il s'était souvenu avoir déclaré un jour à Watson : « Les ruelles les plus sordides de Londres enrichissent beaucoup moins les annales du crime que cette campagne souriante et verdoyante. »

Mais c'était il y a bien longtemps, au temps des croquemitaines, des squires hantés par les cris d'une emmurée vivante dans la crypte du noir manoir, au temps où les Banshies appelaient aux malédictions... De ces énigmes au clair de lune, il ne restait plus rien. Un vol de mouton, une rixe crapuleuse, un drame conjugal, juste de quoi noircir le calepin d'un constable pastoral. La vallée s'ankylosait sans bruit comme ses ruches abandonnées au fond du jardin, comme ses pensées moribondes sur les vitres où fondent les flocons.

Il était à chipoter une phrase de son interminable *Traité de déduction criminelle* quand les trois coups du heurtoir contre la porte l'avaient tiré de ses méditations de bouilloire. Et si l'héritier ou l'obscur surgeon d'un criminel qu'il avait jadis fait pendre, l'ayant après des années de traque débusqué, venait enfin accomplir sa promesse de vengeance ? Allait-il lui offrir sa gorge ou saisir une arme ?

Allons, allons, point tant de rocambolage et de dramaturgie ! avait ricané le farfadet de la commode. Mon pauvre Holmes, qu'allez-vous là chercher ? Ce n'est qu'un vieil ami.

Un vieil ami des pages fanées.

La haute silhouette filiforme, la bobinée de cheveux blancs sous le chapeau noir, les rondes bésicles d'argent au-dessus du col romain et ce visage souriant mais aussi fripé qu'une pomme de terre germée.

— Le révérend Sabine Baring-Gould, mon vieil ami...

— Mon cher Holmes !

Le pasteur de Lewtranchard — une pincée de paroisse semée au-delà des gorges de Lydford dans les primevères du West Devon —, certes l'auteur de l'hymne célèbre *Onward Christian Soldiers*, mais surtout de nombreux savants ouvrages sur les fantômes, les lycanthropes, l'histoire et les coutumes locales.

Bien qu'à sa demande Watson ne mentionnât jamais son nom, il s'était montré d'un grand secours dans l'affaire Baskerville grâce à sa science du terrain — il connaissait comme sa poche tous les recoins les plus secrets du Dartmoor —, c'était lui qui avait suggéré à Holmes son affût parmi les ruines mégalithiques de Grinspound, relevé et pointé les pièges mortels des tourbières et les galeries souterraines des anciennes mines où Stapleton tenait enfermé son infernal molosse.

— Un sherry, un brandy? Mrs Marley ne doit pas être bien loin; elle va nous préparer le thé.

Le pauvre pasteur devait se sentir terriblement seul depuis son veuvage dans son immense château. Sa romance avec une très jeune paysanne qu'il avait éduquée et transformée en parfaite lady avant de l'épouser avait alors fait tant de bruit que son ami George Bernard Shaw s'en était inspiré pour sa pièce *Pygmalion*. Quinze enfants étaient nés de cette romanesque union. Grace était décédée en 1916. Une rumeur superstitieuse courait selon laquelle toutes les vitres de Lewtranchard Manor auraient volé en éclats au moment de sa mise en bière, et que la silhouette de la défunte se promenait toujours dans les allées du parc.

— Mais que me vaut le plaisir de votre visite ?

Car ce n'était pas la première fois que le pasteur venait discrètement faire appel aux services du détective pour résoudre quelques délicats problèmes.

Holmes, l'œil soudain brillant, espérait un mystère.

Allons, allons, point tant de rocambolage et de dramaturgie ! avait ricané plus fort le farfadet de la commode. Mon pauvre Holmes, qu'alliez-vous là chercher ? Ce n'est qu'une visite de simple courtoisie.

Le révérend Sabine Baring-Gould s'était, en fait, accordé ce petit détour amical par Fulworth en se rendant à Eastbourne, à quelques miles de là. Il venait écouter une conférence que donnait ce soir même un certain Conan Doyle, un brillant romancier et spirite convaincu, sur *Le Retour des fées.*

— Comment ? Vous n'avez pas entendu parler, ni vu ces extraordinaires clichés pris par deux fillettes près du village de Cottingley, dans une vallée du Yorkshire ? Des photographies scientifiquement authentifiées et d'une incroyable netteté.

Le farfadet sur la commode riait à gorge déployée.

— J'espérais vous persuader de m'y accompagner.

Avant que le révérend Sabine Baring-Gould ne prenne congé, il avait pris le temps de lui dédicacer son dernier ouvrage, une biographie de Robert Stephen Hawker, le vicaire de Morwenstow en Cornouailles. Un prêtre poète et rebelle et quelque peu païen qui avait ramené le culte de mère Nature au sein de son église. Il recueillait les noyés, s'adressait en chaire aux animaux, voyait les anges et les Pixies, et par les nuits étoilées allait sur les rochers chanter des hymnes, habillé en sirène.

Le livre lancé à toute volée au farfadet moqueur, s'il n'atteignit pas son but, s'en alla briser une collection de porcelaines.

Mrs Marley, affolée par le fracas, était aussitôt accourue, les mains couvertes de pâte.

— Ah, Mr Holmes, vous m'avez fait une de ces peurs ! J'ai cru que vous aviez fait une mauvaise chute.

Pourquoi n'était-elle pas venue lorsqu'il l'avait appelée pour préparer le thé à son invité ? Quel thé, quel invité ! Mon Dieu non, personne n'était venu. Pour sûr qu'elle l'aurait vu entrer, passer et sortir puisque, depuis tout ce temps, elle était restée à côté, occupée à cuisiner le steak-and-kidney pie du soir.

C'était ce mardi-là qu'au fond du lit, il avait entendu cette fois très distinctement le cavalier passer : un lourd martèlement de sabots, un bruit d'armure rouillée et la longue plainte douloureuse d'une jeune enfant qu'on emmenait.

Mercredi. Ayant lu dans le journal du matin qu'étant donné l'énorme succès de sa conférence de la veille, Sir Arthur Conan Doyle, à la demande générale, avait généreusement accepté de la renouveler un soir de plus, Holmes s'était laissé convaincre de s'y aventurer.

« Lorsque vous avez éliminé tout ce qui est impossible, il ne reste plus que la vérité, quelque improbable qu'elle paraisse. »

Un mirage est vraisemblable, le créer relève de la machination, le photographier trahit une inconnue.

Recroquevillé sur la mauvaise banquette de la voiture de location, Holmes, son long profil taillé dans l'os fouetté par l'air salin rognant le rêche ajonc des landes, laissait ses réflexions tressauter au rythme des cahots. En bas des falaises s'étendait la mer. Mouettes et goélands grinçaient à contre-courant, leurs fausses notes sur l'immense mélodie vague, mais ces discordances, il les connaissait désormais. Par nuées, elles le harcelaient : ces cris, ces présences, ces étranges jeux d'illusions. Il voulait oublier la visite incertaine de Baring-Gould hier, les démons du placard et le galop de minuit.

Cependant, tous ces non-sens devaient avoir

un sens, une trame cachée dont il ne parvenait pas à démêler les fils, probablement parce que, tout simplement, il ne se résignait pas à les laisser libres de croître, se ramifier, s'entrelacer et se dénouer d'eux-mêmes, avec les rames aériennes du haricot magique, comme doit se perdre le héros dans l'enchevêtrement de la forêt des contes pour trouver la bonne voie, quand l'Émotion — les intuitions de l'âme — triomphe de la Raison.

Se perdre dans l'organique, le marasme végétal, le cahot des instincts ! Tandis que le tilbury s'engageait sur la promenade de la digne station balnéaire d'Eastbourne, il en frissonnait encore de dégoût.

À pied, il longea l'interminable plage de galets du front de mer, Grand Parade, Marine Parade, bordés d'une élégante enfilade de façades à pignons cossus. Vers l'ouest, de lourds nuages violacés menaçaient la Wish Tower, le plus important des forts circulaires bâtis le long de la côte à l'époque des guerres napoléoniennes. Il s'apprêtait à gravir les marches du chemin de ronde lorsqu'une rafale de pluie et de vent l'en chassa, le repoussant vers l'abri des ruelles étroites menant vers High Street, vers la vieille ville aux antiques demeures Tudor, crépi blanc, colombages laqués noirs, massés de guingois autour de St Mary Church. Pourchassé par les hargnes de l'averse, il sauta une large rigole d'eau sale criblée de toupies :

« Rain, rain, go to Spain,
Don't come back again ! »

et s'engouffra à l'intérieur du premier pub ouvert. Trempé, essoufflé, il se laissa tomber sur un coupe-vent au dossier de bois amicalement lustré par des générations de clients. Un feu clair et joyeux qui pétillait dans la cheminée parsemait des bouquets de feu follet sur les fenêtres en culs de bouteilles. Un militaire à casaque rouge, pantalon galonné buvait seul au bar, l'air inquiet, un bouquet de fleurs posé à ses côtés.

— Peut-être s'est-il à son tour trompé d'église, ironisa Holmes en jetant un œil las vers quatre joueurs de cartes attablés sous une horloge sans aiguilles : trois Pickwick bedonnants, le teint confit au porto, le gilet débordé par les excès, et un Scrooge étriqué, pâle et avide, qui ramassait les donnes comme un diable ses actions.

Sur les murs lambrissés se bousculaient des cuivres, des trompettes de cocher, des sabres, des tableaux houleux de naufrages, des gravures de chasse et de paisibles paysages champêtres à la manière d'Helen Allingham où le coucou chantait dans des flores d'éternité.

Holmes commanda un grog, une assiette de fromages et étira ses longues jambes devant lui.

La conférence ne commençait pas avant vingt heures, il avait prévu de flâner sur les Martello Towers et d'aller compulser quelques annales à la bibliothèque, mais l'idée de sortir affronter la pluie furieuse le glaçait jusqu'à la moelle. Il extirpa sa pipe de son manteau et la bourra de tabac noir. Au bout de quelques bouffées, les nœuds et entrelacs de fumée prirent les nuances de ses pensées.

L'intervention de Sir Arthur Conan Doyle, organisée par la Société de recherches parapsychiques et théosophiques, devait avoir lieu dans une salle de concert du Lyceum Hall louée pour l'occasion. Une foule se pressait déjà au guichet lorsque Holmes poussa la porte, courbé en deux, aussi trempé qu'une serpillière. Le visage, les paupières ruisselant de pluie, l'échine parcourue de frissons fiévreux, il chancela, un instant suffoqué par la chaleur oppressante du lieu. Les vêtements mouillés qui en séchant embrumaient les silhouettes de vaporeuses auras, les chuchotements, les piétinements assourdis par l'épaisseur des tapis, l'ombre de l'éclairage chichement diffusé le long du corridor voûté suggéraient la dérangeante impression de pénétrer l'antichambre de l'au-delà.

Holmes se laissa porter par la langueur du courant jusqu'à un fauteuil d'orchestre particulièrement mou. Autour, on glissait dans les allées en silence, on repérait sa place, on s'installait sous les rouges et ors étouffés par la pénombre d'un dôme que l'on devinait imposant. Le grand lustre, aux festives chatoyances habituellement réservées à la légèreté des opérettes de Gilbert et Sullivan, n'avait pas été allumé, de crainte sans doute de troubler le sérieux du propos et de provoquer la susceptibilité à fleur de « peau éthérique » des fées et des esprits.

Il observait de coin la marée des spectateurs figés face à la scène, au rideau de velours cramoisi devant lequel étaient dressées une table et une chaise dans le halo vacillant d'un projecteur discret, quand il eut le sentiment d'un regard posé sur sa nuque. À quelques rangées derrière, entre un visage rubicond orné d'impressionnants favoris et celui d'un très jeune homme, il devina un vide obscur, ou plutôt, en y regardant mieux, une forme féminine, vêtue d'un manteau noir orné de perles de jais, coiffée d'un large chapeau couvert d'une voilette. Y avait-il l'éclat d'une prunelle sous cette résille opaque ? Quel âge, quel contour de visage ? Il n'eut pas le temps de s'interroger davantage car une salve d'applaudissements l'obligea à reporter son attention sur la scène.

Un homme de haute stature, massif, les moustaches en croc, saluait le public pendant que s'éteignaient les derniers luminaires.

— C'est au mois de mai dernier que l'information m'est parvenue par l'intermédiaire de Miss Felicia Scatcherd, une dame bien connue dans les milieux intellectuels. Elle me faisait savoir que deux photographies de fées avaient été prises dans le nord de l'Angleterre, dans des circonstances qui écartaient d'emblée la supercherie.

La voix chaude et persuasive de Sir Arthur Conan Doyle flottait presque palpable pardessus le parterre attentif, tandis que Holmes décrochait vers l'ombre dérobée.

Irene Adler aurait-elle eu cette mystérieuse allure si elle avait vécu ?...

Était-ce un cavalier vêtu d'une armure noire qui, à la fin, l'avait emportée vers la mort sur la jument des nuits ?

Holmes sentit des profondeurs la froide humidité du gouffre.

— Cependant, aujourd'hui encore, avec la grande expérience du transfert d'images que j'ai acquise en photographie parapsychique et de l'effet de la pensée sur les images ectoplasmiques, je sens qu'il y a peut-être une autre interprétation du phénomène qui va dans le sens du surnaturel. Je n'ai jamais vraiment perdu de vue la coïncidence curieuse entre un événement aussi singulier et le fait que cet événement se soit déroulé au sein d'une famille dont certains membres, ayant un penchant pour les études ésotériques, ont pu de ce fait produire des silhouettes mentales d'apparence ésotérique...

Brutalement, le fracas d'un coup de tonnerre vint interrompre la réflexion du conférencier. On entendait quelque part vers les invisibles hauteurs des trombes d'eau crépiter sur une verrière.

Toc, toc, qui frappe à mon carreau ?
Ce sont de grosses gouttes d'eau.
Vous n'entrerez pas dame Pluie,
Votre visite m'ennuie.

Holmes sursauta devant la longue figure grise et crevassée de la Gyre Carlin, la fée noire de la pluie écrasée contre sa fenêtre, avec ses cheveux dégoulinants, ses haillons moisis et son balai à crever les nuages.

— D'abord, il est absolument évident que tout ce qui est photographiable est nécessairement d'ordre physique. Rien d'un ordre plus subtil ne pourrait impressionner une plaque sensible. Par exemple, les photographies d'esprits laissent obligatoirement supposer que ces esprits ont revêtu un certain degré de matérialisation avant que la « forme » puisse impressionner même la plus sensible des pellicules. Cependant, bien au-delà de l'étendue de notre perception visuelle, il existe des longueurs d'onde que nous ne voyons pas. De même qu'un objectif photographique peut saisir de nombreuses étoiles qu'aucun œil humain n'a pu voir directement dans les cieux, de même existe tout un éventail de créatures vivantes dont les corps sont, de notre point de vue, tellement ténus et subtils qu'ils se trouvent hors du champ de nos cinq sens.

Avec l'orage qui s'éloignait, des courants d'ondes furtives paraissaient envahir la salle, se nouer, se dénouer pour se dissoudre dans les airs apaisés.

— De nombreux enfants et médiums les voient, et de là vient notre tradition des contes de fées, tous fondés sur des faits réels que nous pouvons désormais prouver.

Sherlock Holmes se réveilla au moment où la salle se vidait dans un brouhaha de commentaires éblouis. La foule s'agglutinait, occupait le hall comme si elle ne voulait point partir et rompre le charme d'enchantement qui encore l'envoûtait. Planait dans chaque regard une aile de promesse. Holmes joua des coudes, acheta quelques brochures spirites, la dernière étude parapsychique de l'auteur et s'en fut dans la nuit.

Il ne pleuvait plus, mais le trottoir luisait sous le *gaslight.* Holmes avait donné rendez-vous à son cocher au coin de Terminus Road sur le front de mer. Assourdi par le mugissement des vagues, balayé par le vent, il traversa l'avenue déserte... mais il n'était plus seul, une ombre sombre et voilée avançait dans ses pas.

Jeudi. Lut les ouvrages achetés la veille. *Lament* au violon assis des heures sur un bras du fauteuil. Cocaïne à sept pour cent. Couché avec les poules.

Vendredi. Tôt le matin, Mrs Marley, occupée à allumer le fourneau, l'entendit descendre quatre à quatre les escaliers.

— C'est vous, Mr Holmes ? !

— Qui d'autre croyez-vous que ce soit, Mrs Hud... Marley : un fantôme ?

— Déjà debout à c't'heure, ma parole, c'est-y le cauchemar qui vous a jeté du lit ? C'est que rien n'est encore prêt.

— Ne vous dérangez pas pour moi, je prendrai le breakfast au Star Inn à Alfriston.

— Mais vous n'allez pas sortir par ce temps glacé !

— Le ciel est aussi bleu qu'une coulée de jacinthes des bois en mai !

— Peut-être, mais il a gelé et hier encore vous étiez tout moribond.

Il enfilait déjà son manteau.

— Aujourd'hui est un autre jour, et je me

sens aussi frais qu'un pinson. Grâce à la gelée royale, Mrs Marley, grâce à la gelée royale, je vous ai déjà conseillé de l'essayer ! Bonne journée.

— Diable de bonhomme, bougonnait-elle encore en fourrageant le poêle que déjà il claquait la porte, que sa canne sonnait sur le sol durci, que son pas crissait dans le gel des ornières. La neige à loup, ces congères tassées au creux des fossés, dans l'ombre bleue des haies qui annoncent que les dents de l'hiver n'ont pas fini de mordre.

Le soleil de février est aussi froid et aiguisé qu'une lame, il fend, transperce et fauche d'une furole rousse la flore frivole qui oserait s'y risquer.

Février, le plus court des mois
mais cent fois le plus matois...

La pluie et le vent avaient chassé des moindres recoins jusqu'au dernier grain de poussière et lavé les cieux à grandes eaux. Chaque brin d'herbe, chaque ronce, chaque aubépine incrustait sa perle de verre entre les mailles tressées d'une lande cristallisée : engourdie, endormie comme pour accueillir une blanche Ophélie noyée dans son miroir. Plus loin la craie et sur la mer en paillantine les lambeaux déchirés de l'écume.

On le sait, lorsque l'ombre est très maligne,

elle choisit de se cacher sous l'onde lisse de la blancheur ; ébloui dans son éclat, Holmes se sentait pénétré par une sorte de trouble effervescence. Ses instincts de fin limier, depuis si longtemps abandonnés au mythe remontant comme un pétillement de bulles à la surface des temps ankylosés, l'avertissaient à fleur de peau qu'à ses vœux oubliés, un écho avait été déterré.

Il allait se passer quelque chose. Bientôt.

Une baie rouge de houx perlait sur le givre, semblable à une goutte de sang sur la neige d'un conte pour enfants.

De la fosse aux sortilèges, l'un d'eux s'était échappé.

La tour de l'église paroissiale, pompeusement surnommée « la cathédrale des Downs », surplombait les coquettes maisonnettes engourdies par le froid. Il traversa d'un bon pas la rue principale déserte, longea Clergy House, l'antique presbytère figé sous son toit de chaume et ses vieux colombages. Si ce n'est les va-et-vient piailleurs des moineaux et du rouge-gorge picorant leur pitance dans les jardinets desséchés, rien ne vivait au-dehors. Seules les fumées sinueuses s'échappant des cheminées évoquaient des images d'existences économisées derrière les macramés, autour des fourneaux, dans le tic-tac des bouilloires et la vapeur des pendules.

« Little Tommy Tittlemouse
Lived in a little house... »

Holmes trouva porte close au Star Inn — la seule auberge du bourg ; à l'origine un relais de l'époque de Chaucer, quand les pèlerins s'y arrêtaient sur le chemin de Canterbury. Tant pis, il mâchonnerait sa faim jusqu'à Wilmington, à quelque cinq kilomètres au nord-est de là.

Le vent avait repris sa course et hurlait entre les piliers ruinés du prieuré bénédictin encastré de guingois parmi les bâtiments les plus anciens. Holmes ne s'attarda en ville que le temps d'avaler sur le pouce une tranche de rôti froid, et remonta lentement vers la ligne des crêtes. C'est au détour d'un raidillon embroussaillé de touffes de genêts et d'épines tortes qu'il tomba face au géant allongé à flanc de falaise, « the Long Man » : une effigie d'homme de plus de deux cents pieds de haut, tracé par un alignement de pierres et de ciment, un épieu dans chaque main.

Deux écoles d'historiens se disputaient ses obscures origines, les uns dataient son édification vers le haut Moyen Âge, les autres penchaient pour des temps plus anciens. Ceux-là décrivaient des fosses creusées autour où s'égorgeaient des femmes, des entassements de bûchers où se brûlaient des hommes en sacrifice aux dieux. Une fois rassasié de cendres et de sang, le géant reprenait vie.

Une sorte de terreur sacrée empreignait les lieux, agriffait la rocaille, empoisonnait l'espace.

Au sommet de cette rudimentaire et menaçante ébauche, le mugissement du vent semblait creuser une bouche hurlante dans sa face sans visage. Un cri primal jaillit de l'abîme, une clameur de chasseur sauvage assoiffé de rang et de sang qui poursuivit Holmes longtemps.

Longtemps encore tout au fond de sa nuit jusqu'à ce que la plainte du violon en absorbe l'écho.

3

LES TROIS COUPS

Sorcière, sorcière, c'est bien fait pour toi
Sorcière, sorcière, retourne chez toi !

Mrs Eusapia Akasakoff dissimulait son oratoire derrière l'image rassurante d'une maisonnette à chapeau pointu, d'aspect confortable mais vieillot, tout au fond d'un tortillon d'impasse au bout d'Hangover Street, quartier paisible du sud-est de Londres.

Hormis sa clientèle, nul n'aurait supposé que les lourds rideaux à ramages, la tapisserie gaufrée et le mobilier patiné couvert de napperons masquaient en vérité une chambre dérobée où l'on invoquait les esprits, où l'on parlait aux morts.

Du seuil aux étages, les rassurants fumets d'une cuisine de ménage mitonnaient le sournois dessein d'étouffer les âcres et voluptueux mélanges de soufre et d'encens brûlant sur les autels.

Qui, dans le voisinage, eût cru que cette petite taupe fripée si aimable et souriante, toujours prête à offrir des friandises aux enfants, aurait pu finir, quelques années plus tôt, sur un bûcher de sorcière ? On apercevait bien, de temps à autre, quelques personnes aller et venir sous la lueur délayée de l'unique *gaslight*, mais dans cette venelle ouatée de retraités, chacun déjà ronflotait sous les flanelles lorsque, au seuil de minuit, les adeptes du cercle d'Aïwan sous son porche un à un se faufilaient.

Les adhérents des limbes savent qu'il existe une large variété de médiumnités. On peut citer parmi les classes les plus connues : les médiums typteurs produisant les coups frappés, les médiums moteurs qui produisent les mouvements des corps inertes, les médiums à translation et à suspension qui produisent le transport ou l'arrêt dans l'espace des corps étrangers sans point d'appui, les médiums à effets musicaux provoquant le jeu d'instruments avec ou sans contact, les médiums à apports, amenant près d'eux ou créant de toutes pièces des objets matériels, les médiums pneumographes qui possèdent la faculté d'obtenir directement l'écriture des entités, les médiums excitateurs capables de développer des qualités médiumniques chez des sujets enclins à les acquérir, les médiums intuitifs, auditifs, voyants, parlants, mécaniques, les médiums à apparitions et à matérialisations suscitant les apparitions fluidiques matérialisées... visibles, audibles, tangibles.

Mrs Eusapia Akasakoff, que les initiés qualifiaient de sœur d'Aïwass, fille de Sheela-na-Gig, appartenait à ce dernier cercle d'élus. Elle appelait l'esprit, attirait ses fluides ethairiques, en condensait les vapeurs fluidiques et contrôlait l'ectoplasme jusqu'à la phase terminale de matérialisation.

Esprit es-tu là ?
Si tu es là frappe trois coups
Toc, toc, toc, toc.
On a frappé quatre coups
Un autre esprit est déjà là !

Ce soir-là, le guéridon ne tournait pas rond. Mercredi, soir de relâche, elle avait donné congé à la bonne et comptait prendre un peu de bon temps... se plonger dans la trouble lecture du *De nuptiis secretis deorum cum hominibus* en dégustant une bouteille de sherry... Une soirée sans incantation, sans apparition, sans concentration, sans copulation... pourtant, dans l'air assoupi du salon, quelque chose ne tournait pas rond. Cric, crac, cric, crac, geignait le guéridon...

Qui, qui craque, j'entends le bois
J'entends le bois, toujours qui craque
Qui, qui craque, j'entends le bois
J'entends le bois, toujours craquer...

Pourquoi cette vieille ritournelle de l'enfance revenait-elle la taquiner ? Un esprit malin était-il resté incrusté, tapi dans un recoin depuis la séance d'hier ? Elle avait cependant fait le nécessaire, aéré, purifié les cinq points à l'aide du stang — le bâton cornu —, effacé les branches du pentacle et balayé l'égrégat des effusions de la nuit.

Mrs Eusapia Akasakoff était loin d'être un charlatan. Longtemps, elle s'était senti investie d'une mission divine, porteuse des anciens savoirs. Les plus importantes sommités des milieux spiritualistes et occultes la considéraient alors comme une authentique prêtresse détentrice de la parole des dieux de l'Inde et de Mésopotamie...

Lors de nombreux voyages en Égypte, au Tibet — et en tous ces lieux saints où souffle l'Esprit —, elle avait acquis ses connaissances auprès des chamans les plus sages, des mages les plus instruits puis, après avoir fréquenté le temple Amon-Ra, fondé par Westcott et Mathers à Édimbourg, elle s'était laissé tenter par l'Ordo Templis Orientis qui pratiquait la magie sexuelle. Poursuivie par les ardeurs du fameux Tô Mega Thérion, alias la Grande Bête, alias Aleister Crowley, qui désirait en faire une de ses Femmes Écarlates, elle s'était éclipsée mystérieusement avant de reparaître des années plus tard, discrètement installée dans ce dédale perdu d'un Londres enfumé.

Sa beauté, sa glorieuse jeunesse enfuie, il ne restait à présent qu'une vieille médium aux pouvoirs exacerbés, psychiquement et physiquement épuisée par l'exigence des fantômes.

On murmurait dans les cercles éclairés que, pervertie par l'abus du dianisme-tantrisme, dit « de la main gauche », et par ses excès de « karessa », de drogue et d'alcool, les séances spirites et de relations avec l'au-delà qu'elle proposait à une cliente dévoyée et avide de viles sensations se bornaient, en définitive, à des simulacres de messes noires, prétextes à orgies et rituels sado-masochistes qu'elle exhortait entre deux possessions.

Mrs Eusapia Akasakoff savait toutes les méchancetés que ses anciens « frères » racontaient sur elle, à tort, mais parfois aussi à raison, il fallait bien l'admettre. Le flacon de gin copieusement entamé après le sherry la fit glousser. Ils pouvaient bien cancaner, elle s'en fichait.

Elle appréciait cet état, entre lucidité et ivresse. C'est à ces moments-là qu'elle se sentait plus réceptive, intégrée au cosmos, le périsprit en éventail, traversée par le vent des entités. Une impression de plénitude l'envahissait, flottant entre deux mondes confondus d'ombre et de lumière, Éden et Enfer, anges cornus, diables auréolés...

Or donc, alors que, tirant la queue de Belzébuth à dada sur un séraphin ailé, elle dérivait, vaporeuse, sur les arcanes délétères, trois coups secs à la porte la ramenèrent au plancher.

Qui donc pouvait la déranger à une heure aussi tardive ? Ses clients n'étaient pas sans savoir que, le mercredi, les bogons d'incubes et de succubes restaient sagement remisés dans les placards, que les moelleux tapis à « karessa » ne se dépliaient pas.

La porte d'entrée du rez-de-chaussée aurait dû être fermée. Sans doute un oubli de Jenny. Pas plus de cervelle qu'un moineau, demain elle ne manquerait pas de la réprimander.

C'est portée par une démarche peu assurée que Mrs Eusapia s'en alla répondre aux trois autres coups lancés dans le silence des étages.

— Voilà, voilà !

Elle tressaillit, saisie au creux de la poitrine devant l'aspect de l'ombre immobile découpée sur le palier. Une silhouette effilée de femme, dont le long manteau cintré accentuait encore le tranchant, se tenait dans le rectangle vaguement éclairé du seuil, appuyée sur une canne.

— Mrs Eusapia Akasakoff, prêtresse du premier cercle du temple Amon-Ra d'Édimbourg ?

— Cela même.

Le rappel à ce lointain et vénérable titre entama une brèche dans le mélange de sherry et de gin, chassant les roulis dérivant d'ivresses à la recherche d'un falot de mémoire.

— C'est un vieil ami commun — un initié — qui m'envoie vers vous solliciter vos dons exceptionnels pour un travail fort particulier.

— C'est que... je suis un peu lasse et... Cette affaire ne peut-elle être remise à demain... à tête reposée ?

— En aucun cas. Si je suis venue si discrètement, si tardivement, c'est qu'il est impératif que l'opération ait lieu maintenant.

Tout aussi impérative sonnait la voix de l'inconnue à la fois rauque et feutrée.

— Si c'est une question d'argent...

Une main, deux doigts moulés d'une fine résille dénouant les cordons d'un réticule fit dans la pénombre briller des éclats d'or.

En vérité, ce n'était pas une question d'argent. À l'abri du besoin, Mrs Akasakoff n'avait jamais eu la bassesse d'utiliser son art par appât du gain. Si on l'accusait de l'avoir perverti, c'était à cause de son inclination vers la Magie rouge et le vertigineux attrait de l'abîme. Il y avait chez elle quelque chose d'une danseuse de corde.

Troublée par l'étrangeté de la situation, ainsi que par l'aura vénéneuse que dégageait la visiteuse, malgré la mise en garde de tous ses sens en alerte, elle hocha la tête en signe d'assentiment et toutes deux glissèrent comme deux fantômes complices le long du vestibule, faisant sur leur passage grésiller les flammes bleuâtres des veilleuses. Les rideaux cramoisis de l'oratoire se refermèrent sur elles.

Le sanctuaire qui les accueillit était assez vaste pour contenir une douzaine d'adeptes. Invitée à s'asseoir sur un fauteuil de chêne patiné, la cliente se cala contre le haut dossier, droite et raide, sa main osseuse posée sur le pommeau de sa canne, un pommeau d'argent en forme de chimère à tête de cerbère sur un corps de saurien, deux rubis luisaient dans le creux des orbites. Sous l'épais voile noir recouvrant son visage, elle observait sans bouger le décor et le va-et-vient de la médium occupée à son cérémonial.

Le plafond, le plancher, les quatre murs étaient revêtus de tentures de soie vert émeraude fixées par de gros clous cuivrés. On devinait une fenêtre masquée par des planches d'olivier, hermétiquement jointes. Du côté de l'orient se dressait un autel de marbre rouge, soutenu par quatre colonnettes terminées en pied de taureau, sur lequel s'incrustait une étoile à cinq pointes, formée de lames de cuivre tracées d'après le modèle d'Anaël, génie planétaire de Vénus. En son centre, un récipient de bronze en forme de coupe contenant des fragments desséchés de bois d'aulne et de laurier voisinait avec deux urnes en terre et une navette emplie d'encens.

Étendue sous l'autel, une peau d'agneau mâle, blanche et sans tache, s'ornait d'une autre étoile à cinq pointes tracée par des lignes bleu céleste, jaune d'or, vert émeraude et rouge pourpre.

S'approchant d'un trépied de forme triangulaire, entouré d'une chaîne de fer aimanté et de trois guirlandes composées de fleurs et feuillage de myrte, d'olivier et de rosier, Mrs Akasakoff jeta quelques pincées de poudre odorante sur son réchaud. Puis, se déplaçant vers un imposant candélabre placé vers le midi, elle alluma deux cierges blancs et deux cierges noirs, en déclarant d'une voix hésitante :

— Ceci pour éclairer le mystère de l'évocation.

Enfin, du côté de l'occident, sous un dais aux longs plis tombant autour d'une sorte de tabernacle, elle s'agenouilla pour se recueillir un instant entre deux sphinx accroupis en marbre blanc veiné de noir, avant d'allumer d'un geste théâtral les deux vasques placées entre leurs pattes.

Entourée de fumées soufrées, de vaporeuses et bleuâtres ondulations, à demi effacée par les encens, elle se leva, bras écartés, les paupières révulsées sur des yeux blancs.

Par quel tour de passe-passe était-elle maintenant revêtue d'une robe d'azur, attachée par des agrafes de cuivre dans chacune desquelles était enchâssée une émeraude ? Par quels jeux d'illusions était-elle coiffée d'une tiare fleuronnée de douze émeraudes, les talismans de Vénus déployés sur la poitrine, les doigts bagués de turquoises ?

— Gloire au Père de la vie universelle, dans la splendeur des hauteurs infinies, et paix dans le crépuscule des profondeurs sans fin...

En psalmodiant d'une voix de plus en plus assurée, au timbre profond, elle tournait lentement autour de la cliente pétrifiée sur son siège...

— Au nom du Père suprême. Au nom de ses deux fils... j'en appelle aux esprits.

Lentement rétrécissant ses cercles, s'approchant à chaque fois davantage, elle se pencha vers le visage voilé.

— Et maintenant pensez très fort à l'être que vous voulez ramener à ce monde. Aidez-le à en franchir les rives, abandonnez-lui vos fluides sans résistance, tendez vers lui vos appels et reposez-vous sur moi...

Elle se laissa tomber sur le canapé tendu de soie violette galonnée de noir et d'or, placé sur une estrade basse au milieu de la pièce, et son corps replet semblait aussi léger qu'un gaz.

— N'ayez pas peur, je suis votre passerelle... Esprit que nous invoquons, réponds, réponds, réponds. Si tu es là, approche, saisis le lien astral que nous te tendons entre les rives unies. Franchis le seuil. Viens, viens, viens.

Il vint.

Les doigts de l'inconnue s'agitèrent nerveusement sur la chimère grimaçante du pommeau lorsque, du buste de la médium arc-boutée en arrière, se faufila une mince volute de vapeur claire. D'abord un vague serpentin de fumerolle, rien de plus que la fumée d'une pipe, et qui se mit à s'étirer, à se dérouler dans l'espace en développant progressivement à son extrémité le noyau d'un volume oblong, blanchâtre, en forme de poche striée d'éclats vifs. On eût dit une enveloppe fœtale reliée à sa source par un cordon ombilical.

De chaque gémissement plus ou moins modulé émis par Mrs Eusapia, travaillée par l'extase, semblait jaillir un flux luminescent qui, courant le long de l'émanation fluidique, s'en allait en augmenter et nourrir l'excroissance. On devinait à travers le gluant organe s'étendre des réseaux de veinules, se modeler des appendices, se structurer une forme de mouvement.

L'esquisse nuageuse, qu'une infime rupture de concentration aurait comme une buée évaporé, se trouvait à présent, par le développement débordant de ses cellules, en train de repousser les parois ectoplasmiques de sa chrysalide pour forcer la phase de métamorphose, prenait grossièrement une stature humaine dont le sommet brillait davantage que la base aux contours indécis encore retenue par les limbes obscurs.

Peu à peu, tandis que la passeuse d'ombres se débattait et de ses ongles griffait l'invisible, deux points lumineux affirmèrent un regard — deux yeux très laids —, autour duquel se modelèrent un mensonge de visage, un torse aux bras puissants et trop longs, un corps hideux qui jamais n'aurait dû être rappelé de l'au-delà...

La matérialisation était terminée.

Soudainement traversée par un éclair de clairvoyance, Mrs Eusapia Akasakoff poussa un petit cri, le dernier couinement d'une souris entre les crocs d'un chat. Déjà l'inconnue, empoignant le pommeau d'argent, tirait de sa canne une épée et d'un bond de panthère lui en traversait le cœur.

La Passeuse des ombres, « l'intermédiaire » morte, la porte de l'au-delà refermée derrière elle, dans l'autre monde le fantôme matérialisé ne pouvait plus retourner.

C'est ce qu'il comprit aussi. Il rit, sa grosse tête rouge étrangement croquée sur le côté.

Avant même que la visiteuse voilée puisse faire un geste, poussant un cri sauvage, il avait d'un coup d'épaule brisé, émietté la fenêtre et s'était jeté dans la nuit.

Après avoir d'un mouchoir de batiste essuyé sa lame, elle la rengaina dans la canne, réajusta chapeau et voilette, et d'une pichenette renversa une bougie dans le flot soyeux des rideaux. Les flammes gagnaient déjà tout l'étage lorsque, troublant de son noir sillage la mare lunaire projetée par le *gaslight*, elle s'éclipsait au coin de la rue.

Sorcière, sorcière, c'est bien fait pour toi
Sorcière, sorcière, retourne chez toi !

4

AMS TRAM DRAME

C'est le Grand Lustukru qui mangera
tous les petits gars qui ne dorment guère
tous les petits gars qui ne dorment pas...

Scotland Yard traîna longtemps les pieds avant de se décider à faire appel à Sherlock Holmes. Dès les premiers meurtres, lorsque son nom fut évoqué, Sir Anthony Rowley grommela derrière ses vénérables moustaches en côtelette qu'il n'était pas question de ramener sur la scène « l'amateur excentrique » aux élucubrations aussi prétentieuses que saugrenues, toujours à fouiner à quatre pattes, la loupe à la main, à ridiculiser la police par sa façon éhontée d'attirer vers lui toutes les louanges une fois le problème élucidé. Le temps n'était plus aux déductions hasardeuses mais aux méthodes modernes d'investigation.

— Laissons le fossile chasser le snark entre les pages du *Strand* !

On rit, on se gaussa du haut de ses épaulettes, de ses décorations.

— On dit qu'il joue de la seringue et du violon quelque part dans un trou perdu du Kent.

— Il y épingle les braconniers en analysant la boue laissée par leurs sabots...

— Je croyais qu'il n'était plus de ce monde ; n'avait-on pas annoncé sa mort ?

— Une ruse de journaliste pour augmenter les tirages.

On rit, on galéja derrière les cols durs, dans l'amidon de son plastron.

Mais la seconde vague de crimes, plus effroyables encore, chassant de son ministère l'honorable Sir Anthony Rowley, son remplaçant l'ancien superintendant Tittlemouse fit remarquer, en exhumant d'anciennes archives, que ces horreurs qui ensanglantaient Londres présentement n'étaient pas sans rappeler les boucheries du Bogey Beast, le Croquemitaine de Spitalfields, que Holmes, à la tête d'un détachement de policemen, après plusieurs mois de traques intensives, avait fini par démasquer, localiser et coincer au fond d'un cul-de-sac de Jacob's Island, à Bermondsey. Pas moins d'une douzaine de solides bobbies avaient été nécessaires pour le maîtriser à l'aide de filets. La corde au cou, sur l'échafaud dressé devant le portail de Horsemonger Lane Prison, avant que la trappe ne l'envoie *ad patres*, il avait encore terrifié la foule en menaçant de revenir de l'enfer dévorer leurs enfants.

— Messieurs, il me semble que les faits parlent d'eux-mêmes : huit, puis dix enfants et nouveau-nés enlevés, retrouvés égorgés, éviscérés, mastiqués, les doigts tranchés. Les similitudes avec le Croquemitaine de Spitalfields sont évidentes.

— Un imitateur, un disciple peut-être...

— Un descendant ?...

— Mmm, malgré les réticences de certains d'entre vous, je suggère de requérir au plus vite les services de Mr Holmes. En dépit de son grand âge, il est malgré tout le seul à avoir approché, compris et détruit la Bête malfaisante si semblable à celle qui rôde le jour autour de nos collèges, la nuit autour des nurseries. Inspecteur Snook, je vous charge de le contacter, en y mettant les formes je vous prie. Ménagez sa susceptibilité. Présentez-lui l'affaire comme un défi. En priant Dieu qu'il n'ait rien perdu de ses qualités de limier. Messieurs, je vous demanderai d'oublier ses caprices et excentricités, déguisements, loupe, raisonnements alambiqués. Je ne veux entendre aucun commentaire à ce sujet. Les hautes sphères exigent qu'on lui donne carte blanche.

On toussota, on se félicita du haut de ses épaulettes, de ses décorations.

On opina, on complimenta derrière les cols durs, dans l'amidon de son plastron.

Holmes sauta du marchepied sur le quai de Charing Cross, où l'attendait l'inspecteur Snook à qui il tendit sac et valise, mais refusa le cab. Il se rendrait à Scotland Yard par ses propres moyens. « Il avait besoin de se réapproprier le pavé, de réappréhender le *genius loci*, seul, sans autre présence susceptible de parasiter le fil de sa pensée. »

— À plus tard, merci de déposer mes bagages au Dorset Square... mon bonjour à Lestrade.

— Les... Lestrade ? !

Planté au bord du trottoir, Snook, déconfit, laissa l'insolite silhouette disparaître dans le flot houleux des voyageurs pressés... et ne la vit point héler une autre voiture en direction de Regent's Park : « Tout droit, cocher ! » Holmes longea les enfilades aristocratiques des demeures Régence, les verdoyances subtilement aménagées d'Inner Circle et se fit déposer au coin de Marylebone Road. Rien n'avait guère changé depuis son départ, depuis sa retraite au-delà des ombres crayeuses du Kent, parmi les limbes de l'oubli. Il devina Portman Square plus loin, qu'il allait autrefois arpenter d'un pas nerveux jusqu'à ce qu'un détail englué dans l'embrouillamini d'un problème ne lui saute soudain à l'esprit. Il laissa sur sa droite Bickenhall Street et s'engagea dans Baker Street, la gorge serrée.

Le deerstalker enfoncé sur le nez, les ailes du macfarlane battant au vent, Holmes leva un regard un peu égaré vers le premier étage du 221 bis, dans les vitres duquel se découpait le profil de son mannequin de cire que le colonel Sebastian Moran avait un jour traversé d'une balle.

Holmes toucha machinalement son front à l'endroit de l'impact. Il en reparlerait ce soir avec Watson au Grenadier, autour d'une excellente ale au parfum de retrouvailles.

— Je te dis que c'est lui.

Il entendit des gens chuchoter dans son dos qui le désignaient en se poussant du coude. On l'avait reconnu. Demain les manchettes des journaux claironneraient son retour.

Il s'offrit la coquetterie de sortir sa pipe, de la bourrer et de s'empanacher d'un plumet de fumée bleue… juste quelques bouffées… un brin d'égarement.

Il franchit le seuil de Scotland Yard comme Merlin rentrant à Camelot après cent années d'errances en féerie. Le superintendant Tittlemouse l'accueillit tout en ronds de jambes, tout sucre, tout miel, avec beaucoup d'angoisse et d'empressement :

— Avez-vous déjà une idée de…

— C'est que je n'ai pas toutes les données ; j'ai suivi l'affaire de loin comme tout un chacun, par les gazettes, au fond de ma retraite, là-bas au bord des falaises brumeuses du Kent. Je crains que vous ayez perdu un temps précieux.

— Je sais, je sais. Croyez que je le regrette. Je n'ai point cessé de les presser à faire appel à vos lumières… J'espère qu'il n'est pas trop tard. Un brandy ?

— Je ne vous promets rien. Racontez-moi tout, sans omettre les détails les plus anodins, les plus insignifiants.

Il s'allongea dans le cuir du fauteuil, ses longs doigts joints dans l'angle aigu de son profil et, les yeux clos, sembla s'assoupir.

D'une voix rauque, tremblante par l'émotion, Tittlemouse raconta tout, sans omettre les détails les plus anodins, les plus insignifiants. Il lui raconta l'histoire du premier garçonnet enlevé au sortir de l'école ; on avait d'abord retrouvé son uniforme, sa cravate suspendus à une corde à linge dans un jardinet d'Elstree. Le pauvre corps rompu avait été jeté plus loin derrière une cabane à outils — une horreur —, la tête séparée du tronc, le ventre déchiqueté et partout des marques de dents... Les doigts manquaient.

— Les doigts manquaient.

— D'après le médecin légiste, cisaillés par de puissantes incisives.

Il poursuivit par le rapt et le meurtre des petites Elisabeth, Elspeth, Betsy et Bess, volées dans leur berceau, toutes égorgées, mâchées... La nurse avait été réveillée soudainement par un long ricanement et des piaillements suivis d'un grand bruit... Lorsqu'elle s'était précipitée, la chambre était vide, la fenêtre éclatée, les petites sœurs envolées. À la lueur de la lune, elle avait cru voir une ombre immense s'enfuir au bout de la rue, un gros sac sur le dos.

— La pleine lune, dites-vous ?

— La pleine lune...

— Et quant au meurtre de l'écolier, a-t-il également eu lieu par une nuit de pleine lune ?

— Snook, il faudra vérifier.

Il évoqua aussi, d'une voix chevrotante, la boucherie de Holborn School. Tout un dortoir dévoré : du sang... des membres... des organes... pêle-mêle, éparpillés sur le plancher. Il s'émut longuement sur le sort de la jeune Ann, la fille cadette de Lady Lee, arrachée de son poney, dans une allée de Kensington Gardens, le long de la Serpentine... mais il avait préféré garder le silence sur ses plaies.

Il se révolta en décrivant le charnier découvert dans la flore boueuse et rabougrie d'un remblai le long des docks.

— N'avez-vous pas relevé quelques empreintes ?

— Des dizaines. Des traces de gros godillots cloutés, leurs moulages sont à votre disposition. Mr Holmes, nous avons dû avouer dix-huit victimes, mais hélas, nous en comptons bien davantage. Et pour tout vous avouer, un peloton de gardes à cheval a déjà par deux fois failli l'attraper. Un colosse, aux cheveux rouges, des mains énormes, des yeux brillants et verts, le cou broyé d'un côté, comme s'il avait déjà été pendu. Son signalement ne vous rappelle-t-il pas quelqu'un, Mr Holmes ?... Et lorsqu'ils ont déchargé leurs armes contre lui, les balles sont passées à travers son corps sans le blesser. Toutes les balles et il n'a pas même chancelé... Il a continué sa course en riant.

« Si je n'avais pas la tête solidement plantée sur les épaules, si je ne savais pas la chose impossible, j'avancerais un nom... celui de ce monstre que vous avez jadis arrêté, fait pendre, et que j'ai vu mettre en terre lorsque je n'étais qu'un jeune lieutenant.

— Le Croquemitaine de Spitalfields, je suppose.

— Mon Dieu, je devine que je suis en train d'offenser votre esprit rationnel en évoquant des élucubrations plutôt coutumières à Mr Stoker ou Sheridan le Fanu. Que tout cela ne repose que sur d'inconvenables chimères et des superstitions d'un autre âge.

— Détrompez-vous, mon ami, quoi qu'il m'en coûte d'avancer sur un terrain qui n'est point le mien, de soulever des arcanes qui me sont étrangers, il me faut bien admettre que, lorsque vous avez éliminé tout ce qui est impossible, il ne reste plus que la vérité, quelque improbable qu'elle paraisse... Je subodore là-dessous quelque chose d'exceptionnellement monstrueux.

Son bec d'aigle s'avança dangereusement pardessus le bureau telle une gargouille accrochée à sa voûte étirant dans le vide son laid museau que les vents et le temps ont grimacé.

— Je présume que l'incendie de l'impasse d'Hangover Street ne vous a pas échappé.

— Un incendie ?... à Hangover Street ? Non, je...

— Oh, juste un entrefilet dans les faits divers du *Daily*, mais c'est toujours entre les lignes de ces insignifiants échos que le veilleur attentif se doit d'aller pêcher ses informations. Incendie involontaire ou criminel, la presse est restée évasive ; en revanche, j'inclinerais pour la seconde hypothèse.

— Mais quel rapport avec notre affaire ?

— La victime, mon cher : Mrs Eusapia Akasakoff, retrouvée calcinée parmi les cendres et les gravats fumants.

— Eusapia Akasakoff ? !

— A.k.a.s.a.k.o.f.f. La fameuse médium, capable, d'après les sommités du monde occulte, de rappeler ici-bas les défunts du royaume des ombres et de les matérialiser.

— Fichtre, Holmes, je ne vous savais pas si intéressé par ces choses de l'au-delà.

— Nullement, j'expose des faits, voilà tout. Cependant, je vous demanderais de jeter un coup d'œil à ceci.

D'un geste impératif, il jeta sous le double menton de Tittlemouse une des brochures achetées à Eastbourne lors de la conférence spiritualiste de Sir Arthur Conan Doyle.

— Vous verrez, c'est très instructif.

« L'évocation des morts, manifestations et matérialisations... Les voies d'intercommunication entre les deux humanités... » Mazette ! lut-il, décontenancé, la fleur vermeille de sa couperose baissant subtilement d'un ton.

« Imaginez que la dame, sous la menace d'une personne inconnue et fort mal intentionnée, puisse intercepter, perdu parmi les limbes, l'esprit du Monstre de Spitalfields, en ramène de l'enfer l'ectoplasme puis, grâce à ses énergies fluidiques et psychiques conjuguées, concentre, condense ses cellules et le matérialise.

« Imaginez alors que la mort, d'une façon ou d'une autre, la surprenne une fois la transformation achevée... Voilà un fantôme qui n'aura plus rien d'évanescent... mais sera pourvu d'un corps immortel aussi solide que ceci ! »

Holmes frappa de son poing sec le bureau de chêne patiné avec une telle énergie que Snook en sursauta.

— Insensé ! Vous délirez Holmes... à quelles fins ? ! Quel misérable dément oserait se rendre maître de cette sorte de golem, car c'est bien de cela qu'il s'agit, d'un...

— Golem ! Hmmm, ma foi, Tittlemouse, la comparaison est judicieuse. Toutefois, ce ne sont là encore que suppositions et conjectures, sans certitude aucune... tout juste un début de piste. Aussi je souhaiterais avoir accès aux décombres d'Hangover Street et que les restes de la pauvre Eusapia Akasakoff soient exhumés au plus tôt et soigneusement analysés. Les morts vont vite, Tittlemouse, et le temps presse. Regardez derrière vous, cachée par les rideaux, la sale face blême de la lune sur le point d'achever la fente de son pernicieux sourire. Croyez-moi, mon ami, bientôt le croquemitaine frappera à nouveau... une fillette par ci, un garçonnet par là.

Dodo, l'enfant do
Après la prière du soir
Le chasseur du soir
Aiguise son couteau.

5

LES MORTS VONT VITE

Celui-ci l'a tué
Celui-ci l'a fricassé
Celui-ci l'a mangé.

Les démarches pour obtenir l'autorisation d'ouvrir le tombeau de la défunte médium s'avérant plus compliquées que prévu, Holmes, un Snook intrigué par ses méthodes d'investigation sur les talons, s'était fait conduire jusqu'aux ruines noires béant un affreux chicot entre les façades sagement alignées de l'impasse d'Hangover Street. Perché sur les dernières marches d'un escalier définitivement délivré par les flammes de ses rêveries d'ascension, il s'essayait à recréer, dans le vide traversé de vestiges cendreux, un agencement d'étages, de couloirs, de pièces, de chambres... quelque chose d'un fantôme de maison, de la cave écroulée au grenier disparu en fumée, il visionnait un salon... un temple où venaient se poser et bavarder les morts.

Dissimulé par de gros sourcils sceptiques, plus bas, Snook l'observait observer, sauter de son palier dans la carcasse des poutres et les débris noircis, fouiller du bout de sa canne des fragments d'existences, en retirer quelques objets de cultes étranges, découvrir un profil de sphinx, un lambeau de tapisserie couvert de signes effilochés.

Il avait palpé, raclé la poudre âcre d'un mur, reniflé les relents de fumaille mouillée.

— Voyez les coulures de cire sur ce candélabre. Ces vieilles bâtisses aux charpentes aussi rêches qu'un château d'allumettes, il suffit d'y laisser choir une bougie : pffft, tout s'embrase aussitôt et de la scène du crime il ne reste que suie... quoique...

Il était resté longuement figé dans la posture d'un chien d'arrêt devant le bois déchiqueté d'un encadrement de fenêtre.

— ... Quoique, même dans la pierre, le diable, à qui cherche sa griffe, laisse toujours une marque, une empreinte de son sabot, comme cette trace de soulier clouté.

Snook n'avait vu qu'une esquille. Holmes y avait vu son ombre.

Plus tard, il avait demandé à voir les cadavres des victimes. On les avait installés dans la chambre froide du London Hospital. Ce n'était plus une morgue mais un dortoir de petits anges exsangues aux ailes mutilées et aux rires enfuis. Recouverts d'un drap de toile grise, ils reposaient côte à côte, sages et si légers qu'un souffle glissant d'un soupirail les aurait dispersés, voletant dans leurs pâles chemises sous le dédale des voûtes.

Holmes, se penchant au hasard sur les uns et les autres, découvrait des corps éteints, auréolés d'un halo aux odeurs de phénol... Des visages reposés sur des corps de poupées mutilées et éventrées par le jeu dément d'un sournois garnement.

Même dans la mort, on pouvait distinguer sur leurs traits des appartenances à des classes sociales différentes : on devinait dans les contours exquis et les chevelures bouclées les futures élégances de familles du West End et, dans les joues creusées, les cernes affamés, les ossatures grêles, ceux des peuples de l'abîme.

Le croquemitaine ne faisait point de différence, son appétit d'ogre ne connaissait qu'une faim.

Il remarqua les doigts dévorés et les morsures du Bogey Man, du Bogey Beast, du Lowethme, de HansTrapp, Zwarte Pieter, Pelznickel, ou Lustukru. Qu'importait son nom... celles du chasseur noir de son enfance, que les Brownies avaient libéré.

Tandis qu'il avançait sur le trottoir luisant de Commercial Road, tout au fond de ses solitudes, de ses hantises, il se souvenait de la porte du placard s'ouvrant tout grand sur sa penderie à déguisements, il se souvenait de la silhouette de la femme en noir au théâtre d'Eastbourne, pendant que Conan Doyle évoquait la matérialisation des morts. Il se revoyait monter les escaliers assombris par l'épaisse résille de la voilette, cogner à la porte d'Eusapia Akasakoff.

Esprit es-tu là ?
Si tu es là
Frappe trois coups !

Le ricanement du Daymon sous les incantations tremblantes de la médium, il fit tournoyer et sonner sa canne sur le pavé, sa canne-épée au pommeau d'argent en forme de grimaçante chimère.

Au milieu des petits anges morts, il avait déclaré au brave Snook que ces horribles blessures, ces marques de dents étaient sans nul doute possible celles infligées par le monstre de Spitalfields revenu d'entre les morts, que la chasse serait longue et dangereuse. Très longue...

Une chasse sans fin, à la poursuite d'un Ennemi immortel. Le temps s'étendait devant eux... car lui aussi n'était-il pas déjà mort une fois ?...

La Dame Blanche

Il était une fois une Dame Blanche qui hantait les bords de l'Elpe. On l'appelait la Fée du bras de mer, car elle emmenait les enfants par brassées dans les vagues amères...

HUGO DE JONGHE
Contes de l'eau ridée

Il était une fois un petit vieux et une petite vieille qui s'étaient tranquillement détestés tout le long de nombreuses années que le grignotage constant des calendriers des postes successifs effilochait. Au bon an avec son meilleur vœu, le facteur, en échange d'une heureuse image d'almanach à accrocher au mur, emporte en vérité dans son sac une étrenne — ici on dit une dringuelle — de trois cent soixante-cinq jours. Si on va ainsi, on pourrait de fait subodorer que le débonnaire préposé a quelque chose d'un ouvrier de la Mort. Chaque chromo de chaton jouant dans la corbeille à laine, chaque vase de roses, de coucher de soleil sur les vagues, de chaumine normande au printemps, de gentille frimousse de bébé cocker dissimule, en vérité — en image subliminale —, un encadré de faire-part. Et le petit vieux et la petite vieille en avaient amassé toute une malle d'osier remisée au grenier car ils ne jetaient rien, car ils gardaient tout. Des bouchons, des boutons, des bouts de ficelle, des nids de « babioles-ça-peut-toujours-servir » — et des chapelets de rancunes... et des rides et des maux.

C'est le père Mirot
Avec ses sabots
C'est la mère Mirette
Avec ses lunettes
Qui prend sa brouette
Va au bord de l'eau
Ramasse trois escargots
Pour en faire trois grelots.

C'est ce que chantaient les garnements quand ils venaient marauder leur tentant cerisier au fond du jardin. Le petit vieux sifflait des menaces à travers son dentier mal arrimé et la petite vieille brandissait son balai.

Le petit vieux et la petite vieille habitaient une maison de dessin d'enfant aux murs en briques rouges, au toit d'ardoises bleues, entourée d'un plantage soigneusement bêché, biné, sarclé. Les légumes y poussaient comme sur le marché, alignés à la façon d'écoliers en rangs. Quelques poules, un coq picoraient encore dans la cour, mais la porcherie aménagée en garage n'abritait plus qu'un vestige de tracteur et une somnolente automobile qui ne servait qu'aux courses du samedi. Non loin, une peupleraie coupait la route aux vents mauvais. On la savait cependant condamnée par les projets du maire passionné de Lego, qui n'avait d'autres rêves que de transformer ce paisible coin de campagne en zone pavillonnaire et réserve à ronds-points. Le bief du dernier moulin à eau, comblé, asphalté, servait désormais de parking à poids lourds. Chaque année, il était réélu car à Autregnies on valorisait le progrès.

À deux pas de la maison du petit vieux et de la petite vieille, en bas d'une pâture en pente douce, coulait une rivière aux eaux relativement claires lorsque quelques paysans peu scrupuleux ne venaient pas y déverser leur lie, dans l'indifférence satisfaite du conseil régional, dont les verdoyantes brochures n'hésitaient pas à comparer ce déclinant bucolisme paysager à une petite Suisse du Nord.

Toutefois, aux beaux jours, le petit vieux se plaisait à descendre jusqu'à l'Elpe y taquiner l'ablette, le goujon, la perche, le chevesne ou meunier et d'aventure le brochet. Il avait son coin. Avant le coude, entre les saules et les aulnes dont il avait coupé quelques branches basses pour ne pas casser. Il se laissait glisser le long d'un raidillon creusé dans la rive escarpée et, protégé par la butte herbue, s'installait, une roulée éteinte au coin du bec. Ploup, ploup, ploup, il amorçait de quelques grains d'appât Dudule — « avec l'appât Dudule, le poisson pullule » —, et l'asticot accroché à l'hameçon, le bouchon se dandinant dans l'eau, le chapeau de paille sur la tête, il se transformait en illustration de Ray Lambert sur la page d'un livre de lecture courante, cours élémentaire.

« Rémi a jeté sa ligne. Floc ! fait le petit bouchon rouge en tombant dans l'eau. Et des ronds l'entourent aussitôt. » C'est tout ce dont il se souvenait de ce bout de dictée que M. Thiétard lui avait fait copier cent fois parce que « le zigoto, plus pressé à lancer des boules de buvard à ses camarades qu'à apprendre ses conjugaisons, avait rendu un torchon avec plus de fautes que de mots ». Il se revoyait au fond de la classe, assis près de son copain le grand Louis, enlevé depuis d'un cancer du foie, en train de suivre d'un doigt taché d'encre chaque lettre en les épelant tout haut.

C'était sans doute le bon temps, même si à cet âge-là il en doutait. Tôt levé avec les poules, le long chemin, en galoches, par tous les temps jusqu'à l'école, les interminables journées à se faire tirer les oreilles devant le tableau noir et, ensuite, une fois rentré, après les devoirs et les leçons, aller à l'herbe à lapins, aider à traire les vaches, à mettre la table et se faire talocher parce qu'on a répondu aux aigres brimades de la grand mère. Heureusement il y avait les dimanches après-midi, une fois passé la corvée de la messe obligatoire, il filait par la porte de derrière et c'était comme un jeudi.

Ils se retrouvaient en bande, les gamins du hameau, et descendaient à la rivière pêcher ou nager, on leur criait de prendre garde à la Dame Blanche, « la Fée du bras de mer qui va vous emporter pour vous noyer ! », mais ils n'écoutaient pas. Mais ils n'y croyaient pas. Enfin, pas tout à fait... sauf quand les brumes automnales dans le creux des berges dévoilaient leurs fantômes au soir tombant. Sinon, rien ne les arrêtait. À la mare on chopait les libellules, les grenouilles et les salamandres au ventre de flamme. Les donjons de meules de foin se prenaient d'assaut, armés d'arcs de coudrier et de sabres en sureau. Ils avaient fabriqué une cabane dans le bosquet et sous la toiture de fougères, dont il gardait encore les parfums, fumaient des cigarettes de saule qui leur tournaient la tête.

Les souvenirs heureux filaient aussi doucement que le courant de l'onde, fluides, dans une saveur d'herbe et d'eau. Des vaches paissaient dans la prairie d'en face, approchaient le flairer de loin, l'œil angélique, le mufle humide décoré de pâquerettes. Un poisson sautait en l'air gober une mouche et retombait parmi les nénuphars. Le martin-pêcheur signait d'un trait bleu le bas du paysage que fleurissaient les reines-des-prés et les ombelles bourdonnantes des ciguës.

Le petit vieux se sentait bien hors du périmètre barbelé de la petite vieille, de ses éternelles ronchonnades, de ses superstitions, de ses sempiternelles jérémiades. Pourquoi l'avait-il épousée ? Sans doute parce que c'était sa voisine et qu'il n'avait pas eu le loisir de chercher ailleurs, parce qu'après la guerre elle l'avait attendu. Maintenant il se disait en soupirant que si elle lui était restée fidèle c'est qu'aucune autre occasion ne s'était présentée. Il lança un ricanement résigné au bec d'un merle qui s'en alla le répéter de bosquet en bosquet. Une note de travers pour ternir la journée.

L'air fraîchit, l'ortie et le chardon remplacèrent le jaune d'or des iris et des relents de vase remontèrent des fonds obscurcis. C'était l'heure de rentrer.

En se dépliant péniblement, le petit vieux sentit ses douleurs lui revenir : dans les jambes, les bras, le dos, partout aux endroits où les maux savent quoi piquer, tordre et pincer. L'escalade se faisait en deux temps : d'abord il jetait la gaule et la nasse dégoulinante au-dessus du bord, puis, s'accrochant aux racines, il se hissait jusqu'au surplomb en faisant attention à ne pas effriter la rive fragilisée par les innombrables galeries souterraines des ragondins. Les saloperies ! On avait beau poser des pièges, ils revenaient toujours et se remettaient à creuser. Une mauvaise crue là-dessus et tout s'effondrait. Depuis son enfance, la rivière, à cause de ces bestioles, avait bougrement gagné sur la pâture. Et ces feignants de la municipalité ne faisaient rien pour consolider les berges.

Au fur et à mesure qu'il remontait vers la maison, les mêmes appréhensions et sensations de crainte qui le tenaillaient autrefois lorsqu'il rentrait à la ferme après la liberté heureuse d'un jeudi buissonnier se réveillaient dans son ventre, lui agriffaient le sternum. La mère s'était sauvée avec un gros marchand de bestiaux et son père ayant reporté toute son affection sur l'exploitation, c'était la grand-mère, bigote et sournoise, qui menait la danse à coups de martinet. Elle l'attendait sur le seuil, ses poings osseux sur ses hanches maigres, la fente de la bouche retroussée sur un méchant chicot.

— T'étais encore parti traîner à la rivière ! Regarde-moi ça, t'es tout mouillé et sale de la tête aux pieds. On dirait un camp-volant... et ta culotte est déchirée. Arrive un peu ici, tu vas voir ce que tu vas voir !

La petite vieille l'attendait sur le seuil, ses

poings osseux sur ses hanches maigres, la fente de la bouche retroussée sur un méchant chicot.

— T'étais encore parti traîner à la rivière ! Tu sens la vase, t'as les bottes pleines de boue.

Il entendait les mêmes reproches à cela près qu'elle n'osait pas le frapper.

La belle journée crevait comme un ballon de foire. Le petit vieux versait le contenu de la nasse au chat, car ni l'un ni l'autre ne mangeait de poisson, et, le dos voûté, tête basse, rentrait après avoir troqué ses bottes de sept lieues de rêveuses échappées pour ses charentaises posées à leur place près du paillasson.

Paillasson, paillasson, paillasson, son son
Somnambule, somnambule, somnambule, bule, bule
Bulle de verre, bulle de verre, bulle de verre, verre, verre
Ver de ter, verre de terre...

— Qu'est-ce que tu marmonnes ? grinçait-elle.

Et la petite chanson se noyait dans la soupe qu'ils avalaient en regardant la télé.

Hypnotisée par son feuilleton quotidien dont elle ne manquait aucun tortueux rebondissement, la petite vieille se mettait à jacasser dès que le petit vieux tendait l'oreille aux informations. S'enchaînaient tout à tour commérages, querelles de voisinage, mauvais présages et chronique nécrologique.

En hiver comme en été, jours longs ou

jours courts, ils se couchaient avec les poules et se réveillaient avec le coq. Ils avaient mal dormi et devant leur bol de café en reportaient la faute aux ronflements de l'autre. Il geignait sur son arthrose des mains, elle geignait sur son arthrose des pieds : la journée pouvait commencer.

Le petit vieux et la petite vieille vivaient chichement. Ils possédaient pourtant du bien. La vente de la ferme paternelle et de ses nombreux terrains, du bétail et les loyers perçus de trois maisons qui leur appartenaient au village ajoutés à sa retraite... ils auraient pu, sans faire de folies, se permettre d'en profiter un peu, d'autant qu'ils n'avaient pas d'enfant, mais on les avait élevés dans la peur de manquer et le sens de l'économie... et quand le pli est pris, à moins d'un grand bouleversement, on ne peut guère le changer. Le petit vieux et la petite vieille vivaient donc chichement.

Petit vieux et Petite vieille
Comme demain, comme la veille
Achètent deux sous de boudin
Un litre d'eau, une goutte de vin
Un, deux, trois... toi t'auras rin !...

C'est quelques semaines après le dernier passage du facteur avec sa sacoche de calendriers — la petite vieille avait choisi cette fois un chat angora blanc au regard hypocrite — que la santé du petit vieux se mit parcimonieusement à se dégrader. Seulement un tout petit peu chaque jour, car même sur la santé, ils s'économisaient.

Il ne quittait presque plus le fauteuil, le visage fermé comme s'il boudait, le regard fixé sur le rameau de buis glissé derrière le crucifix en plâtre, entre les deux douilles d'obus de cuivre martelé reconverties en objets décoratifs (on dirait aujourd'hui en « art modeste »), et lorsqu'il se déplaçait, c'était la tête en avant, à petits pas traînants. La petite vieille avait beau le houspiller par des « lève donc les pieds, tu vas user tes semelles à force, on dirait que tu patines ! » il n'écoutait pas et continuait de plus belle à trottiner et saliver.

— Et essuie donc ta bouche, c'est dégoûtant !...

Mais elle avait beau lever le ton, peine perdue ! Il faisait celui qui ne l'entendait pas, rien que pour la narguer.

À la voisine qui, venue en visite un après-midi boire une tasse de café, inquiète de l'état végétatif du petit vieux, avait suggéré de le montrer au médecin, elle avait répondu sèchement qu'il faisait son intéressant.

— Ce n'est pas normal qu'il sucre les fraises ainsi.

— On voit que tu ne le connais pas comme moi je le connais.

Mais en mars la petite vieille s'était inquiétée.

En mars, le bon jardinier
Prépare le potager...

Et le petit vieux ne donnait toujours pas l'impression qu'il allait se bouger. Or, un jardin bien cultivé est source de revenus. En mars c'est le moment de bêcher, de semer les pois, carottes, radis, fèves, oignons, chicorées, laitues, artichauts, poireaux, choux. De planter les premières pommes de terre et à partir du 20 les asperges — elle aimait les asperges. De nettoyer et de s'occuper des fraisiers. De tailler les rosiers et les groseilliers. De mettre en terre les glaïeuls, les dahlias et les bégonias. De tailler les arbres. De commencer le griffage, de supprimer les chancres et de cicatriser les troncs blessés... Et ce vieux flandrin qui demeurait là, prostré près de la fenêtre à émietter je ne sais quoi du bout des doigts, en jetant des fois des coups d'œil en arrière avec des regards d'attardé. Ça ne pouvait plus durer. Tant pis, ça coûterait ce que ça coûterait mais elle allait l'emmener consulter.

Assise dans la salle d'attente, elle lisait rageusement les magazines, ruminant sa colère d'avoir été éconduite du cabinet médical.

— Nous serons plus à l'aise entre hommes, avait déclaré le médecin en emmenant le petit vieux par l'épaule.

Le docteur Lekieffre était fort apprécié de ses patients. On ne restait pas longtemps, on ne se déshabillait pas plus qu'il ne fallait. Il disait de soulever sa manche de chemise pour prendre la tension, glissait le stéthoscope sous le tricot de peau : « Toussez, respirez, expirez, c'est bien. — Ouvrez la bouche. » Tâtait ici et là. Posait quelques questions et prescrivait tous les médicaments que l'on réclamait.

— Alors, qu'est-ce qui ne va pas ? Racontez-moi.

L'œil du petit vieux glissa rêveusement de l'armoire à pharmacie à la toise, du diplôme encadré au sous-main vert, mais croisant en chemin la prunelle inquiète du médecin, se mit à clignoter, à l'avertir que quelque chose de grave l'attendait tapi dans un coin obscur de la consultation.

— Cela fait longtemps que vous tremblez comme cela ?

— Quelques semaines.

Il lui prit presque tendrement les mains. Puis le bras.

— Tendez-le bien, et essayez de résister.

Le petit vieux sentit ses muscles le lâcher par à-coups.

— Hmmm, signe de la roue dentée, akinésie, anémie.

Il lui toucha le visage, ôta de la pointe d'un

mouchoir de papier une mousse de salive qui stagnait à la lèvre.

— ... et hypertyalisme. Voulez-vous bien vous lever et marcher ?

Le petit vieux hésita avant de s'en aller à petits pas courir après son centre de gravité.

— Démarche festinante. Vous pouvez vous rasseoir... Sinon rien d'autre ?... Pas d'angoisses...

Le petit vieux rapprocha sa chaise du bureau et, se penchant après un bref regard en arrière, avoua d'un ton confidentiel :

— C'est que... voyez-vous... j'ai souvent la sensation que quelqu'un, que quelque chose dans mon dos m'épie.

— Je vois.

Il nota : « Syndrome de l'ange gardien... état psycho-hallucinatoire. »

— Alors, c'est grave docteur ?

Le bon docteur Lekieffre préférait ne pas alarmer ses patients en diagnostiquant paralysie agitante plutôt que maladie de Parkinson dont les syllabes hachaient le moral comme un couperet.

— Je vais vous prescrire un traitement par agoniste dopaminergique. Vous prendrez un comprimé de vingt milligrammes trois fois par jour. On se revoit dans trois semaines, d'ici là vous verrez déjà de l'amélioration.

Les médicaments firent en effet effet au joli temps renaissant du coucou, ainsi que leurs effets secondaires. Un matin, à son insu, le petit vieux se réveilla aussi rapidement membré qu'un faune de la mythologie gréco-lutine en rut. Pris au dépourvu par ce phénoménal et incontrôlable mieux, il saisit à deux mains les rotondités de la petite vieille encore endormie et, mettant l'aubaine à profit sans autre détour, la réveilla d'un coup. Elle glapit, caqueta comme une poule entre les genoux d'un zoophile et, tremblante de peur, s'arracha de la couche, dégringola les escaliers, le souffle coupé, cherchant refuge à la cuisine.

Lorsque le petit vieux, le pan de chemise relevé à la façon que les spadassins d'hier exhibaient leur rapière, descendit la rejoindre, elle tenait fermement le tisonnier dans son poing. La jambe encore trop vacillante pour risquer l'assaut, le petit vieux jugeant le duel inégal battit piteusement en retraite et remonta docilement s'habiller. Il demeura cependant le pantalon exagérément bosselé toute la journée.

— Mais qu'est-ce t'as donc, mais qu'est-ce t'as donc ? répétait-elle sans cesse en le fuyant, le regard mauvais, le ringard à portée de main, tandis qu'il essayait de l'amadouer par des mots doux, des promesses, des câlins... en vain.

Le soir venu, elle refusa qu'il monte. Il dormirait sur le canapé — non mais des fois, à son âge, qu'est-ce qui lui prenait tout à coup. Le démon de midi à soixante-seize ans. Il n'avait pourtant jusque-là jamais été porté sur la chose — heureusement —, et voilà que maintenant le bougre faisait le coq alors qu'il y a quelques semaines encore il tenait davantage du légume. C'était pas naturel tout ça. Et si on lui voulait du tort ? Car si certains pouvaient nouer l'aiguillette ils pouvaient tout aussi bien, au contraire, glisser le diable dans la culotte.

Elle verrouilla la porte et pour plus de sûreté la bloqua à l'aide d'une chaise. Il pourrait toujours pousser. L'oreille aux aguets, enfouie sous l'édredon, elle égrena tout un chapelet en priant que ça lui passe.

Mais ça ne passa pas.

La petite vieille vécut une semaine d'enfer à tourner autour de la table, les fesses serrées, évitant une main avide par ici, une papouille par là, quand il n'essayait pas de se frotter contre elle lorsque étourdiment elle se baissait pour ramasser la serpillière ou l'écuelle du chat. Toujours sur ses gardes du matin au soir. Au bord de l'épuisement, un jour, elle faillit même s'abandonner. Miraculeusement, elle s'était rattrapée juste à temps, grâce à l'arrivée inopinée de la voisine venue réclamer un paquet de sucre en poudre.

Le petit vieux s'était alors mis à rôder autour d'elles en roucoulant comme un pigeon.

— Qu'est-ce qu'il a donc ton mari, à c't'heure ? On dirait qu'il va mieux. Il a des tics maintenant ou il fait des clins d'œil ?

— Il a des tics, c'est les médicaments, avait répondu la petite vieille sèchement.

Et si elle devinait juste ? Si les médicaments propageaient le mal là où il ne fallait pas ? Si la petite vieille surmontant sa honte avait eu le bon sens d'aller discrètement interroger le médecin sur la conduite lubrique du petit vieux, très certainement il lui aurait expliqué les effets indésirables de l'agoniste dopaminergique... de l'hypergénésie qu'il était susceptible de provoquer. L'hypergénésie ? Disons une hypersexualité ! Il aurait peut-être ajouté que l'isoniazide administrée aux tuberculeux produisait les mêmes excès. Non, on ne pouvait envisager de calmant. Mais les sanatoriums n'étaient pas pour autant des pétaudières !... et puis, chère madame, vous n'allez pas vous en plaindre.

La petite vieille n'aurait jamais supporté l'insinuation glissée dans un sourire en points de suspension. Comme elle n'aurait jamais osé courir se plaindre au curé et déballer devant lui ces sales choses — d'autant qu'il n'y a pas de fumée sans feu — et elle serait morte de honte à l'idée de passer pour une provocatrice, une gourgandine, une pécheresse au regard de son confesseur.

Tant pis, elle garderait tout ce poids sur le cœur, elle endurerait en silence sans rien dire à personne et encore moins à sa pipelette de voisine qui sur tous les toits s'empresserait de le répéter. En moins d'une journée, du village, elle serait la risée.

Pauvre Petite vieille, il aurait fallu si peu pour calmer Petit vieux !

Mais Petite vieille n'a rien voulu savoir et ailleurs Petit vieux est parti voir.

Dès lors on l'a vu en costume du dimanche, dans son automobile qui ne sortait que les jours aux provisions, traîner les cafés du bourg d'à côté, fréquenter certaines maisons de l'outre-Quiévrain et bien au-delà de la frontière. On l'a vu klaxonner les filles, aborder les dames.

Il revenait tard dans la nuit, éméché, avec l'air réjoui des jours de pêche miraculeuse, puant le parfum bon marché, des traces de rouge à lèvres sur le bout du nez. Petite vieille l'entendait, repu de galipettes, ronfler à travers le plancher et, furibarde, songeait aux billets jetés par les fenêtres. Le petit vieux débauché dépensait sans compter.

Or, un jour, dans une guinguette découverte par hasard lors d'un thé dansant, il rencontra Violette, une opulente et aguichante créature aussi pimpante et maquillée qu'une accordéoniste de bal de 14 Juillet. Bouillante de tempérament, la survireuse avait déjà épuisé cinq maris, dont un chauffeur poids lourd de fort gabarit et, comme le dit de Mme Arthur la chanson, « toute une foule d'amants ».

Elle cherchait, il cherchait, l'étreinte du tango qui les emporta fut pour l'un comme pour l'autre décisive. Petit vieux découcha.

Au matin, le vieux cerf s'était montré si vaillant que la dame dolente l'accompagnant sur le seuil, juste au moment qu'il ne s'éloigne, submergée soudainement par un revenez-y paroxysmique, lui demanda d'une voix enrouée de rester et l'entraîna sur l'évier.

Petit vieux découcha six jours. Ils se dépensèrent à hue et à dia, haletèrent sans que jamais ladite hypergénésie ne s'estompe d'un pouce.

Lorsque enfin Petit vieux à la maison au bord de l'Elpe rentra d'un pas bravache, Petite vieille momifiée de dépit l'attendait.

— Alors ? ! éructa-t-elle. C'est maintenant que tu reviens ?

— Je ne fais que passer, je suis venu chercher ma gaule, sifflota-t-il.

— Parlons-en de ta gaule !

Elle rougit, la vulgarité de sa remarque ayant dépassé sa pensée.

— Tu sais ce qu'on dit de toi ? Tu sais ce qu'on dit de nous ?...

Il ne répondit pas, la canne à pêche sous le

bras, il s'en allait déjà. Elle essaya de le rattraper dans le sentier.

— Tu n'as rien d'autre à me dire... c'est tout ce que tu prends ?

Sa voix s'altérait, mourait. Pour un peu, elle eût paru touchante.

— J'achèterai des chemises en ville !

Il démarra fougueusement en faisant crisser le gravier.

Violette l'attendait pour faire des emplettes. Elle désirait lui rafraîchir sa garde-robe, l'habiller jeune. Elle lui fit essayer des chemises de couleur dont une à jabot, des pantalons taille basse, des vestes cintrées, des cravates larges à ramages, des chaussures à bouts pointus... et toute une collection de slips échancrés. Elle le rejoignait dans la cabine d'essayage et derrière le rideau la vendeuse interdite les entendait glousser.

Il acheta pour elle des pléthores de sous-vêtements froufroutants, à balconnets, transparents et suggestifs, dans des boutiques spécialisées, en Belgique où la lingerie sexy se propose également en grande taille, ainsi que des harnais et quelques objets vibrants pour pimenter la chose.

On les rencontrait partout. Gazouillant, minaudant, attablés dans les bars, les brasseries, les restaurants, sirotant dans le même verre, les yeux dans les yeux. Ils ne manquaient aucun bal, aucune danse, aucune ducasse. Au manège, on devinait son rire de gorge monter et descendre dans le chaos vertigineux des balancelles à sensation. Sous les chapiteaux des fêtes de la bière où se produisaient, vêtus de strass et moumoutés, les sosies des vedettes du moment, on l'apercevait, épanouie, balancer ses débordants appas que Petit vieux transfiguré empoignait sournoisement. Au ball-trap, le goulot d'une canette de bière à la bouche, elle encourageait d'une mimique attendrie Petit vieux à exploser les assiettes en plein vol.

Et partout où ils allaient, ils allaient enlacés, entrelacés, en se mêlant les lèvres ouatées de barbe à papa.

Chaque jour, une nouvelle bordée de racontars venait perforer la santé mentale, acidifier la bile, essorer le foie de Petite vieille. De bonnes âmes de par tout le canton passaient lui rapporter les nouvelles frasques des amants maudits. On la mettait en garde, on l'avertissait des manœuvres vénales de l'intrigante, on prophétisait des lendemains de misère si elle ne réagissait pas : « La truie va tout lui croquer, le dépouiller jusqu'à l'os. » « Il a paraît-il vendu votre terrain du bas Foyau pour acheter une nouvelle voiture et emmener Madame en promenade. » « Ah pour ça, elle sait y faire !... »

« Vous êtes mariés sous quel régime ? » Et tout ça, tout ça à supporter, tout ça.

Une vague petite-cousine sortie de sa mémoire, confite dans la haine d'avoir connu le même sort, se déplaça de Laon bouter le feu aux poudres. « Tu sais qu'il peut toujours changer son testament... »

Petite vieille verdit comme les sorcières la veille de la Toussaint. Il était grand temps de prendre les choses en main. Terminées ces dispendieuses et libidineuses débauches. Elle allait sur-le-champ y mettre un frein. Hypergénésie ou pas, elle allait lui couper la chique à Petit vieux. La traînée n'aurait rien, pas un sou, pas ça. Petite vieille fit claquer son ongle sur le tranchant de ses fausses incisives. Et, saisissant sa plume trempée dans l'encre vinaigrée, se mit à coucher, sur le papier aussi blanc qu'un suaire, ses menaces de son écriture aiguë, pleine de pointes et de crochets.

La lettre arriva le surlendemain chez la suborneuse dont elle avait obtenu l'adresse sans difficulté. En la lisant Petit vieux sentit ses jambes ragaillardies se décalcifier, se réduire en poudre, se dérober sous lui. La garce le menaçait, s'il ne rentrait pas avant la fin de la semaine, d'entamer une procédure de divorce dont il sortirait plumé, sur la paille. Qu'il ne lui resterait plus que les yeux pour pleurer. Elle ajoutait qu'il ne fallait pas qu'il s'imagine que l'Autre le garderait une fois les poches vides. En bas, le paraphe de la signature ressemblait au tranchant d'une faucille.

La sale petite vieille, Petit vieux allait la tuer. Cette rapia de la gaudriole, plus froide qu'un glaçon, plus rêche qu'un gant de crin, qui n'avait jamais été capable d'un geste d'affection, qui voulait détruire son bonheur parce qu'il avait enfin connu le grand frisson. Il allait la tuer. Il avait beau tourner et retourner le problème dans tous les sens, elle le tenait bel et bien par où elle n'avait jamais accepté de le tenir. Il ne voyait point d'autres solutions — de toute façon, le bon sens conseille toujours de s'en remettre à sa première idée. Elle exigeait son retour à la fin de la semaine, il lui restait trois jours pour concevoir un plan.

La meilleure solution serait de maquiller le crime en accident. Il dissimulerait la voiture dans un petit chemin, s'introduirait dans la maison, empoignerait Petite vieille et la jetterait au bas des escaliers. Avec sa fragile ossature, elle se briserait le cou. Ni vu ni connu.

Petite vieille dans l'escalier
Rate la marche du palier
Dégringoli dégringola
Petite vieille tombe tout en bas
Patatras...
Elle ne mangera plus de chocolat.

Ni vu ni connu... Mais avec la voisine d'en face sans cesse à épier, qui voyait toujours tout derrière ses rideaux. De toute façon elle le dénoncerait.

Alors, à moins qu'il ne se glisse à l'intérieur nuitamment, qu'il l'étrangle dans son lit, l'étouffe sous l'oreiller ou lui brise le crâne d'un coup de tisonnier... Il retournerait et éventrerait le matelas, fouillerait les tiroirs, défoncerait la commode et emporterait quelques objets de valeur, les deux, trois bijoux. On croirait à un cambriolage qui aurait mal tourné. Étant donné la situation, il serait certainement soupçonné. La police attentive au qu'en-dira-t-on ne manquerait point de faire le rapprochement, mais défendu par un habile avocat, peut-être qu'il s'en tirerait.

Peut-être ou peut-être pas.

Il pouvait aussi essayer de l'attirer hors de chez elle, lui donner rendez-vous dans un endroit retiré, au coin d'un bois où il s'en débarrasserait discrètement. Il enfouirait le corps dans un trou ou le jetterait au fond d'un puits, d'une citerne ou à la rivière. Encore fallait-il endormir sa méfiance, trouver une bonne raison pour la faire sortir de sa cuisine. Petite vieille se montrait si casanière !

— Arrête donc de tourner ainsi sans cesse. Tu me donnes le tournis. On dirait un lion en cage.

Violette, qui venait de lire la lettre tranquillement, se montra apaisante. Protégée par une confortable barde épaisse et élastique que les insidieuses et hargneuses attaques du destin ne parvenaient pas à entamer, la gentille fille gardait bien au chaud une nature heureuse encore nimbée des innocences de l'âge d'or.

— Ce n'est pas si catastrophique, nous avons encore trois jours de bonheur devant nous. Et puis, nous trouverons bien une solution. Ta femme ne va pas t'attacher, tu auras malgré tout des occasions de t'échapper pour venir me rejoindre. Je t'attendrai.

Elle proposa une partie de pêche. Elle ne connaissait rien de tel pour le calmer hormis ce qu'elle lui offrirait au creux d'un abri herbu de la berge. Ensuite ils iraient boire une trappiste, manger une frite à Toutvent sur l'orée de la Belgique.

Petit vieux rasséréné ne dit pas non, de toute façon il ne pouvait rien lui refuser.

Comme toujours Violette avait été bien inspirée, car c'est en suivant le mouvement fluide et lent de la rivière de son enfance, qu'il avait tenu à lui montrer, que Petit vieux trouva comment se débarrasser de Petite vieille.

Après les débordements passionnés dont ils laissaient les traces dans un nid de digitales aplaties sous un saule, ils s'étaient promenés le long des rives encaissées, la gaule sur l'épaule, cherchant un coin poissonneux où s'installer et lancer le bouchon. Des hirondelles filaient en stridulant au ras de l'eau, happant au passage dans les vaporeux tourbillons de moucherons qui se reformaient aussitôt.

— Ici c'est mon coin.

Petit vieux désigna une bande de terre, tout juste la place où poser un pliant, entre un bouquet d'aulnes et les racines d'un saule argenté.

— La maison est juste au-dessus, là-bas au bout du pré.

Derrière les hautes herbes jaunies par l'été, ils auraient pu apercevoir le toit sous lequel Petite vieille tricotait sa colère, un point à l'envers un point à l'endroit.

— J'y venais déjà tout gosse malgré les menaces de Grand-mère.

Il évoqua la hantise de la Dame Blanche, la Fée du bras de mer qui guettait ses proies sous les longues chevelures vertes que les remous dénouaient dans le courant. Elle agrippait les enfants et dans la vase les noyait. Il raconta sa blanchâtre silhouette qui, les soirs d'automne, semblait flotter sur les brumes.

Violette frissonna, elle n'aimait pas que l'on plaisante sur ces choses auxquelles son âme naïve croyait. Elle n'avait pas envie de s'attarder là davantage... et puis c'était l'heure de la bière et des frites.

Ce fut tard dans la nuit, alors qu'auprès de lui sa belle, la chair repue, ronflait, que Petit vieux sentit la présence de la Dame Blanche autour du lit, rôder.

Il était une fois Petit vieux qui allait tuer Petite vieille. Il avait maintenant, caché dans un coin du sourire, la façon de la trucider sans être inquiété. Le fantôme de la Noyeuse aquatique soufflant contre son oreille une haleine d'encens humide le lui avait affirmé. Petite vieille, si crédule, si avide de ces histoires de Makrâles, de mauvais sorts et de revenants... on allait lui en donner pour son argent. Ce serait un jeu d'enfant à condition cependant de s'y prendre avec doigté, du bout des gants, comme le font, font, font, les petites marionnettes de l'ombre au soir couchant.

Petit vieux rentra au foyer un jour avant la date fatidique. Après un dernier embrassement, au moment du départ, il avait, dans un baiser fiévreux, rassuré Violette. « Ne t'inquiète pas, je reviendrai très bientôt, plus tôt que tu ne penses... et pour toujours. » Et l'œillade finale cernée d'une couronne funéraire débordait de sous-entendus.

Petit vieux rentra chez Petite vieille maquillé d'un air penaud, un air de garnement résigné aux taloches, en quelque sorte celui qu'il retrouvait suspendu sagement au clou, après ces quelques semaines buissonnières. Il avait remisé sa casquette à l'américaine, et recoiffé le béret, troqué les jeans pour se reculotter du pantalon rayé, taille haute, genoux pochés et bretelles fermières... et réendossé le bourgeron de toile bleue.

Petite vieille retrouvait Petit vieux tel qu'elle l'avait toujours connu. Ils ne pipèrent mot ni l'un ni l'autre. Ils faisaient comme s'il n'était jamais parti. La vie pouvait reprendre son cours, en haut à gauche, au premier chiffre du calendrier : les jours, les semaines, les mois alignés entre les cases, même les fêtes mobiles ne sautilleraient pas très loin.

Petit vieux reprit une démarche légèrement festonnée, une main quelque peu saupoudrante, l'œil absent, et si l'hypergénésie le taraudait encore, Petite vieille n'en devina jamais rien. Le tic-tac de la pendule semblait encore plus extravagant que les paroles et les gestes qu'ils échangaient.

Il s'occupait au jardin, rangeait la cave et le grenier; elle cuisinait, reprisait, repassait, lessivait; il lisait le journal, elle faisait les mots croisés. Ils allaient en courses, regardaient la télé et montaient se coucher dos à dos.

Petit vieux descendait pêcher. Il en revenait tard et, certaines fois, y retournait la nuit tombée — pour préparer son coin, disait-il — y poser une nasse, quelques lignes de fond. Petite vieille ne s'intéressait pas à tous ces manèges. Et puis Petit vieux, définitivement dompté, elle pouvait bien le laisser s'adonner à cet inoffensif passe-temps.

Un soir pourtant, il en revint blanc comme un linge, les membres tremblants, le regard épouvanté. Il se jeta sur la bouteille de gnôle qu'il répandit à moitié.

— Quoi ? Qu'est-ce que t'as ? Qu'est-ce qui s'est passé ? On dirait que t'as vu le diable.

— Pire !

Il n'arrivait pas à articuler. Ses dents claquaient. Sur une chaise il se laissa tomber.

— Je l'ai vue ! Je l'ai vue... comme je te vois, elle était là debout sur la berge, elle me tendait les bras.

— Mais qui donc ?

— La Dame Blanche !

— La Dame Blanche ?

— Tu sais bien, la Fée du bras de mer.

— Ça devait être un effet du brouillard.

— Je sais ce que je dis. J'ai pas eu la berlue, je la connais comme ma poche la rivière et y avait pas de brume ! Le ciel est aussi clair qu'en plein jour.

On était en novembre, le mois noir. Le temps où les frontières de l'au-delà s'abolissent, où les âmes perdues et les hantises vont et viennent par les chemins. On dit que l'on peut en dénombrer autant que de brins d'herbe dans les prés, que de gouttes d'eau dans la mer. La petite vieille le savait.

— Grand-mère m'avait juré que lorsqu'elle était gamine... la... la Femme Blanche s'était dressée devant elle pour l'emporter.

Petite vieille, comme la plupart des gens du coin, connaissait toutes les histoires qui couraient autour de ces apparitions. Elle-même mioche avait aussi cru l'entrevoir, toute blanche et vaporeuse, figée entre les roseaux, si maigre, et qui s'était envolée en criant. On l'avait moquée — ce n'était qu'un héron ! Mais Petite vieille savait encore aujourd'hui que ce n'était pas un héron, qu'en vérité il s'agissait d'autre chose, d'une de ces créatures des limbes que le vent de novembre ramène ici-bas, comme la mer abandonne ses noyés sur le rivage. Elle croyait à l'existence des Bocquillons et des Lumerelles dans la proche forêt de Mormal, à celle de la Marie Grauëtte sautant d'une mare à l'autre de Jolimetz à Liessies.

Au début de leur mariage, Petit vieux, qui n'était pas encore Petit vieux, s'était beaucoup amusé de l'attirance craintive de Petite vieille, qui n'était pas encore Petite vieille, pour toutes ces diableries que les récits de veillées et l'imaginaire de la voisine esseulée alimentaient. Il la taquinait en imitant la plainte d'un trépassé sous la fenêtre ou la faisait sursauter en poussant subitement un grognement de garou dans son dos alors qu'elle se croyait seule occupée à la cuisine.

— Si tu ne me crois pas, viens donc voir par toi-même.

Il la vit hésiter entre peur, méfiance et curiosité.

— Je ne vais pas descendre en bas à c't'heure... et puis je suis déjà en chemise de nuit... et l'herbe doit être mouillée !

— T'as qu'à passer un peignoir et mettre tes bottes de jardin, mais si tu ne te dépêches pas, elle ne va point t'attendre.

Petit vieux vit la prunelle de Petite vieille s'allumer de cette lueur trouble qui sourdait toujours au fond lorsqu'elle effleurait le mystère.

Ils s'élancèrent tous les deux, accrochés l'un à l'autre, se tordant les pieds dans les trous de la pâture pentue. Petit vieux n'avait pas menti, la lune dans son plein épandait sur le paysage une astrale phosphorescence. Les arbres semblaient taillés dans le verre, l'herbe s'étendait à l'infini, pareille à un voile nuptial jeté sur les prés.

« Lune, lune, coquelune, Petit vieux et Petite vieille trottinent sur un miroir d'étoiles, auréolés des brumes de leur haleine. Petit vieux et Petite vieille se perdent au bord d'une comptine. »

Ils arrivèrent en bas, au-dessus de l'eau.

— Où est-elle ? Je ne la vois pas ! interrogea Petite vieille.

— Mais si, là-bas, près du saule, penche-toi ! la pressa Petit vieux.

Il l'avait amenée là où il voulait. Pauvre Petite vieille, si menue et gracile au ras de la berge fragile. Il allait la pousser. Il ne serait pas inquiété. Elle était venue le rechercher, soucieuse de ne pas le voir revenir alors qu'il rêvassait près de la rivière de son enfance. Il lui avait crié de ne pas s'approcher trop près, le bord est si friable, tellement creusé par ces saletés de rats musqués. Ça s'est effondré sous elle, il a essayé de la rattraper mais elle est tombée... Avec les crues du moment, emportée dans le courant glacé, elle s'est noyée.

— La Dame Blanche, là !

Petit vieux sur Petite vieille s'est précipité, mais elle, méfiante, a esquivé d'un bond de côté, il a voulu s'accrocher mais le peignoir de Petite vieille s'est arraché et sous la botte de Petit vieux la terre a cédé, le long du bord il a glissé, dans l'Elpe froide s'est enfoncé.

Avant de disparaître au fond des pâles tourbillons, il a vu la silhouette de Petite vieille enveloppée de sa blanche chemise de nuit tendre les bras vers lui...

« La Fée du bras de mer, l'attirer dans les vagues amères. »

Les Musiciens de la ville de Brême

L'âne n'eut qu'à mettre ses pattes de devant contre la fenêtre, le chien qu'à sauter sur le dos de l'âne, le chat sur celui du chien, ensuite le coq se percha sur la tête du chat. Ainsi postés, ils se mirent tous à faire leur musique...

JACOB et WILHELM GRIMM,
Les Musiciens de la ville de Brême

MAMAN

Il était une fois les cloches qui sonnaient, qui sonnaient, les cloches qui sonnaient au vent. Du haut de la cathédrale, sur tout le quartier et au-delà des rues, par-dessus les remparts vers les campagnes, elles fêtaient leurs cabrioles des dimanches. Et chacun qui les entendait interprétait à sa façon leur chanson. La vieille demoiselle Cheurlin y entendait le rappel aux offices, Mme Plantard de mettre la cocotte au feu,

M. Allègre de préparer le matériel de pêche, le petit Roger, libre d'école, de courir jouer à la cascade de Brisecou et Georges Boutonnet se faisait sonner les cloches parce qu'il était en retard, ce qui ne lui arrivait jamais.

D'ordinaire aussi ponctuel qu'une horlogerie suisse, il se trouvait tout déboussolé car son réveil, pourtant soigneusement remonté la veille, ne l'avait pas réveillé. Désemparé, il essayait de rassembler les pièces d'un emploi du temps qui ne cessaient malicieusement de s'envoler comme des papillons ivres dès qu'il faisait mine de s'en emparer. On aurait dit que toutes les minutes et les secondes qu'il avait toujours disciplinées au quart de tour s'étaient donné le mot pour le faire enrager, pour l'envoyer voir ailleurs si elles y étaient.

Ding, Ding, Ding
Et encore Ding Ding Ding
Je ne sais plus l'heure qu'il est
Il m'a ôté mon balancier
J'ai d'affreuses douleurs de ventre
J'ai un courant d'air dans mon centre
Et je commence à divaguer.

Les mots lui revenaient presque intacts sur la mélodie labourée par l'aiguille usée du tourne-disque. *L'Enfant et les sortilèges,* de Colette et Ravel, que sa mère lui faisait écouter en boucle le long des interminables jeudis d'une enfance solitaire, assis sagement au bord d'une chaise au dossier raide, sévèrement surveillé par les meubles rébarbatifs du salon encaustiqué. Il n'osait pas bouger de peur d'être trahi par le craquement du parquet, le gémissement du fauteuil ou le cri de l'horloge. Il la connaissait par cœur l'histoire du garnement puni par le mobilier et les animaux révoltés du fond du jardin redevenu sauvage qui le tourmentaient jusqu'à ce qu'il se repente et redevienne l'enfant sage.

L'horloge menaçante, les tasses à thé, le banc, le canapé, le pouf et la chaise de paaaille. Les bergers de la tapisserie, l'épouvantail de l'arithmétique-tique-tique, la faune vengeresse et les arbres sanglants. Il en avait encore la chair de poule.

Il appelait tout à l'heure... chantaient la libellule, la grenouille, l'écureuil, le chat...
Il appelait...
... il a crié un mot...
Un seul mot : Maman.

Maman !... Il allait être en retard... Le rôti serait brûlé, le soufflé retombé... Il en serait accusé. C'était la voix de sa mère aiguisée par la lime de ses incisives qui couvrait celles des cloches. Celle qui avait fait fuir son père vers d'autres cieux lorsqu'il salissait encore ses barboteuses. Georges aurait beau se justifier derrière le mécanisme du réveil inexplicablement enroué, Maman n'accepterait aucune excuse et garderait son humeur de harpie vexée toute la journée.

Georges d'ordinaire se levait tous les jours à sept heures trente pour arriver au bureau à huit trente. Quant aux horaires des dimanches ils ne variaient jamais de dimanche en dimanche. Debout à huit heures trente. Toilette, salle de bains. Neuf heures et quart, petit déjeuner, ménage jusqu'à dix heures dix. Ensuite « s'habiller, se vêtir ». Dix heures trente, acheter le journal et les revues de Maman au tabac de la rue des Cordiers, traverser la place du Terreau, acheter « le » croquant au chocolat « c'est riche en magnésium » mis de côté, emballé, prêt à être emporté à la pâtisserie Brusson.

— Votre maman va bien, monsieur Boutonnet? Elle se plaît dans son nouvel appartement d'Anost pas trop fatiguée? Ça doit la changer d'avoir quitté sa chère maison. Mais c'est sûr que ça devenait trop grand pour elle. Bon dimanche, monsieur Boutonnet... et bonjour à votre Maman.

À onze heures, il sortait la voiture du garage de la rue Blanche et prenait la route d'Anost, à travers la forêt de Fragnes, pour arriver chez Maman à midi tapant.

Vin cuit, soufflé, rôti de bœuf, « le » croquant au chocolat, deux verres de pommard, vestiges de la cave du grand-père. Après le café, ils somnolaient, étalés dans des fauteuils l'un en face de l'autre, se concentraient sur une partie de scrabble. Souper léger à sept heures afin qu'il ne rentre pas trop tard — jambon persillé, salade d'avril à octobre ; crapiaud, salade dès les premiers frissons. Durant tout l'après-midi, ils avaient à peine échangé dix mots.

Mais cette fois, rien n'irait comme prévu, car « le temps perdu ne se rattrape guère, car le temps perdu ne se rattrape plus » et il aurait droit à une sacrée soupe à la grimace jusqu'au soir. Il sauta le ménage et le petit déjeuner et fila directement à la pâtisserie, accueilli par le regard chargé de reproche de Mme Brusson, étonnée par son retard.

— Vous auriez dû m'avertir que vous arriveriez si tard, on aurait gardé le gâteau au frais !

Il était midi, les cloches sonnaient plus exaspérées encore et, trouvant la rue des Sous-Chantres fermée pour cause de travaux, il dut prendre le pourtour des remparts afin de récupérer son trajet habituel. Le soleil droit dans le ciel éblouissait le pare-brise et ses mains moites glissaient sur le volant. Bravant ses prudentes habitudes, Georges appuya sur le champignon. Bientôt il franchit la dernière enceinte de la ville basse et s'engagea dans la campagne. S'il n'était pas ralenti par quelques tracteurs poussifs, il arriverait là-bas vers une heure et quart.

Il devina le visage de Maman l'accueillant froidement après son timide coup de sonnette, sa maigre silhouette découpée sur le seuil, comme elle se dressait jadis dans le jour déclinant des anciens jeudis au moment angoissant de corriger les devoirs et de vérifier les leçons.

Bébé a été sage ?
Il a fini sa page ?
Oh, tu n'as rien fait
Tu as éclaboussé d'encre le tapis !

D'autres fois on lui laissait lire des beaux livres de contes, sortis de la bibliothèque fermée à clef. L'album ouvert bien à plat sur la table et qu'il devait feuilleter soigneusement, sans corner ni salir les pages illustrées des gravures sombres de Gustave Doré qui lui faisaient peur : les yeux exorbités de l'ogre, son grand couteau et la gueule noire du loup affublé des lunettes et du bonnet de Mère-Grand. Il préférait les dessins colorés et joyeux de Félix Lorioux qu'il reconnaissait aux coccinelles, aux sauterelles chapeautées cachées sous les herbes ou les joncs des rivières.

Perrault, Grimm, la comtesse de Ségur, Mme d'Aulnoy et tous ses récits emplis de petits garçons honnêtes et courageux, de vaillants chevaliers, de filles vertueuses. Ces fables dont les morales le laissaient désemparé face à ses faiblesses. Combien d'épreuves fallait-il affronter, combien de monstres, de Dragons à vaincre avant d'accéder au trône, de mériter l'amour de la Belle à nulle autre pareille. Georges n'avait jamais pu y parvenir.

Il était resté un modeste employé, à la merci de ses chefs. Célibataire. Et il craignait encore sa mère.

Quand soudain parvenu à la hauteur du carrefour des Claies, une fulgurante douleur vint lui traverser le bas-ventre. Tout empressé à rattraper le temps perdu, il avait oublié de faire pipi.

LE VILLAGE

Sans doute Georges Boutonnet n'aurait pas dû s'arrêter dans ce coin de forêt, mais l'homme est ainsi conçu qu'il ne peut contrarier les exigences de sa nature et Georges avait outrepassé dangereusement ses limites en faisant fi du plus élémentaire des besoins. Un cahot de la voiture sautant un nid-de-poule lui fit comprendre que s'il s'obstinait à ne point se soumettre, il risquait de souiller, dans l'instant, son costume des dimanches. Mieux valait perdre quelques minutes de plus que de se pointer chez Maman en si pitoyable état.

Il n'avait pas le temps de chercher un parking. D'un coup de volant, il empiéta sur le bas-côté, coupa le moteur et, courbé en deux, s'engouffra sous le feuillu. Tandis qu'il se soulageait en poussant des soupirs d'aise, une onde bienfaisante et légère vint embuer ses paupières. Il se sentait heureux, les sens subitement envahis par une bouleversante sensation nouvelle. Presque irrationnelle. Peut-être un peu dangereuse.

Maman l'avait toujours tenu éloigné des choses incontrôlables, du sauvage, du végétal, de l'organique. Il ignorait tout de la forêt qu'il traversait, chaque semaine, à l'abri de sa voiture. Ce n'était qu'un décor qu'il n'avait jamais visité, ni humé, ni palpé. Un monde inconnu où les enfants de ses contes du jeudi se perdaient.

Troublé par les parfums, la fraîcheur confuse du sous-bois, il se sentit happé par le mystère — la route était déjà bien loin du seuil qu'il venait de franchir. On ne lui avait pas appris à reconnaître les fleurs : celles parsemées autour étaient jaunes, bleues, violettes, mais ne portaient pas de nom. Il ne savait rien des multitudes d'oiseaux pépiant parmi les branches. Il ne différenciait point le pinson, le bouvreuil du moineau des trottoirs.

Tout au fond d'un autre part, il entendit, comme la trompe de M. Seguin, la voix de sa mère crier « Reviens, reviens », mais la saveur d'une fraise des bois l'invita à en goûter une autre.

Peut-être a-t-il par mégarde marché sur « l'herbe d'égarement », peut-être a-t-il répondu sans le savoir au chant de l'oiseau d'oubli, toujours est-il que, tournant le dos à l'itinéraire prévu, il s'est enfoncé dans la forêt.

Ce sont ses premiers pas, ceux de l'enfant ébloui qui marche pour la première fois.

Il marche sur un fil d'or à la façon d'un funambule inconscient du danger. Tant pis pour le retard, la voiture, le gâteau, tant pis pour sa mère. Il a envie de rire, de suivre ce rayon de soleil vagabond qui plus avant, au-delà des taillis, l'attire. Sous ses semelles, le sol est aussi doux qu'un nuage de mousse. Il n'éprouve plus de répulsion pour l'insecte bourdonnant, la chenille velue, les choses rampantes, urticantes, pourrissantes... hostiles. Il en fait désormais partie et la faune secrète doit le ressentir aussi car les lapins sortent des terriers et les écureuils se penchent pour le regarder passer.

Des trois sentiers qui au sommet du talus se présentent, il choisit, picoté par un puéril mais excitant sentiment de bravade, le plus étroit, le plus sinueux, celui dont l'herbe fine et tendre semble n'avoir jamais été foulée, ou alors il y a si longtemps que sa mémoire en a effacé la trace.

Et puis, au beau milieu du layon, il voit s'approcher une petite enfant. C'est d'abord un point vermillon tout au loin au bout du chemin. Comme la fillette avance à cloche-pied en prenant tout son temps, il peut la détailler de la tête aux pieds. Ses sabots, ses bas tricotés, sa robe courte et son tablier sortis d'une armoire du passé et surtout ce capuchon rouge noué sur sa tête bouclée : c'est probablement une petite déguisée en route pour un goûter costumé.

— Bonjour monsieur, flûte-t-elle, arrivée à sa hauteur.

— Bonjour petit chaperon rouge ! répond Georges sur un ton amusé.

— Mais comment connaissez-vous mon nom ?!

Elle mime si habilement la surprise que Georges, poussant le jeu plus loin...

— Je peux même te dire d'où tu viens et où tu vas, annonce-t-il d'un air mystérieux, le regard sourcilleux, l'index impérieux. Tu viens de chez ta maman qui t'a demandé de porter à ta Mère-Grand qui est malade une galette, de la confiture et un petit pot de beurre dans ce panier que tu portes à ton bras.

— Mais comment savez-vous tout cela ?

Le front plissé d'un tel étonnement que, encore un peu, on y croirait.

— Parce que je suis un aussi puissant et authentique magicien que tu es le vrai Petit Chaperon rouge ! affirme-t-il malicieux.

— Un magicien ! Ils vont être heureux de votre visite au village.

— Quel village ?

— Ben celui au bout de ce chemin, après la sapinière en bas de la colline, tiens !

Et comme il reste un peu déconcerté...

— Dites-moi encore quelque chose que vous savez, demande-t-elle les yeux écarquillés.

— Hmm... eh bien... que pour entrer chez ta Mère-Grand il te faut tirer la chevillette. Et aussi que ta maman t'a mise en garde contre le grand méchant loup...

— Le grand méchant loup ?! Mère ne m'aurait jamais dit quelque chose d'aussi stupide. Vous savez bien qu'il n'y a plus de telles bêtes dans la région et que le grand méchant loup n'existe pas !... (Et elle se rembrunit.) Ne seriez-vous pas plutôt un de ces vilains bonshommes qui aiment faire peur aux petites filles esseulées dans les bois.

Et la voilà qui s'ensauve sur ses sabots de bois, laissant Georges abasourdi, sans savoir s'il a rencontré une fieffée coquine ou une petite demeurée. Un village ? Quel village ? Plutôt un vestige de hameau oublié des services sociaux.

Mais au bout du chemin, après la sapinière, en bas de la colline, il tombe dessus et reste bouche bée...

Déposé comme un inestimable trésor au creux d'un soyeux écrin d'horizons bleutés resplendit un décor de conte de fées. Point de mot pour le décrire. L'élève Boutonnet demeure devant sa page blanche de rédaction, le porte-plume en l'air...

LE VILLAGE DES CONTES DE FÉES

« Il était une fois un village de conte de fées caché dans une vallée verdoyante éclairée par des tas d'arcs-en-ciel de toutes les couleurs. Il y avait des milliers de fleurs tout autour que broutaient des vaches bleues. Un ruisseau bleu aussi traversait le village des contes de fées. Il y avait tous les châteaux et les maisons des contes de fées, la maison en briques rouges des trois petits cochons, la maison des sept nains de Blanche-Neige, le château du roi Barbe de Grive avec ses créneaux et ses donjons comme au temps des chevaliers, le château de cristal transparent de la fée Bleue et, tout en haut sur son rocher, le palais de Cendrillon avec ses tourelles qui montent jusqu'au ciel. C'est le village des contes de fées. »

Ce n'est pas un mirage, ce n'est pas une illusion. Alors quoi donc ? un parc d'attractions, un de ces parcs à thème comme on fait beaucoup maintenant... Cependant Georges n'en a jamais entendu parler, ni par la presse, ni par les radios locales, ni par la télé régionale. Mais ces constructions n'ont pas l'air d'être en carton. Ça a dû coûter des millions, se dit Georges Boutonnet en passant sous la voûte d'enceinte surmontée de bannières de pourpre et d'or qui claquent au vent. Et ça m'a l'air d'être habité, pense-t-il en entendant une vie joyeuse grouiller derrière les murs, des poules caqueter, un cheval hennir et des bruits, et des cris, des rires, des voix qui s'interpellent.

Dans la rue aux pavés proprets dont il longe les bicoques joliettes et biscornues, une enseigne peinte l'attire ; dessous, par la fenêtre ouverte, s'envole une chanson.

— Y a-t-il quelqu'un ?

LE CHAT BOTTÉ

Arlequin dans sa boutique
Sur les marches du palais ;
Il enseigne la musique
À tous ses petits valets,
À monsieur Po,
À monsieur Li,
À monsieur Chi,
À monsieur Nelle,
À monsieur Polichinelle.

Cette chansonnette, il la connaît bien et cet atelier de menuiserie avec tous ces objets sculptés, accrochés aux murs, semble si familier à sa mémoire : les dizaines de pendules et coucous qui tictaquent et battent du balancier à l'unisson, les baromètres — berger à parapluie pour le mauvais temps, bergère à ombrelle pour les beaux jours —, les huches à pain, les étagères, les porte manteaux, façonnés, ciselés et rehaussés de guirlandes de fleurs des champs...

Le vieux bonhomme penché sur l'établi, parmi les odorants copeaux de bois blond, il le reconnaît aussi. Il reconnaît son bonnet de coton enfoncé sur ses cheveux gris, le tablier de cuir, la culotte de gros drap à l'ancienne par-dessus les bas rayés, les souliers à boucles d'étain. Bien que le bonhomme lui tourne le dos, Georges sait d'avance à quoi il s'affaire. Il devine ce qu'il fignole aux ciseaux fins et polit au papier de verre, il devine le nez pointu que l'outil affine et qui un jour se mettra à grandir, grandir, grandir à chaque mensonge.

— Je ne vous dérange pas dans votre travail, monsieur Gepetto ? le hèle Georges à la fenêtre. La fenêtre tout empanachée de glycines et de pots de géranium.

— Gepette, jeune homme, Gepette !... corrige le vieil homme ajustant ses bésicles. Les garnements me surnomment Polenta lorsque je mets ma belle perruque aussi jaune que la bouillie de maïs, mais gare à la trique quand je rattrape l'un d'eux !... Mais je vois à votre cravate et votre costume gris que vous n'êtes pas d'ici. Ce ne doit pas être bien gai de l'autre côté de la colline, car tous les étrangers qui viennent au village sont toujours si tristement vêtus ! Enfin, qu'à cela ne tienne, vous tombez à point pour m'aider à trouver un joli nom à cette marionnette que je viens de terminer. Qu'en pensez-vous, mon garçon ?

— Magnifique !

— Il est vrai que j'en suis assez satisfait, se rengorge Gepette, le torse bombé. Je l'ai fabriquée dans une vieille bûche offerte par le père La Cerise. Je voulais, voyez-vous, une merveille de pantin qui sache danser, tirer l'épée et faire le saut périlleux... Quant à son nom, je songeais à Coquelicot...

— Et que... euh, diriez-vous plutôt de Pinocchio ?

— Pinokio ! Excellent, ça lui sied comme une paire d'ailes à un papillon. Pinokio ! Pinokio... Regardez comme ce prénom a l'air de plaire à mon joyeux maniquet.

Et de confirmer l'approbation, en traçant d'un coup de pinceau enlevé un sourire réjoui sur le visage de bois.

— Il ne lui manque plus que la parole.

— Oh, mais cela viendra ! assure Gepette.

— Je n'en doute pas... et avec la parole, les mensonges.

— Les mensonges ! Quelle drôle d'idée ! Pourquoi mentirait-il ?

— Vous savez bien : les mauvaises influences, le Chat aveugle et le Renard boiteux, par exemple... des mensonges qui amènent à devenir un âne et conduisent tout droit dans le ventre d'une baleine.

— Ah ça, que me chantez-vous là ? Mais quelle mauvaise atmosphère doit-on respirer de l'autre côté de la colline pour que tous ceux qui en arrivent tiennent toujours des propos si catastrophiques !

— Hélas, monsieur Gepette, c'est la vérité.

— La vérité, allons, allons, jeune homme, vous êtes ici au Bienheureux village. Rien de mal ne peut y arriver. Séjournez donc quelques jours chez nous et croyez-moi, lorsque vous en repartirez, plus jamais vous n'aurez de mauvaises pensées.

— C'est que je n'ai guère le temps, ma voiture m'attend. Je suis très en retard et... Maman va se faire du souci.

— Tssk, tssk ! Oubliez le temps. Profitez de l'instant, et remerciez le hasard qui vous a amené en ces lieux pour respirer les parfums de l'enfance retrouvée et visiter le village des contes bleus. Allons, allons, ne vous agitez pas ainsi, détendez-vous, je vais faire appel au guide idéal.

Et sans plus de façon, il plonge la main dans une boîte de bois, en ressort une sorte d'appeau qu'il embouche et d'une longue roucoulade en sort les chants de mille et un oiseaux... auxquels répond un miaulement.

Georges ne comprend ni d'où ni comment s'est effectué le prodige, mais comme jailli du sol, le Chat botté se dresse subitement devant lui, car c'est bien le Chat botté. On ne peut en douter.

Un beau minet gris, au pelage angora, la

truffe rose et la moustache frisée, chapeauté d'un vaste feutre emplumé, une jaquette prune barrée d'un large baudrier brodé que termine une épée battant les éperons étoilés d'une paire de superbes bottes rouges soigneusement cirées.

— Miaw... chers amis, que puis-je pour votre plaisir ? ronronne-t-il doucereux, œil agate, patte de velours, tout en courbettes et révérences.

— Cher chat, je vous confie ce jeune monsieur, soyez auprès de lui aussi attentionné qu'avec votre marquis de Carabas. Menez-le partout, qu'il découvre tous les trésors qu'offre notre précieux petit bourg. Conduisez-le par nos rues, nos places, nos jardins, nos roseraies, nos curiosités.

— Miaw... Soyez donc mon maître, c'est pour moi un plaisir de vous servir... monsieur !

— Boutonnet, annonce Georges qui ne sait plus trop que penser, qui ne sait plus trop qui il est, qui ne sait plus trop où il est.

— Boutonnet, comme c'est charmant, cela sonne presque comme un sobriquet de chez nous ! minaude Chat en se dandinant tout autour. Maître Boutonnet ! Vraiment charmant, mais il est hors de question que je vous promène dans cette tenue, proteste Chat, l'inspectant tout autour. Aussi mal fagoté, vous risquez d'effrayer nos enfants ! Allons, fermez les yeux et laissez-moi faire.

Et lorsque Georges Boutonnet les rouvre, il ne se reconnaît plus. Dans le miroir que Chat, d'un tour de passe-passe lui passe, il aperçoit un élégant princièrement atinté d'une redingote parme à parements grenat, d'un gilet de brocart d'or, de culottes de satin galonnées, de bas de soie, de souliers à boucles de diamant et, sortant des manches, du col, des flots de dentelles, de rubans. Sur sa perruque bouclée, poudrée, encocardée, un tricorne cramoisi festonné d'un liseré perlé est crânement posé. C'est à peine s'il retrouve ses traits sous le fard, le talc et la mouche.

— Voilà qui est parfait, Miaw ! Splendide ! Magnifique ! Fin prêt et apprêté pour ravir les cœurs de nos bergères et princesses en attente d'un prince charmant. Qu'en pensez-vous, cher Gepette ?

— Un prince des *Mille et Une Nuits* !... Quant à ce qui concerne les fiancées, vous ne trouverez nulle part ailleurs un plus aimable choix... Blanche-Neige, Rose-Rouge, Raiponce, Gracieuse, Finette-Cendron, Zibeline, Persinette, Cendrillon, Minou-Minette, Prétintin, Zirphile, Belle aux cheveux d'or... autant de cœurs à prendre.

— Sans compter nos reines, nos fées et nos ondines... je vous prédis, cher Maître, que dès ce soir, si vous le voulez, vous serez marié.

— Heureux homme ! Vous ne pouviez mieux tomber. Allez, suivez donc votre mentor... et courez muser, vagabonder, batifoler...

Et voilà Georges Boutonnet parti, trottinant derrière le Chat botté, aux éperons bluettants sur les pavés dorés.

LA MERVEILLEUSE VISITE

Et voici Georges Boutonnet sur les talons étoilés du Chat botté. Il a oublié le gâteau en train de s'épandre sur la banquette arrière de la voiture. Il a oublié ses obligations du dimanche et Maman qui l'attend dans un monde terne et lointain. Tant pis s'il ne sait trop que penser, s'il ne sait plus trop qui il est, ni où il en est, il y a tant de choses étonnantes à voir, à respirer, à admirer. Les fleurs, de leurs bouches en pétales, lui envoient des baisers au passage, les cygnes et les canards bavardent dans la mare. Et les grenouilles, de nénuphar en nénuphar, sont vêtues des mêmes atours que sur ces vieux albums dessinés par Lorioux.

— Qui va laver l'écuelle au roi ? demande la reine couronnée.

— Pas moi.

— Pas moi, pas moi, pas moi, pas moi, pas moi ! répondent en chœur les rainettes en sautant dans l'eau claire où tout au fond on voit nager de fluides ondines entre de transparents clochers tintant des ding, ding, dong.

Heureusement que Georges connaît par cœur

ses contes et comptines des lectures des jeudis, car il peut mettre un nom sur ceux et celles qu'il rencontre et qui le saluent : Mère Chèvre de retour du marché, poussant devant elle ses sept biquets ; les sept nains la pioche sur l'épaule, en route pour la mine, à la bouche une chanson ; Polichinelle et Cadet Rousselle échangeant leurs couplets ; adossé à la porte d'une auberge, Cambrinus, ventre rond, fume la pipe, la chope de bière au poing. Celui-là, c'est le baron de Münchhausen, la mine fanfaronne il chevauche la moitié de sa blanche jument. Celui-ci... Riquet à la houppe et son toupet à la rebique. Assis devant sa fenêtre, le vaillant petit tailleur coupe, file, coud, faufile. Et des lutins partout et des fées plus gracieuses les unes que les autres qui volettent ou glissent dans les airs, vêtues de voilages clair de lune, d'aurore ou de soleil. Ébouriffé d'épines, le museau en trompette, c'est Hans-mon-hérisson.

— Bonjour, Chat botté.

— Bien le bonjour, Hans, je te présente Maître Boutonnet.

— Boutonnet ! Quel nom plaisant !

Georges pour la première fois est fier de le porter, depuis son enfance les autres l'ont si souvent moqué ! À l'école c'était des Mal-boutonné ; durant l'adolescence, au temps ingrat de l'acné, Boutons de nez... À l'armée Goutte au nez... et pire, lors du seul et piteux essai auprès d'une fille qu'il s'était permis, la délurée l'avait définitivement castré par un « trop boutonné ».

— Miaw, je fais visiter le village à Maître Boutonnet.

— Parfait... Parfait... Et comment trouvez-vous notre petit paradis ?

— Merveilleux.

— À la bonne heure ! Tous ceux qui viennent ici n'ont plus jamais envie de repartir.

Par-dessus les liserons d'une clôture bordée de roses trémières, Georges aperçoit trois petits cochons en costume de jardinier bêcher, ratisser, sarcler leur plantage. Et sous les platanes, en compagnie du Petit Poucet et de Tom Pouce — pas plus haut que le pouce d'une main —, un petit être de la taille d'un champignon s'applique à jouer aux billes avec une poignée de lentilles.

Par une tiède nuit de printemps
Il y a bien de cela cent ans,
Que sous un brin de persil, sans bruit
Tout menu naquit
Jean de la Lune, Jean de la Lune !

Ainsi c'est lui le fameux Jean de la Lune « frêle, délicat, petit, mignon » dont il a tellement de fois répété la chanson à l'école maternelle, en préparation des fêtes de fin d'année. Timide soliste en culottes courtes, déguisé en Pierrot devant un public amusé, il s'entend terminer ses couplets par un claironnant « Jean de la Lunnnnne, Jean de la Lunnnne ».

Jamais il ne pensait un jour le rencontrer. Pensez donc !... C'est si...

Mais Georges a-t-il le temps de penser que déjà son compagnon, tout doux, tout doux, en miaulant, l'entraîne vers d'autres lieux.

— Miaw. Entrons ici nous restaurer.

À la pâtisserie de Papa Gâteau, il s'empiffre de confiseries, de tartes à la crème, de nougatines, d'exquises profiteroles au chocolat. « Petite table, couvre-toi » et d'un seul coup d'un seul, des montagnes de cake à la liqueur, de chouquettes à la chantilly, de croquignoles fourrées de coulis dégoulinant de sirops à la framboise, à la myrtille, au caramel.

— Miaw, mangez donc, mon bon Maître, je vous trouve un peu pâlot, prenez des forces, nous avons encore tant de choses à visiter...

Et le voilà poussé dehors, dans les allées enverdurées du château nacré de la reine Mab. Puis d'un même pas dedans la caverne aux échos, le labyrinthe du Prince Vermeil, le parc aux buis de givre découpés de la Dame des glaces.

Au bout d'une allée, un carrosse opaline en forme de citrouille, empanaché de plumets vaporeux s'est arrêté. Georges demeure pétrifié par la beauté de celle qui en descend et traverse la pelouse, aussi légère qu'une brume matinale portée par l'aurore.

Oui c'est elle ta princesse enchantée
Celle que tu appelais dans tes songes la nuit passée
Celle dont l'histoire commencée hier te tint éveillé si longtemps...

lui chante sa mémoire des jeudis fanés, mais que la fraîche apparition réveille en âge d'or. C'est la belle au parfum de rose et de lys blancs blottis à jamais dans l'âme troublée de l'enfant désobéissant, et qu'il a toujours en vain recherché...

Tu ne m'as laissé, comme un rayon de lune
Qu'un cheveu d'or sur mon épaule
Qu'un cheveu d'or et les débris d'un rêve...

Il entend la voix renaître et remonter du plus profond du disque dans un tourbillon de sillons.

— Miaw, cher gentil Maître, qu'avez-vous donc : vous tremblez, ma parole. Serait-ce notre Cendrillon qui vous bouleverse à ce point ?

— Cendrillon ?

— Miawoui, Cendrillon, qui comme chaque jour, à la même heure, se rend chez M. Polichinelle prendre sa leçon de clavecin.

Cendrillon : cette radieuse damoiselle, au chignon blond torsadé de fils perlés, il ne l'imaginait pas si richement parée, mais vêtue de haillons, le minois triste couvert de suie et de cendres. Est-ce la Cendrillon d'avant la mort de sa mère, du remariage de son père et de l'enfer que lui feront subir ses bourrelles de deux demi-sœurs ? Ou bien a-t-elle déjà épousé le prince...

Mais Chat botté l'entraîne déjà à travers un parc somptueux, dont les raidillons, les pentes glissantes, les rochers sculptés à escalader, les cascades à sauter du parcours serpentaire commençant à tirer dans les mollets du pauvre Georges essoufflé — plus sédentaire que sportif... Et là-bas Chat botté sautillant tout devant se coule sous les chênes moussus, et grimpe et grimpe sans plus s'occuper de son maître courbé en deux par un point de côté.

— Chat... chaaat ! appelle-t-il faiblement... Attendez-moi.

— Miaw ! Je suis désolé, mon doux Maître, je vais toujours trop vite. Je suis impardonnable. Un cachou, une pastille à la menthe, une boule de gomme, un cuberdon ?

De trois bonds agiles, Minet botté est revenu sur ses pas, a tiré une bonbonnière de sa manche.

— Non merci, je crois d'ailleurs avoir abusé de toutes vos pâtisseries, je n'aurais pas dû reprendre de ce clafoutis aux griottes.

— Bah ! Ce n'est pas un défaut que d'être un peu rondouillet, au contraire, le rassure Chat, lui flattant le gras du bedon. Suivez-moi, cher petit Maître, jusqu'à ce promontoire admirer notre village. C'est de cette hauteur qu'on l'apprécie le mieux.

Paradisiaque. Il n'y a pas d'autre mot, apprécie rêveusement Georges laissant son regard s'étendre sur les toits argentés, les tours, les donjons ciselés aux échauguettes pointues battant d'oriflammes de toutes les couleurs, les jardins suspendus, les vergers qu'un miracle saisonnier couvre aussi bien d'une flore printanière que de cerises vermeilles et de pommes et de noisettes en même temps.

On aimerait rester là, loin des corvées des dimanches et de la vaine agitation du bureau. C'est trop beau pour être vrai. Une vague impression de malaise traverse sa contemplation d'une buée de fin de vacances, comme l'ombre du soir ternit l'heureuse insouciance d'un jeudi que l'on croyait éternel — peut-être parce que la lumière insidieusement en déclinant éteint par-ci par-là les feux follets des crêtes et les lucioles des prés. Bientôt il devra rendre son bel habit de paillettes pour retrouver celui de Paillasse.

— C'est singulier, je n'ai remarqué aucune église dans le village.

— Miaw, une église ? Vous voulez parler, je suppose, de cet édifice où vos semblables enferment un seul dieu. Non nous n'en avons pas. Ici nos dieux vont et viennent, s'installent à leur guise dans les arbres, les ruisseaux, les bois, les rochers, ou l'âtre des maisons.

Georges n'insiste pas, il n'a guère d'avis précis sur la question, n'ayant hérité de sa mère qu'une religion de convenance. Mais peut-être parce qu'avec l'ombre se glissant son humeur se chagrine.

— Il n'y a pas de cimetière non plus.

— Miaw ! s'étrangle Chat botté, comme s'il venait d'avaler une pelote d'aiguilles, d'arêtes et d'épingles. Un quoi ?

— Un cimetière... pour... enterrer vos morts.

— Nos morts !

Et c'était comme s'il venait d'avaler une pelote d'épingles, d'arêtes et d'aiguilles.

— Nos morts ! Saperlipopette, il n'y a vraiment qu'un « Hors d'ici » pour oser prononcer des mots aussi imprononçables. La mort, mais il n'y a jamais eu et il n'y aura jamais de morts dans cette vallée. Sinon nous le serions tous. Quel âge me donnez-vous, dites-moi ?

— Euh...

— Des centaines d'années, cher petit Maître écervelé, et le bon Gepette, et Puck, Poucet, Cendrillon, et la mère Loye, le Chaperon rouge, Zirphile, Persinette tout autant, et pourtant quel que soit notre âge, nous sommes toujours vivants. Comme nos invités s'ils désirent rester.

Georges tout penaud, qui sait encore moins que penser, qui il est, où il est, sent les questions fondre sur sa langue, ses épaules se voûter sous le poids des semaines sans jeudis. Tous ces jeudis que des manipulateurs dans l'ombre ont trafiqué en mercredis, puis en moitié de mercredi, puis éparpillés dans l'année pour mieux les désenchanter et en ôter la rêverie... et la « substantifique moelle ».

— Quelle grise mine, tout à coup, mon doux Maître ! Vous ne vous sentez pas bien parmi nous ? Dites ce qui pourrait vous faire plaisir. Quelques arlequinades, des clowns, une farandole, un feu d'artifice ?... quelques nymphes à taquiner ? Vous n'avez qu'à demander. Tous vos souhaits seront exaucés...

— C'est que... il commence à se faire tard, je vais devoir rentrer.

— Miaw, quelle sottise... les festivités ne font que commencer. Mais, voyez qui vient justement vers nous. Lèvres rouges comme la rose, cheveux noirs comme l'ébène et blanche comme neige : Blanche-Neige. N'est-elle pas la plus jolie d'entre toutes ?... Et c'est une princesse à marier — avec pour dot un château à la clé. Allez, charmant petit Maître, courez sur-le-champ tenter votre chance. Courez vite l'aider à porter son seau, elle vous en sera certainement reconnaissante.

Et le poussant du coude avec une œillade :

— Excellent prétexte pour lier connaissance. Ne vous occupez surtout pas de moi, je sais être discret. Réajustez votre chapeau et relevez la tête, un peu d'audace, saperlotte, je vous laisse seuls. Rendez-vous à vingt heures en bas, sous le chêne d'or.

Il s'est éclipsé, laissant dans l'air, en guise d'un sourire de chat du Cheshire, un duvet de son plumet et quelques poils angoras.

PROMENADE AVEC BLANCHE-NEIGE

« Il était une fois, en plein hiver, quand les flocons descendaient du ciel comme des plumes et du duvet, une reine qui était assise et cousait devant une fenêtre qui avait un encadrement de bois d'ébène, noir et profond. Et tandis qu'elle cousait négligemment tout en regardant la belle neige au-dehors, la reine se piqua le doigt avec son aiguille et trois petites gouttes de sang tombèrent sur la neige, c'était si beau, ce rouge sur la neige, qu'en la voyant la reine songea : "Oh ! Si je pouvais avoir un enfant aussi blanc que la neige, aussi vermeil que le sang et aussi noir de cheveux que l'ébène de cette fenêtre !" Bientôt après, elle eut une petite fille qui était blanche comme la neige, vermeille comme le sang et noire de cheveux comme le bois d'ébène, et Blanche-Neige fut son nom à cause de cela. »

C'était elle qui gravissait le sentier aussi légèrement qu'un faon malgré le poids du seau, de rocher en rocher, sans renverser une seule goutte d'eau.

— Bonjour, salue Georges gauchement lorsqu'elle arrive à sa hauteur.

— Bonjour.

Et son sourire est un bouquet de roses rouges, son visage un paysage givré de carte de Noël, ses cheveux l'onde de la nuit déployant ses étoiles.

— Puis-je vous aider, mademoiselle Blanche-Neige ?

Il se retrouve l'enfant des jeudis timorés, hésitant à franchir le pas sur le seuil du jardin aux sortilèges.

— Merci.

Elle lui tend le seau, tandis qu'à son bouquet de sourires s'ajoutent des guirlandes de rubans dont les boucles viennent nouer le cœur de Georges aussi simplement qu'une ficelle retient captif un ballon.

— Monsieur ?

— Georges... Boutonnet.

— Boutonnet ! Comme c'est amusant, on le croirait inventé pour la rime d'une comptine.

Elle rit, un petit ruisselet de rires de fillette à la marelle. Sans moquerie, tout à la joie d'enfiler des vers de mirliton :

M. Boutonnet n'a plus de nez
À qui va-t-il en emprunter ?
Au musée de cochonnet
Ou à celui de Percinet.
Le voilà bien embêté :
Car pour baptiser son nouveau-né
Il lui faut un nouveau nez.

— Si vous me permettez d'emprunter encore un peu votre nom, je vous promets d'en réussir de plus jolis...

Jolie elle l'est : « La plus jolie d'entre toutes. » Chat botté avait raison, la fatigue et le doute ont disparu. Georges a le cœur en gambade, le seau ne pèse rien à son bras et il aimerait que la promenade dure toujours. Du coin de l'œil, il admire la taille souple serrée dans un caraco noir à lacets, la robe jaune à corolle, le ruban coquelicot dans les cheveux, les petits pieds sur la mousse. Le soleil au déclin entre les frondaisons laisse glisser des rayons de jonquilles devant eux.

— Vous m'accompagnerez bien jusqu'à la grille du château, mais avant j'aimerais cueillir quelques aspérules pour parfumer mon bain... Il n'existe rien de mieux que cette eau de la source des Vendoiselles pour clarifier la peau.

Georges aimerait lui dire qu'elle n'en a guère besoin, que ses jambes ivoirines qu'elle découvre en sautillant à chaque envol de jupon sont aussi pures que le premier grésil, mais le compliment reste timidement coincé en travers la gorge. Et il se remet à rougir en imaginant le corps juvénile s'étirer, encerclé de scintillantes gouttelettes.

— Comprenez-vous, je dois me faire belle et paraître à mon avantage à la fête de ce soir. Certes il y aura grande concurrence entre les plus belles à nulle autres pareilles que sont Cendrillon, la princesse Merveille, Aurore, Raiponce, Maeve, Zirphile, Gracieuse, Zibeline... soupire-t-elle, et toute la cour de Titania, mais si je pouvais au moins vous plaire.

« Mais, vous l'êtes déjà tellement à présent », devrait-il déclarer en rattrapant la balle au bond. C'est le moment de lui prendre la main, de mettre un genou à terre et d'avouer combien il est ébloui, envoûté par ses charmes... Mais il ne sait que balbutier, un peu benêt :

— Il y a fête ce soir ?

— Fête, festin, concert, bal comme tous les dimanches soir en la demeure des musiciens de la ville de Brême : Âne à la harpe, Chien à la flûte, Chat au clavecin et Coq au violon : il n'est point de meilleurs virtuoses dans toute la région. Vous verrez, j'espère que vous me ferez danser... d'ailleurs vous n'avez pas le choix : Nous ouvrirons tous les deux le bal, puisque je vous l'ai demandé la première.

— C'est que je ne pourrais peut-être pas y assister.

— Et pourquoi donc ? Vous êtes invité !

— Mais je vais devoir rentrer... Mon travail... demain...

Elle paraît si dépitée, ses grands yeux aux éclats de ruisseaux ensoleillés se voilent de si tristes nuages que Georges, ému, se sent comme un vieux sac en papier empli de regrets. Sa main toute seule passe le seuil des jeudis, s'avance sans qu'il puisse la retenir et va caresser la joue de Neige-Blanche, l'effleure, en butine l'éclat. Et Georges rougit lorsqu'il la voit rosir.

La voûte des feuillages, le silence câlin des buissonnances et le lit douillet des fougères dans le creux du talus invitent à l'enlacement. Il suffirait d'un pas de plus... que les lèvres de Georges se décrispent du tremblement qui les agite pour éclore et s'envoler en baiser.

— Soit n'y pensons plus, dit-elle.

Georges songe à ce baiser définitivement perdu sur la bouche de Rose, dans cette récitation de Victor Hugo apprise par cœur, à l'école de l'abbé Grivot.

L'émoi est si précieux qu'il est péché de ne le point cueillir. Mais sans doute que l'explication de texte de l'austère manuel avait sciemment omis de l'expliquer.

Un battement d'ailes tout proche, un craquement de branche et le sortilège est rompu. Blanche-Neige est à courir plus loin cueillir ses aspérules. Par brassées de flocons, de pétales étoilés mêlés aux flots de chevelure. Gerbes frissonnantes, éclaboussées de transparences lunaires et des buées lactéennes de Vénus qu'elle lui présente en offrande sous son nez...

— Sentez leur parfum. Vous savez que lorsqu'en mai les fées nous invitent à printaniser, elles en distillent un vin exquis qu'elles distribuent durant les rondes de Pan, à l'heure du coucou, quand les princes charmants réveillent les belles dormantes. Nous dansons, grisées d'élixir, et tapons le sol du pied jusqu'à ce que la flore jaillisse et renaisse. C'est le temps des amours ajoute-t-elle, vaporisant l'atmosphère de bouffées de gazouillantes phéromones.

Georges Boutonnet serait à deux doigts de se déboutonner si les tours du château ne se profilaient pas maintenant par-dessus les feuillages, au bout du chemin.

— Voilà, me voici arrivée. Merci encore pour votre aide, soupire Blanche-Neige en lui reprenant le seau des mains. J'espère vous revoir tout à l'heure au bal... et si dans votre monde on vous reproche un certain retard, dites-leur que ce n'est pas votre faute, que vous avez marché sur une touffe d'herbes d'égarement. Ils comprendront.

Elle s'est appuyée contre la grille dans les grappes violines et mauves des glycines. À travers les barreaux, Georges aperçoit le parc soigneusement entretenu, dominé par la façade du manoir. C'est donc là, derrière une de ces fenêtres, que la méchante reine, en son boudoir secret, interroge son miroir.

— Et la reine votre belle-mère, elle est gentille avec vous, comment se comporte-t-elle ? interroge-t-il inquiet.

— Vous voulez dire Maman... c'est la meilleure des mamans.

Pauvre innocente enfant, elle n'est encore qu'au début de l'histoire et ne sait encore rien de tous les malheurs et dangers que l'avenir lui réserve : le décès de sa mère, le remariage, la jalousie de la marâtre, le chasseur, la fuite dans la forêt. Pourtant, se tracasse Georges, quelque chose dans tout cela ne colle pas... La jeune fille qui devant lui resplendit dans son nuage de fleurs doit avoir à peu près dix-huit ans, pas moins, et si son souvenir du conte ne le trompe pas, elle devrait se trouver en ce moment cachée dans la maison des sept nains, au fond de la forêt... à la merci de la sorcière et de la pomme empoisonnée... il doit l'avertir. Il doit la protéger.

— Prenez garde, chère Blanche-Neige, à la sorcière... à la pomme rouge, surtout n'y mordez pas.

Et Georges soudain pense au Chaperon rouge rencontré ce matin, en train de cheminer à la rencontre du loup. Tout ignorante de sa présence et de son insatiable appétit...

— Monsieur Boutonnet, mon bon ami, vous ne vous sentez pas bien ?

Sa voix est si douce et douce sa main qui caresse son front en sueur.

— Si ça peut vous rassurer, sachez que les sorcières n'existent que dans les sinistres racontèries. Sachez que je ne mange jamais de pomme. Que je n'aime que les cerises, les framboises, les mûres, les fraises et les pêches un peu vertes et bien sûr les noisettes.

Et sur sa joue, furtivement, elle lui dépose un baiser avant de se sauver.

— À tout à l'heure au bal, monsieur Boutonnet. N'oubliez pas que vous êtes mon cavalier !

LES MUSICIENS DE LA VILLE DE BRÊME

Georges s'imagine ramenant Blanche-Neige à Maman raide et aigre devant l'entrée du salon.

— Maman, je te présente ma fiancée. Elle s'appelle Blanche-Neige.

Oserait-il ajouter : « C'est la faute à toutes ces lectures de contes des jeudis solitaires, c'est à cause de *L'Enfant et les sortilèges* dont je ne suis jamais sorti » ?

— Blanche-Neige ? trancherait-elle du ton métallique d'un couperet qu'on aiguise, son œil froid s'assurant de l'efficacité du fil.

Reclaquerait-elle la porte sur eux pour en briser le rêve ? Ce rêve de village qui n'existe pas, où vont et viennent des gens qui ne devraient pas exister. Ce village de fées, de princesses, de lutins et de princes charmants, sans sorcière, sans loup, sans méchanceté, où l'on ignore les peines, la peur, la mort et les ravages du temps.

Ce village déraisonnable qu'il devrait fuir au plus vite avant qu'il n'y laisse sa raison. Oublier le rendez-vous du Chat botté sous le chêne d'or, et courir à travers les taillis, retrouver la route, la voiture, les embouteillages de la ville. Et, débarrassé de son déguisement d'opérette, fermer la porte de l'appartement à double tour et appuyer sur le bouton de la télé pour laisser loin derrière le souvenir de cette vallée trop heureuse.

Mais la caresse que sur sa joue Blanche-Neige a laissée ne peut pas s'oublier...

Et c'est vers le village qu'il descend, le cœur captif et la tête sans dessus dessous, noyant ses pas dans les ombres qui s'allongent. L'air s'est fait plus frais, embué d'humidité et aigri d'odeurs plus fortes, plus organiques... S'y mêlent les vases des mares stagnantes, les souches pourrissantes et champignonneuses, les frissons aqueux d'une végétation que l'obscurité recroqueville. La brume le suit et lorsqu'il arrive en bas, les bois sont ensevelis.

Le soir semble s'être arrêté aux portes voûtées du bourg toujours ensoleillé par les nuances mordorées du jour.

Toutes les teintes sont plus intenses, la rivière plus bleue, les roses plus roses, les briques plus rouges, le sable plus jaune, les tours de cristal plus lumineuses comme l'automne flamboie avant de disparaître.

Au coin de la rue, la première personne qu'il rencontre, c'est le Petit Chaperon rouge, les joues rendues vermeilles par sa promenade en forêt.

— Bonsoir, comment va Mère-Grand ?

— Merci, beaucoup mieux.

Elle n'a pas vu le loup, et le panier d'osier qu'elle balance en dansotant est empli de friandises, de reines-des-prés et de brassées de jonquilles.

Le chêne d'or sous lequel le Chat botté l'attend brille d'un trésor d'écus, de sequins, de ruissellements de pépites.

— Miaw, mon doux Maître !

Il se précipite, bras ouverts, un large sourire sous la moustache frisée, tout en miaulements et ronrons d'affection. Et que je frotte du museau sur les basques de mon Maître et volute de la queue de contentement.

— La promenade en compagnie de la charmante Blanche-Neige s'est-elle bien passée ? roucoule minet, la prunelle fendue de sous-entendus. Mon petit doigt m'a dit que oui, et même confié que la princesse fort éprise était en train de se parer, de se faire belle en votre honneur... car vous êtes donc des nôtres aux festivités données ce soir.

— Je ne suis pas certain de pouvoir rester, j'ai des obligations... Je crains qu'on m'attende au bureau demain matin...

— Qu'à cela ne tienne, vous y serez... et puis à votre âge, mon très cher Maître, vous avez tout de même le droit de découcher ! Allons, ne faites pas l'enfant.

— Je vais voir si...

— C'est tout vu ! miaule Chat péremptoire. Ce serait cruellement désinvolte que de briser les espérances d'une âme en pleine éclosion. Si c'est tout le cas que vous faites d'un amour naissant, ce n'était point la peine de le susciter. Un peu de panache, nom d'une pipe ! Que dirait le bon Gepette qui s'est mis en quatre afin de vous placer à table auprès d'elle ? Les musiciens de Brême ont même accepté, à sa demande, de changer leur programme musical au pied levé pour donner préférence aux romances. Allons, cher noble Maître, quittez votre mine de chien battu, redressez la tête, bombez le torse... et laissez-moi remettre un peu d'élégance à tout cela, sourcille-t-il en désignant avec dégoût les dentelles froissées, les bas plissés, les souillures sur les habits de Georges que les efforts de la journée ont fatigué.

Et une fois encore, sans comprendre par quelle sorte de fantasmagorie, il se retrouve à nouveau somptueusement transformé en marquis de Versailles. Réemperruqué, repoudré, redoré.

— Miaw, paaaaaarfait ! Quelle élégance ! Toutefois, sans tomber dans le genre matamore, ou hardi parabolain, il serait peut-être heureux que vous cambriez un tantinet la taille et que vous tenassiez plus virilement votre canne... Hmmiawoui... c'est mieux ! N'oubliez pas qu'il y a une fille de roi à conquérir.

Et de se reculer afin d'admirer son chef-d'œuvre dans son entier.

— Oh, mais ! regardez qui arrive.

Gepette, endimanché de son beau costume folklorique du pays de Turin, Pinokio sur ses talons rutilant de peinture fraîche et, suivant derrière, toute la foule fantasque des habitants de féerie. Bigarrée, chamarrée, arlequinée, bariolée, emperlée, ailée, pailletée, paillantinée, liseronnée, herminée, adamantinée, aigretée, antennulée, prétintaillée, lustrée, ténuicornée, velverettée, veloutinée, papelonnée, satinée, dentellée de fraises et de hauts cols, chapeautée de hennins pointus, de toques, de tapadors emplumés, empanachés, voilée de tulles arachnéens, de traînes azurescentes, couronnée, coiffée de tiares, de guirlandes, de bicornes, de tricornes, de bonnets, de hauts-de-forme, chaussée de cothurnes, de bottes, d'escarpins, de sabots, de chaussons faits pour danser, de pantoufles de vair et de verre. De toutes les tailles jusqu'au plus petit Petit Poucet, de toutes les apparences des plus beaux contes de fées des jeudis retrouvés.

Bouche bée Georges Boutonnet les contemple processionner, l'entourer, le saluer de pas de ballet, pirouettes, coupérous, cabrioles luronnes, d'élégantes révérences. Chacun de le regarder avec curiosité, de le soupeser, de laisser flotter parmi les rangs vaporeux un long murmure d'appréciation.

— Miaw, eh bien, cher Maître, je crois que vous avez passé haut la main votre examen de passage, et que nos bons amis vous trouvent à leur goût. Tout le monde étant arrivé, il est grand temps de commencer les festivités !

Une fois le soleil disparu derrière les crêtes, la nuit est tombée d'un coup sur le village. Une nuit si dense et noire que les lampions, les réverbères, les torchères disséminés jusqu'au palais des fêtes peinent à en buvarder l'encre.

— Cher Maître, inutile de nous attarder davantage. Si vous voulez bien prendre la tête du cortège...

C'est en mirliflore princier, quoique un peu godichon, que Georges Boutonnet mène sa vassalerie solennellement au pied d'un édifice plus surchargé encore d'ornements et de fioritures caramélisées qu'une pièce montée. Sous les voûtes de la grand-salle constellée d'étoiles en verre biseauté, de grandes tables sont dressées. Blanche-Neige, couronnée de lys, enneigée de mousseline, l'attend déjà assise sous un dais à côté d'un fauteuil que Chat botté lui désigne être celui de l'invité.

— Veuillez, cher gentil Maître, gagner la place d'honneur.

— Je suis si heureuse que vous soyez resté... sourit Blanche-Neige de sa bouche vermeille.

Georges n'a d'yeux, n'a d'oreilles que pour elle. Il entend à peine le brouhaha de la gent féerique s'installer autour, à peine les recommandations de Gepette à quelques petits valets.

— Avez-vous bien fermé portes et volets ? Le vent est si glacé ! Assurez-vous que les soupiraux le soient également... avec ces sournois courants d'air qui s'engouffrent par les caves.

Sur l'estrade installée au fond, les rideaux rouge et or viennent d'être tirés, c'est d'abord un coq qui entre sur scène, suivi d'un chat, d'un chien, d'un âne, tous perruqués, en habit de soirée, l'instrument sous le bras, la patte ou l'aile. Quoi de plus naturel, se dit Georges, après tout.

Ils ont salué l'assemblée, puis l'âne n'a eu qu'à mettre ses sabots de devant contre le bord du pupitre, le chien qu'à sauter sur le dos de l'âne, le chat sur celui du chien, ensuite le coq s'est perché sur la tête du chat. Ainsi postés, ils se sont mis à faire leur musique.

MAMAN

Les rôtisseurs de la reine Pédauque, les cuisiniers de Papa Gâteau ont vraiment concocté un fabuleux festin. Georges Boutonnet n'a jamais vu de plats si somptueusement préparés, n'a jamais goûté de mets si succulents. Entre les bouquets de fleurs, les chandeliers et girandoles, les flacons de cristal et les carafes à col de cygne, la vaisselle d'or regorge de pâtés en croûte, de galantines et croquembouches, de buissons d'écrevisses, de volailles rôties ou en gelée, de venaisons aux marrons, de plats en sauce aux champignons, de poissons en chausson.

À chaque bouchée, Georges observe, attendri, sa voisine grignoter du bout de ses lèvres pétales de rose, et lorsque par hasard, en piquetant une miette de pain, leurs doigts s'effleurent il sent son cœur tictaquer avec autant de ressort que le coucou d'une pendule à l'heure de midi, à l'heure de minuit.

Avant de passer aux desserts, des pages habillés en carte à jouer sont venus distribuer des calices de sorbets de régalines... et le Chat botté déguisé en Pierrot, debout sur la scène au milieu d'un halo de toutes les couleurs, est venu chanter *Over the Rainbow* d'une jolie voix de haute-contre que Georges et Blanche-Neige ont applaudi, les yeux dans les yeux.

Puis, main dans la main, à la demande générale, ils ont ouvert le bal. Au son de la harpe, du clavecin, de la flûte et du violon, ils ont valsé, bientôt rejoints par tous les couples de princes et de princesses, de fées et de fés, de nains et de lutines, de Cendrillon au Petit Poucet, chacun sa chacune, Chat botté avec sa chatte Margotine, Gepette et Pinokio faisant les fous.

Ils ont dansé des menuets, des passe-pieds, des mazurkas, des pavanes, des rigodons, des polkas, des gigues, des aredges, des rondes, des cotillons, des sarabandes, légèrement, sans fatigue, comme si tous étaient chaussés de souliers enchantés. Et

Georges Boutonnet, qui pourtant jusqu'alors n'avait jamais dansé, s'est montré excellent cavalier. Qu'importe s'il ne sait plus qui il est, ce qu'il fait, où il est, il enserre la taille fine de Blanche-Neige et tournique, virevolte si merveilleusement que l'enfant des sortilèges s'évade pour toujours dans l'éternité de ces jeudis.

— Blanche-Neige, voulez-vous m'épouser ?

Mais il y a l'entracte avant la réponse. Et le grand chambellan appelle aux desserts, à rejoindre leurs places aux tables, chargées à présent de pâtisseries de toutes sortes : de gâteaux crémeux, saupoudrés de sucre glace, fourrés d'amandes et de fruits confits, nappés de massepains, vacherins, forêts-noires piquetées de griottes, coupelles de confiture, flans aux mille saveurs, charlotte aux acacias, gimblettes à la bergamote, puits d'amour, soufflés meringués, caprices, beignets, et des tartes et des montagnes en veux-tu en voilà de croustillances dressées en châteaux, en paysages givrés colorés de coulis, surmontés de torsades chantilly.

Blanche-Neige lui glisse une part de feuilleté chocolaté. A-t-elle, comme dans les contes, glissé dedans un anneau d'or ? Cette ambroisie qu'ils s'échangent de hanap à hanap contient-elle ce philtre d'amour qui à jamais les liera l'un à l'autre ?

— Demain retournerons-nous chercher de

l'eau à la source des Vendoiselles, irons-nous dans le bosquet cueillir les aspérules ?...

Blanche-Neige, aux propositions complices de Georges, a baissé les paupières.

— Peut-être, répond-elle d'une voix aussi blanche que la pâleur de sa joue.

Il n'y a maintenant plus que la harpe pour égrener le silence, l'orchestre s'est tu. Dans la lueur des chandelles que l'ombre fane, chacun se réfugie dans son assiette. Le Chat botté lappe la sienne, le nez de Pinokio semble curieusement s'être allongé sur l'entremets.

Grisé par les vins fins, les liqueurs, Georges Boutonnet contemple avec plus d'affection encore tous ces si gracieux profils penchés autour de lui, toute cette galerie de jolies frimousses, de majestueux ou radieux visages, minois si délicats, si parfaits ou trognes si joviales ! Tous ces miroirs et reflets de ses rêveries d'images.

Leur beauté lisse, sans nez crochus, mentons en galoche, doigts crochus, gueules édentées ou carnassières, yeux exorbités, faces verruqueuses, tignasses de fer et barbes bleues... Où sont cachés ceux-là ?

Les autres.

Car derrière le Chaperon rouge se tapit le loup, l'ogre derrière Poucet, et la bête derrière la Belle.

— Qu'est-ce donc qui hurle, gratte et semble renifler à la porte ? interroge Georges Boutonnet à la ronde.

— Ce n'est que le vent, rien que le vent, mon gent ami.

Et la réponse est aussi incertaine qu'une pousse de blanche anémone dans le gel de l'hiver.

— Musique ! Musique ! Rivalisons avec les tourmentes et les bourrasques de la nuit ! orphéonne alors le Chat botté, un chat dans la gorge, moustaches fanfaronnes mais queue en berne.

Mais ce n'est pas la harpe de l'âne, la flûte du chien, le clavecin du chat, le violon du coq, ni tous les tambourins et cymbales du quatuor de Brême qui vont pouvoir étouffer les horribles rumeurs du dehors : ça grince, ça piaille, ça glapit, ça crie, hulule, gronde, ricane, geint, aboie, coasse, mugit, rugit, réclame.

— Ce n'est pas le vent, répète Georges en claquant des dents. Qui rôde et appelle ainsi ? !

— Ma marâtre, et la main que pose Blanche-Neige sur la sienne est aussi froide que la tombe... et sa voix en est l'écho. Ma marâtre, l'ogre, le loup, les sorcières, les goulves, les Dragons, le Mawhot toujours affamé, la bête à sept têtes, Baba Yaga, la vieille aux dents de fer, Carabosse, Croquemitaine et Fouettard, les Trolls et le cyclope, la Noire Ogresse, les nains méchants, Dame Trude, les Mirlirots, les chats foireauds, le Karnabo, l'ombre au couteau... il y en tant et tant, vous les connaissez tous.

Et ses mots et ses paroles tombent pareils à de la neige sur l'assemblée frivole.

— Vivre dans un conte était autrefois fort dangereux, vous le savez, je ne pouvais point mordre dans une pomme sans la crainte de mourir empoisonnée, le Chaperon rouge n'osait plus traverser les bois. Hansel, Gretel ne s'aventuraient pas au-delà de leur enclos. Derrière chaque buisson, au bord des rivières, au fond des grottes, les loups, les ogres, les Dracs, les Makrâlles rôdaient. Les Dragons dévoraient princesses et bergères, les Vouivres princes et bergers, les mères Gagache passaient nos enfants au hachoir, Lustukru au saloir. En revanche nos Jack, nos vaillant Petit Tailleur, Culotte Verte et preux chevaliers pourfendaient du géant, du Thurse, du Troll, des cohortes de Dragons, de Lumçons, de Basilics, de Grand' Goule, de gargouilles, de Charmuzelles, de Bêtes Pharamines, de mal-bêtes, en veux-tu, en voilà. On se décapitait, on s'éventrait, on se jetait des sorts, on se passait au bûcher pour un oui pour un non. Mais on n'avait plus le cœur aux romances, aux jolis enchantements. Il suffisait d'entendre prononcer « Il était une fois » et chacun disparaissait dans son trou, car ni les bons ni les méchants, passez-moi l'expression, n'y trouvaient plus leur compte. Aussi un jour on a décidé, d'un commun accord, de tous se rassembler : les fées ailées aussi bien que les sorcières à bosses, gentils lutins et mauvais caraquins... et un pacte a été signé.

« Dorénavant la vallée des contes se partagerait en deux, les Alfes noirs, les Êtres des Ténèbres ne sortiraient plus que la nuit, laissant le jour au Petit peuple des lumineuses féeries. Chacun de son côté avec interdiction formelle d'empiéter sur le royaume voisin. Ceux de la nuit avec la nuit, ceux du jour avec le jour. Le blanc dans le blanc, le noir dans le noir...

Chère Blanche-Neige, lèvres rouges comme la rose, cheveux noirs comme l'ébène et blanche comme neige, elle a tant parlé que sa voix est devenue un mince filet d'eau enroué par le gel...

— Depuis, l'alliance n'a jamais été rompue, c'est pour cette raison que Poucet a remplacé ses cailloux blancs par des billes d'agate, que les trois petits cochons vagabondent dans les bois, que Hansel et Gretel savourent les maisons de pain d'épice, que Chaperon rouge peut, sans peur de rencontrer le loup, rendre visite à sa Mère-Grand, comme je peux mordre sans crainte dans les pommes les plus rouges !

Mais son sourire est triste et le Chat botté ne ronronne plus. Autour, l'assemblée des gentils chipotent à mi-voix, repoussent leurs assiettes, jouent d'un air absent avec leur serviette, ronflent le bedon repu, la couronne de côté ou bâillent, éventaillent leurs azurales ailes en regardant ailleurs. Pinokio, dans les bras de Gepette, s'est endormi, le cachalot ne l'avalera jamais.

Au-dehors la chasse sauvage et crapoussine, têtarde, hirsute et serpentaire, claque des crocs, crache ses flammes, aiguise ses serres sur les murailles.

— Mais... bredouille Georges Boutonnet. Mais, s'ils ne vous mangent plus... Se dévorent-ils entre eux... De quoi alors se nourrissent-ils ?

— Hélas, mon doux aimé, ils se nourrissent d'étrangers.

Chère Blanche-Neige, lèvres rouges comme la rose, cheveux noirs comme l'ébène, et blanche comme neige... Georges n'a même pas eu le temps d'en obtenir un baiser d'adieu.

Lorsqu'ils l'ont jeté dehors, au fond du jardin, dans la forêt des désobéissances et des sortilèges, Georges a deviné dans la nuit froide les milliers d'yeux brillants, les gueules béantes, les mâchoires goulues, les pattes velues, les mufles rostres, les taroirs, les griffes et les lardoirs tranchants.

Il a crié un mot...
Un seul mot : Maman.

Les Trois Souhaits

Ton bon cœur sera récompensé, dit la fée, formule trois vœux. Pas un de moins, pas un de plus... tous les trois seront exaucés...

Les Trois Souhaits
Conte populaire

Il était une fois une pomme de soleil dans un paysage de neige et d'avent. Imaginez-vous une carte postale de Noël anglais : une barrière de bois blond soigneusement patiné par le National Trust, une haie tressée au canevas, un antique pont de pierre dont la douce rivière va dodelinant entre les collines talquées de frais, quelques cottages si coquets que les petits oiseaux se brossent les pattes avant de s'y poser... et au blottis du bosquet d'ifs cristallisés une église à tour carrée... C'est une image bordée d'une frise de gui, d'hellébores, de houx à baies vermeilles taquinées par les becs d'une mésange bleue et d'un rouge-gorge, que traverse à pas menus un prêtre matinal.

Si le sourire du révérend Peebles de Castle Combe éclaire sa couperose d'une aura si angélique, c'est qu'il augure que son emploi du temps cheminera comme hier, comme demain, tout le long du jour, dans une ataraxie aussi molletonnée qu'une écharpe tricotée minute par minute par les veuves attentionnées et les dames barbara-pymiennes de la paroisse.

Il vient de déguster un copieux breakfast composé de porridge, thé, scones, muffins grillés autour d'un œuf au bacon et champignons et quelques rondelles frites de black pudding. Aussi, le cœur Earl Grey, l'âme tapissée de chintz, le révérend Peebles ne se contient plus d'allégresse. « Comme tout ceci est beau et bon ! » s'extasie-t-il sur chaque chose sur laquelle son regard se pose : sur le choucas gris à tête noire, l'écureuil vif qui danse entre les tombes et les ombres bleues que l'aurore fait fondre au creux des jardins. Le cantique qu'il chantonne avec une naïve ferveur de pinson s'étrangle pourtant soudainement dans sa gorge lorsqu'il pousse la porte étrangement entrebâillée de l'église, et sursaute en apercevant les deux pieds dépasser du confessionnal. Deux pieds qu'un rayon de vitrail embrase de fers rouges.

Est-il possible qu'un pécheur soit déjà là — à l'heure où les théières à peine tiédissent — à demander l'absolution avec autant de hâte ? Voilà qui est fort singulier car parmi toutes ses ouailles, dont il connaît chaque âme aussi bien que la sienne et dont les pires forfaitures se bornent à de telles peccadilles qu'on n'en tirerait pas deux pences à une vente de charité, qui donc a pu nuitamment s'adonner à la débauche, suborner l'agnelle au point de devancer les frileuses matines... à moins qu'au contraire il s'agisse plutôt de l'un de ces exquis miracles de Noël que les légendes dorées se plaisent à conter ? N'est-il pas fréquent qu'en ces avents séraphiques, les fées et les anges font pleuvoir sur les passants autant de grâces que duvet d'ailes et blancs flocons et transforment un avaricieux Scrooge en bienveillant oncle Ebenezer ? Il suffit d'une scintillante étoile de carton pour illuminer une âme, une claire voix d'enfant échappée d'un chœur de salutistes pour susciter une vocation...

Oui, assurément, c'est un saint chérubin qui, dans la nuit, a visité ses songes et l'a conduit ici sur un chemin d'aurore...

Tout sourire, le révérend Peebles est tout sourire lorsque, l'étole au cou, il fait coulisser la glissière et à travers le vénérable treillis de bois se penche vers l'ombre...

— Je vous écoute, mon fils.

Tout sucre, sa voix est tout sucre.

— Mon père, je dois vous dire... Comment vous dire, mon père... je... j'ai tué trois fois.

— Que, quoi, comment !

Et sa voix se casse en morceaux, n'est plus que sucre en poudre.

— J'ai tué trois fois... et j'ai tant aimé cela...

— Que me contez-vous là ?! s'étouffe-t-il, l'émail des dents craquelé.

— Oh, mon père, un conte, si vous saviez ! Un merveilleux conte de Noël ! Écoutez, écoutez la belle histoire ! J'ai toujours, voyez-vous, considéré l'assassinat comme un art divin. Toujours j'ai rêvé du crime parfait sans jamais oser franchir le pas. Un meurtrier se doit de garder la tête froide, de ne laisser aucune preuve accablante derrière lui. Bref, il doit déployer autant de qualités que je suis loin de posséder. Aussi, de nature émotive, distraite et j'avoue craintive, j'avais jusqu'alors vécu ma passion secrètement, à l'abri d'une existence fort honorable et tranquille... Mais le loup hurlait à la mort sous la trompeuse apparence du berger. Ma bibliothèque dérobée regorgeait des biographies noir et sang des glorieux compagnons de la Mandragore, de Caïn à Fish le dévoreur d'enfants, et dans mes caves aménagées en musée des horreurs je collectionnais des couteaux, des haches, des cordelettes encore chargées de leurs vibrants forfaits, des vêtements de victimes encore souillés de leurs derniers sursauts.

« À l'aide de mannequins, de maquettes grandeur nature, je reconstituais des crimes célèbres : la caverne infernale de Sawney Bean, le macabre appartement du 10 Rillington Place, une chambre de torture du Dr Holmes, le taudis sordide où Burke et Hare étouffaient leurs proies, entre autres, sans oublier une venelle de Whitechapel à quoi pas un pavé luisant ne manquait — une pompe à fumigène humidifié l'embrumant constamment de fog. C'est là que, réfugié dans ce royaume, j'interprétais mes rôles préférés... Gilles de Rais, Sweeney Tod, Remrick Williams, Jack the Ripper... j'égorgeais des poupées de cire, violais celles de son, éventrais des pantins de chiffon...

« Et je rêvais, rêvais, sans rien oser de plus. Hélas ! lorsque je suivais, la nuit venue, une fille perdue, les mains tremblantes, la fièvre aux dents... toujours, au moment de bondir, l'impitoyable vision d'un policier surgissait, m'intimait l'ordre de rentrer, tête basse, à la maison.

« Enfoui sous les oreillers, je grelottais, maudissais ma lâcheté jusqu'à ce qu'un messager de Morphée, attendri par mon chagrin, me conduise par la main jusqu'à la porte d'un dortoir rempli de chairs roses et de scalpels. C'était doux, c'était chaud, mais ce n'était que leurres... que leurres...

« Et puis, mon père, un jour, enfin le miracle survint... C'était il y a un an presque jour pour jour. À quelques pas de Noël, un Noël comme celui-ci : neigeux, radieux, merveilleux. Un de ces fabuleux Noëls comme seule notre vieille Angleterre en possède le secret. Les cloches de la cathédrale carillonnaient à toute volée, chacun joyeusement se pressait dans les boutiques acheter dindes, puddings, parfums, et en ressortait les bras chargés de cadeaux embaumés. Sous l'auvent décoré des vieilles halles, on s'affairait autour des étals chargés de tourtes dorées, de gigots, de saucisses piquées de pistaches. On appliquait son nez rougi de gel sur les vitrines peintes, on admirait les sapins aux boules multicolores, les petits elfes découpés de Cicely Baker, les charmants personnages en porcelaine de Beatrix Potter...

« Un vrai Noël sorti d'entre les pages d'un livre de Dickens... Il émanait de tout cela une miraculeuse atmosphère, comme si les anges voletaient parmi les rues... Et puis, soudainement, un mouvement de foule projeta du trottoir un bambin sous les roues d'une voiture qui passait. La foule, muette d'horreur, fermait les yeux en attendant le choc.

« Comment vous expliquer, mon père ? Touché sans doute par la grâce de l'Esprit, j'oubliai toute peur, me dépouillai en un seul instant de tant d'années de faiblesses, d'indécisions... Le miracle, qui depuis le premier jour de l'Avent se préparait dans l'air, me choisit alors parmi les autres afin de s'accomplir. Il me souleva de terre, me propulsa en avant, m'arrachant des bras mes pains d'épice pour rouler bouler sur la chaussée, enlever de justesse le chenapan de dessous le pare-chocs meurtrier, et me relever triomphalement sous les applaudissements, serrant le garçonnet sain et sauf dans mon giron.

— Quelle touchante histoire ! Quel émouvant miracle !

— Ne m'interrompez point, mon père, j'y arrive seulement. Car de qui croyez-vous j'avais courageusement sauvé l'héritier ? !

— Ma foi, je...

— Sir Charles Warren.

— Le ministre de la police ? !

— Lui-même. Discernez-vous enfin l'intervention miraculeuse du divin ?

— C'est-à-dire que... non... je...

— Il m'apparut pareil à la bonne fée Bleue, le bon Papa Gâteau des contes, le Père Noël ! Tout de suite, bien entendu, je l'avais reconnu, pensez donc, ayant tant de fois chiffonné sa photo en découpant dans les journaux les exploits de mes héros. Sa tête blanchie et austère qui pleurait de joie en m'embrassant balbutiait des remerciements. « Demandez-moi tout, tout ce que vous voulez. Je n'ai qu'une parole. » Rien de ce qu'il possédait ne valait assurément la vie du maladroit rejeton, qu'il avait eu sur le très tard d'une bien née, mais — disait-on — peu fortunée jeunesse, auquel il tenait comme à la prunelle quelque peu albuminée de ses yeux. On promettait de s'employer à satisfaire chacun de mes désirs pour peu que j'en exprime le désir. Rien ne serait trop beau, trop ceci, cela...

« Par-dessus sa voix grave, j'entendais celle plus céleste, plus aérienne de la fée du conte qui disait : "Ton bon cœur sera récompensé. Formule trois vœux. Pas un de moins, pas un de plus... tous les trois seront exaucés..."

— « Soit, lui soufflai-je, le tirant à l'écart. Exaucez-moi trois vœux, pas un de moins, pas un de plus.

— « Je vous écoute. Les trois seront satisfaits.

— « Couvrez-moi trois crimes.

« Il tiqua comme tique un digne représentant de la gentry surpris à chaparder dans le réticule en jais d'une dame de qualité. Mais une parole est une parole, n'est-il pas ? Vers quels abysses sombrerions-nous si les gentlemen allaient maintenant se parjurer ?

« Il me quitta un tantinet crispé...

« J'allai à mes couteaux.

— Mais c'est horrible !

— Allons donc : à la veille de la retraite, sa carrière ne risquait plus grand-chose ! J'allai à mes couteaux et je les aiguisai... Mais, tandis que sur la pierre bleue j'affilais les aciers, j'ouïs la voix angélique du conte pinailler sur les conditions des trois vœux : « Prends bien garde, avertissait-elle. Trois souhaits, pas un de plus. Ne va pas les manquer. Souhaite-les comme il faut. Tu auras ce qu'ils t'apporteront, tu l'auras à mesure ; mais sitôt souhaité le troisième de ces souhaits, tout sera dit. » Après quoi la fée s'envola pour toujours. Il ne fallait pas se tromper, faire les trois bons choix, et j'avais tant de beaux meurtres à rattraper ! Vous imaginez, mon père, combien je m'agitais durant toutes ces nuits sans sommeil à passer et repasser dans ma tête la liste des plus tentants, chacun savoureusement évalué, soupesé et comparé à son concurrent tout aussi séduisant.

« Il me fallut un bon mois pour me décider... enfin...

« Voyez-vous, mon père, janvier m'est un agréable mois de vents et de pluies. Janvier m'évoque de lourdes rangées de volumes reliés de fins maroquins, des flambées pétillantes, des boiseries cirées, de méditatifs fauteuils en cuir. Il me vient des odeurs de jonchées mouillées, des frémis de vieux papiers, des parfums de tabac et de cendre de bois... des bruits d'averses sur les vitres verdies, de feuillets qu'on découpe, des froufrous... des saveurs de porte-plume, d'encre rouge, de laine et d'écorchures... de souriantes écorchures.

« ... C'est une bibliothèque assombrie par l'épaisse ouate d'un ciel bas. Une bougie posée sur un guéridon éclaire la joue échauffée d'une jeune femme qui lit, qui regarde en cachette un ouvrage libertin. Quelqu'un vient. Surprise par la porte brusquement ouverte, elle se hâte à dissimuler dans les plis de sa robe, entre ses jambes, le livret interdit qu'un geste malhabile fait choir... Et les regards se croisent par-dessus l'illustration de corps nus enchaînés, cambrés, fouettés...

« La liseuse confondue est maintenant allongée sur le tapis, les jupons retroussés, dans la position qu'offrent les images suggestives... Un retour de flammes dans la cheminée illumine alors d'un flot, à la fois les cuisses laiteuses et le chandelier de cuivre doré...

« Connaissez-vous, mon père, la Royal Duntisbourne Abbot Library de Chipping Campden ? C'est une bibliothèque fort bien achalandée, surtout en ce qui concerne la période élisabéthaine ; je l'avais fréquentée il y a bien des années, aux temps innocents de mes scolarités. La conservatrice était sauvagement belle mais sévère, aussi désirable que détestable. Je dénichais, un jour, au fond d'impressionnants rayonnages, le coin réservé aux enfers. Je me croyais à l'abri de tout regard, mais elle m'y dénicha et me dénonça. Les punitions corporelles étaient coutumières à cette époque. Elle y assista.

« Je retournai donc aux émouvantes sources, poussé par les rafales de Janus, emmitouflé dans un ample macfarlane, coiffé d'un feutre sombre à large bord, soignant scrupuleusement ma mise afin de ressembler, ombre pour ombre, à l'infernale figure de l'Assassin d'un opéra de pulps. Mes inquiétudes de ne pas retrouver les lieux tels qu'ils avaient autrefois été s'évanouirent dès que m'apparurent les hauts pignons, les tours et les arcades crénelées des bâtiments néo-gothiques... Croyez-moi, mon père, nous ne louerons jamais assez le bonheur qu'il nous est donné de vivre dans un pays suffisamment conservateur pour savoir que les choses « sacrées » — telles que le livre — ont besoin de pierre et de bois pour le demeurer ! À travers les vitraux familiers parvenaient les échos inchangés des chœurs de la collégiale : voix d'enfants, orgue et autan partout vers les cieux assombris le sublime *Evening Hymn* de Gardiner auquel j'ajoutais mon fredon.

"Thee, Lord, before the close of the day
Maker of all things, thee we pray
For this dear loving kindner's sake
To guard and guide us in this way."

«Je me faufilai à l'intérieur du hall toujours aussi chichement éclairé, montai les escaliers l'âme aussi exaltée que le flux mystique de la chorale s'élevant sous les ogives... et me glissai par la porte entrebâillée juste avant la fermeture.

"Protect us, Father, God ador'd,
Thoo too, coequal son and lord,
Thoo, Holy Ghost, our Advocate,
Whose reign can know neither bound nor date. Amen."

« Miss Priscila Fortescue n'avait pas pris sa retraite. J'aperçus sa pâle et solitaire silhouette découpée sur le mur, et verouillai derrière moi. Certes elle n'avait pas pris sa retraite, mais de nombreuses rides... Je lui tendis le livre de mes vieux rêves coché à la page illustrant ce que j'attendais d'elle. Je n'avais pas cru bon de m'embarrasser d'une arme, certain que le bougeoir se trouverait à sa place. Il y était bel et bien et je l'empoignai en me penchant vers les cuisses encore lisses et laiteuses.

— Arrêtez. Je n'en entendrai pas davantage !

— Ce n'était pas non plus mon intention. Pourquoi réduire par des mots ce que l'imagination raconte si merveilleusement ?

— C'est... C'est horrible... C'est écœurant.

— Je m'en doutais.

— Monstrueux, révoltant.

— Et je vous en félicite, mon père. Comme promis Sir Charles étouffa mon premier vœu et, rassuré sur sa bonne foi, je passais au deuxième. Je possède, figurez-vous, un cœur pareil à un almanach. J'apprécie par-dessus tout que les jours et les saisons correspondent à leur imagerie : décembre neigeux, mars pluvieux, septembre fruiteux et mai fleuri... Mais pour qu'il en soit toujours ainsi, nous ne devons en aucun cas en rompre le rythme, en bousculer l'harmonie. Il est nécessaire de respecter les fêtes symboliques, de préserver le cérémonial des rites... de s'en tenir aux règles ! Afin qu'avril puisse y aller de son dicton : « Il n'est de joli mois d'avril sans son chapeau de grésil. » Il est indispensable de célébrer le carnaval de février. Brûler Carnaval c'est, croyez-moi, participer à chasser les humeurs mauvaises de l'hiver et aider à l'épanouissement du printemps nouveau. Les Anciens l'avaient d'ailleurs parfaitement compris qui, à chaque solstice, offraient au Dragon — à la Bête — une vierge en sacrifice...

« J'ai toujours rêvé d'éventrer une majorette...

— Mon Dieu !

— La plupart des puristes du folklore considèrent les majorettes comme des produits importés de mauvais goût qui, d'après eux, dénatureraient l'antique célébration à laquelle seuls les Hommes Verts, les chevaux-jupons et les masques traditionnels auraient le droit de participer... Ce en quoi ils ont tort, car ces jeunes beautés sont l'incarnation même des nymphes de Jadis, des authentiques divinités sylvestres et champêtres du printemps nouveau, qu'hélas les phtisiques préraphaélites ont par trop désincarnées, ailées, éthérées jusqu'à l'abstraction ! Or, il est rationnellement évident que ni les faunesses ni les naïades de l'âge d'or n'étaient faites de voiles et de brumes, mais bien de chair épanouie et ferme, de seins généreux, de... de cuisses..., de fossettes, d... de...

— Allons, allons, mon fils...

— Elles sont, ces divines enfants, les résurgences charnelles des fées des rondes druidiques du carnaval primitif — les avez-vous déjà regardées parader, danser, lancer en l'air leur virevoltante baguette magique ? Certes, la jupette plissée a remplacé le chiton, la casaque à brandebourgs la tunique, et le shako à plumet s'est substitué à la couronne d'églantines, mais ce sont elles assurément ! Leurs petits pieds bottés ne sont-ils pas les vestiges des petits sabots des coquines centauresses d'antan ? Je me rendais donc fiévreusement au Mardi gras de Cotteyglhin en Yorkshire où je savais qu'en ce faste jour j'en côtoierais à foison... Les flonflons, les tambours de la musique binaire résonnaient, rebondissaient sur la foule pressée, enivrée entre les stands des manèges, les façades bariolées des attractions foraines. Je m'abandonnais aux cris, aux odeurs de graisse et de sucre, aux flux et reflux des mélanges exacerbés qui remontent des âges farouches... Au milieu des collines assombries, le sage menu bourg endormi tout le reste de l'année semblait s'être réveillé au temps de ses origines, lorsque ses premiers habitants, mi-hommes mi-bêtes, coiffés de branchages et de cornes, la face tatouée répondant aux appels du cor, montaient vers le plus haut tertre allumer les feux artificiels, s'adonner aux ruts... et sur la pierre levée épandre le sang.

« Il y eut soudainement un roulement plus lourd de batterie, la population s'écartait pour laisser passer un défilé de cuisses nues ; les vestales s'épandaient parmi nous, avançaient en mesure en levant, à chaque pas, haut la jambe, révélant d'un mouvement de croupe l'échancrure de la fesse nylonnée de blanc Je les suivis, les scrutant toutes, cherchant de visage en visage l'Élue, buvant sur les cent lèvres vermillonnées le baiser de la mort.

« Je la trouvai bientôt : la plus jeune, la plus jolie, la plus vulgaire aussi sans doute. Elle sentait le lait de ferme, la vapeur des fish and chips et le chewing-gum à la fraise. J'attendis que le cortège se défasse et s'éparpille, et lui collai au train. Je dus la suivre longtemps de Merry-go-round en pub, de grand huit en autos tamponneuses, de loterie en palais des glaces... et de limonade en pinte de bière jusqu'à ce qu'un besoin pressant l'éloigne de son groupe, à l'écart d'une roulotte où je l'attendais déjà pour l'attirer plus loin encore, dans l'ombre... Voulez-vous, mon père, que je vous récite le rapport d'autopsie dérobé au bureau de Sir Charles ?...

— No... non merci.

— Je le connais par cœur : « Les médecins

décrivant l'aspect extérieur du cadavre constatent l'état d'impuberté de Polly Peticoat — petite main à la crémerie de Dumpsey. Ils signalent la face lacérée et gonflée, les paupières tuméfiées, la gauche surtout, le nez un peu écrasé. La bouche et le cou, bien que profondément griffés, ne présentent aucune marque de strangulation ni d'asphyxie. La joue droite présente une raclure et de la terre incrustée...

— Je vous en prie...

— ... Ces circonstances, rapprochées des déchirures observées sur l'organe qui a plus particulièrement été le siège de l'attentat, ont déterminé chez les experts cette conclusion : que le viol a été consommé sur la victime, et que les ecchymoses de la face et les traces de constriction signalées aux poignets font présumer que...

— Cessez, cessez ! Mon Dieu, faites-le taire !...

Et le pauvre révérend Peebles hoquette, essaie de comprimer ses haut-le-cœur dans les broderies de l'étole... de boucher ses oreilles aux épouvantables descriptions cliniques que le démon débite d'un ton gourmand.

— ... Les os du crâne étaient d'un rouge livide, leurs vaisseaux capillaires étaient injectés, et cette injection se remarquait surtout au niveau des sutures sagittales et frontales. Vers son angle intérieur et inférieur, le pariétal droit était fracturé dans l'étendue de quatre centimètres et... » Il y en a ainsi dix feuillets, mon père, mais je m'aperçois que vous n'écoutez plus. Soit, je vivais dans l'extase et malgré les supplications de Sir Charles m'apprêtais à concevoir le troisième, et hélas, dernier vœu. Mais voilà, on ne se méfiera jamais assez des fées, des magiciens et des Pères Noël qui s'ingénient sans cesse à contrarier vos destinées. Sous des airs doucereux, ils promettent enchantements et merveilles, saupoudrent vos paupières de poudre de perlimpinpin, vous font espérer aux îles édéniques, mais dès que, les yeux fermés, on se croit sur le point de s'envoler, voilà qu'ils retirent l'escabeau sous vos pieds... et patatras et patatras et patatras !...

« J'étais en train de visiter la quiète campagne du Kent à la recherche du décor idéal quant à parfaire mon troisième souhait lorsque, sans que je puisse l'éviter, à l'étourdie, un péquenaud de la plus rustique espèce, gonflé de bière, ivre de gin, déboulant d'on ne sait quel énième pub, vint se jeter tête la première sous mes roues, y engluant le peu de cervelle qu'il possédait. J'eus beau sincèrement jurer de ma bonne foi, rappeler mon téméraire exploit du Noël dernier, évoquer les valeurs fondamentales de la parole donnée, rien n'y fit. Sir Charles, considérant cette mort accidentelle comme un crime prémédité, me fit fermement comprendre que je ne devais désormais plus compter sur ses déplorables complaisances... et, comble d'ingratitude, me menaça de la corde, par-dessus le marché, pour le cas où je porterais une fois de plus préjudice à mon prochain « ne serait-ce qu'une simple chiquenaude ». Les beaux rêves s'effondraient. J'étais condamné à quitter la flamboyante scène pour m'en retourner dans les placards aux accessoires de mes sous-sols...

— Au repentir, mon fils, au repentir. Cet accident au contraire est un signe inespéré du ciel, afin de nous ramener au repentir...

— Vous n'y êtes pas, mon père ; on sait que celui qui en a goûté, qui a planté ses dents à même la chair interdite, ne peut plus jamais s'en passer. J'avais laissé une fois pour toutes derrière moi l'être falot et timoré que j'avais été et m'élançais, tel un fauve, un vampire assoiffé, sur les trottoirs et les chemins du crime !...

— Mais alors, qu'attendez-vous de moi ?...

— Voyez-vous, lorsque je sillonnais les paisibles bocages du Kent, c'est à une jolie petite église pareille à la vôtre que je songeais. Un édifice gothique, avec sa tour penchée, son toit enneigé et son vol de choucas. La grille qui grince comme un rouage du cœur si on la pousse pour traverser le cimetière, s'arrêter sur quelques vieilles tombes moussues avant d'entrer à l'intérieur de la nef, dont la boiserie sursaute au claquement du talon inconnu... C'est un inconnu qui se glisse entre les bancs de chêne poli, décorés de coussins brodés au point de croix, qui sous la voûte sombre contemple les vitraux s'empourprer d'aurore et projeter l'or d'une auréole sur le clavier de l'harmonium...

« ... J'attends en ce silence d'encens la venue d'un prêtre... J'espère une haute silhouette noire à col blanc, des cheveux rares comme les vôtres et ce visage couperosé à la fois bienveillant et légèrement ahuri qui toujours semble se demander ce qu'on attend de lui... et qui se congestionne et grimace d'effroi quand, sous son nez, le diable ricane... Voyez-vous, c'est dans un cœur semblable à celui que cache votre étole que j'aspire à planter ce lardoir de boucher...

... Et de trois vœux
Choisis ceux que tu veux
Celui-là, celui-ci...
Et le conte est fini...

Barbe-Bleue

> *Il était une fois un homme qui avait de belles maisons à la ville et à la campagne, de la vaisselle d'or et d'argent, des meubles en broderie, et des carrosses tout dorés ; mais par malheur cet homme avait la barbe bleue : cela le rendait si laid et si terrible, qu'il n'était ni femme ni fille qui ne s'enfuît de devant lui.*
>
> CHARLES PERRAULT

HALEWYN

> *Jamais père Fouettard*
> *Ne se met en retard*
> *Partout il pousse sa chanson*
> *Et frappe sans façon.*

Il était une fois un assassin. Il était une fois une victime. Il était une fois une ville apparemment encline à favoriser leur rencontre. Il y a ainsi de ces villes bénies des anges noirs dont l'atmosphère, l'architecture, l'influence géographique et tellurique du lieu où elles sont enracinées distillent une alchimie particulière qui attire le crime et le mystère aussi insidieusement que, de *fog* en *fog*, Londres suscita et formula le mythique Jack l'Éventreur.

On connaît le golem de Prague, le Boucher de Hanovre, les sordides Burke et Hare d'Édimbourg, l'Étrangleur de Boston, le Dépeceur de Mons. Gand avait son Halewyn.

Parmi l'atlas de ces « cités de l'indicible peur », Gand est un bijou. C'est un peu comme la ville de Bruges dans laquelle le diable aurait mordu pour y laisser, parmi les sanctuaires, les églises, les chapelles et tourillons à reliquaires, un trou. Un remblai buissonné par la flore vénéneuse d'une ronce tentaculaire montant à l'assaut des voussures des façades à pignons, entortillant les flèches de Saint-Bavon, incrustant des surgeons sous les pavés, le long des rues paisibles, au fond des pieux béguinages, dans la maligne volonté d'enserrer ses remparts d'un obscur pentagramme. C'est le parfum de ces tubéreuses et belladones, de ce tabac du diable qui, le soir par-dessus les jardins, corrompt par ses vapeurs l'encens liturgique des saluts... Et plane et s'étend mêlé à l'air que l'on respire en écoutant les carillons.

Une religiosité ostentatoire, un excès de clochers et de bondieuseries exacerbent toujours la rancœur des vieux dieux cornus, des esprits élémentaires enfouis sous la pierre, les boiseries vermoulues et la vase des canaux. Une procession d'enfants de Marie, une prière à sainte Pharaïlde de trop et le Nekker, le démon de l'eau, se met aussitôt en pétard. Une ville dont la somptueuse cathédrale s'enorgueillit de posséder *L'Agneau mystique* des frères Van Eyck doit savoir accorder à l'Autre quelques compensations : un Dragon au sommet du beffroi, quelques rues aux succubes, une boutique pour anges déchus sur Jan Breydelstraat, et une impasse flottante.

Il y a peu de temps encore, on pouvait aller en Enfer déguster une « gouden Haak », à l'angle de la Rodekoning Straat et de la Hazewind Straat, sans trop se roussir le derrière, et rencontrer les vestiges des divinités de l'Olympe, retenus prisonniers par un étrange forgeur de merveilles dans une demeure bourgeoise du Ham.

C'est pour toutes ces raisons que Halewyn s'y sentait aussi à l'aise qu'un loup-garou dans un pensionnat de jeunes filles.

Il était une fois un couteau très pointu dans un écrin.

Il était une fois un écrin dans une boîte à gants. Il était une fois une boîte à gants dans une Jaguar noire. Il était une fois Halewyn à son volant.

Sachez, mesdames et demoiselles et vous petites jeunes filles, que Halewyn n'était pas le vrai nom de Dirk Van der Rijckel, mais celui qu'il empruntait quand il partait chasser, le couteau dans la boîte à gants.

Halewyn, voyez-vous, c'est le Barbe-Bleue flamand. Ses origines remontent à bien plus loin que celui de Perrault et, contrairement au ventripotent parvenu du conte de mère l'Oye, Sire Halewyn est un prince charmant de haute noblesse et de forte agréable prestance. Mais c'est surtout par sa voix mélodieuse et ensorcelante qu'il attire à lui ses fiancées.

On pourrait le comparer à une sorte de Ganconer ou de Love-Talker, mâtiné de Nekker et d'Ondin dont le chant possède le même pouvoir que l'appel des sirènes.

La complainte, très ancienne, raconte en gros ceci :

« Heer Halewyn zouk een liedekyn,
Al wie het hoorde wou by hem zyn. »
Sire Halewyn chantait une chanson
Toutes qui l'entendaient voulaient être près de lui.
Elle fut entendue par une fille de roi.
Elle alla trouver son père :
— Père, puis-je aller près de Halewyn ?
— Oh non, ma fille, non n'y va pas.
Celles qui vont là ne reviennent guère !
Celles qui vont là-bas ne reviennent pas !
« Wat deed zy aen haren rooden rok ?

Van steke tot steke eenen gouden knop. »
Que mit-elle à sa robe rouge ?
De point en point un bouton d'or.
Que mit-elle sur ses beaux cheveux blonds ?
Une riche couronne d'or.
Elle alla dans l'écurie de son père
Et y choisit le meilleur coursier.
Quand elle arriva au milieu du bois,
Elle rencontra Sire Halewyn. Il lui dit alors :
— Puisque tu es la vierge la plus belle, choisis ta place,
Le moment est venu. Mais ôte d'abord ta tunique,
Car le sang d'une vierge jaillit bien loin :
S'il te mouillait, j'en serais triste.

C'est ainsi que s'y prenait Sire Halewyn avec ses fiancées. Il chantait pour les attirer auprès de lui, les charmait de douces paroles et les menait au bord d'une claire rivière ; dans le coin le plus beau, il sortait son couteau, priant la belle de se dévêtir. Puis, après l'avoir embrassée, il la décapitait.

C'est la chanson que chantait Halewyn lorsqu'il partait chasser : la triste mélodie comportait beaucoup d'autres couplets, mais il n'avait gardé que ceux qu'il préférait.

En vérité, la dernière héroïne, qui sait d'avance ce qui l'attend en rejoignant Halewyn, le prie de lui prêter « aimablement le coutel, qu'elle puisse s'assurer si son fil est bien affûté car elle craint de souffrir s'il doit s'y reprendre à deux fois ».

« — Sire Halewyn, montrez-moi aussi
Comment sur l'herbe poser mon col
Que ma tête y roule sans dommage. »

Mais lorsque sur le sol, Sire Halewyn s'agenouille et se penche, la rusée fiancée lève le coutel et d'un seul coup lui tranche le chef.

Cette dégradante conclusion, Halewyn jamais ne la chantait quand il partait chasser. Lorsque, comme chaque vendredi soir, dès vingt heures, il descendait se garer autour de Saint-Bavon avant d'aller souper d'un plat d'anguilles au vert, ou d'un waterzoï de poissons sous la vaste brasserie voûtée de l'ancienne Halle aux draps. Entre deux gorgées de bière d'abbaye, il savourait l'enivrant plaisir que ressent le prédateur plongé anonymement au milieu de son gibier. Lorsqu'il croise le regard amusé ou flatté d'une dame, lui tend son briquet en échangeant un sourire, alors que son couteau glissé dans la gaine contre sa peau pourrait transformer le petit air arrogant qu'elle affiche en un rictus de terreur et de supplication.

Il restait là une heure ou deux, puis sortait suivre au hasard une silhouette solitaire parmi les autres, s'attachait à ses pas, faisait sonner ses souliers sur le pavé pour qu'elle se sache filée, s'arrêtait quand, inquiète, elle s'arrêtait, accélérait si elle accélérait en tordant ses talons, s'amusait à la rassurer en empruntant une autre rue et l'effrayait plus encore en surgissant soudain plus loin de dessous un porche. Il jubilait à la voir sursauter, au bord de la crise de nerfs, et s'enfuir plus morte que vive alors qu'il lui lançait aux trousses le refrain de sa chanson.

Le vendredi, ces petites morts répétées à travers le dédale de la cité bénie des anges suffisaient à son divertissement.

Peu de chose en somme — un jeu à faire peur. Rien de plus qu'une farce d'enfant. Pendant la traque sans conséquence, son imaginaire faisait le reste, projetait sur les murs et façades le théâtre d'ombres de ses fantasmes, découpait scène par scène les sévices endurés par la fuyante partenaire.

Les jeux du vendredi pouvaient durer toute la nuit. Il traversait la place de l'hôtel de ville, se faufilait par le pont Saint-Michel dans le vénérable enclos des maisons des Francs bateliers, des Mesureurs de grains et Receveur de l'Étape, toutes en colonnettes, pignons à redents, à volutes ou à gradins et se mettait à l'affût, Veerleplaats, rencogné dans le portail de la vieille Halle aux poissons gardé par les statues tritonnes de la Lys et de l'Escaut surmontées d'un menaçant Neptune armé du trident qui commande aux vents. Halewyn s'y sentait redevenir le démon aquatique des âges lointains, lorsqu'il remontait des abysses jusqu'au rivage pour chanter et attendre sa blonde proie.

Il n'en poursuivait toujours qu'une à la fois. Lorsqu'il longeait derrière elle la muraille crénelée du château des Comtes, il s'imaginait l'emmener, sous les tours massives, au fond de la salle de torture dont il connaissait par cœur chaque instrument et son emploi. Et la tête emplie de chair tendre enchaînée et déchirée, il hâtait le pas, « boitant en semblant », car le bruit du pied bot dans la nuit résonne plus menaçant à la poursuite du trottinement affolé le long des quais.

Il y avait tant de fragrances apeurées dans le sillage laissé par la fuyarde, tant de ruelles ténébreuses, de venelles borgnes, de fossés, de soupiraux pleins d'images volées sur le trajet où il aurait pu la précipiter qu'il n'avait pas besoin de la rejoindre, ni même de l'effleurer pour aboutir à l'extase.

Parfois, lorsque le délire poussait plus loin l'exigence, il allait le pantalon raidi par la souillure sauter le mur du béguinage, gratter portes et fenêtres des sages maisonnettes et, par ses menaces obscènes glapies dans la serrure, pétrifier d'épouvante les vertueuses béguines réfugiées sous la bure.

Puis, rassasié de très vilains plaisirs, il s'en

retournait ruminer ses turpitudes en sa splendide et vaste demeure bâtie sur les bords dolents de la Lys.

Car Halewyn Dirk Van der Rijckel était riche. Immensément riche. Riche immensément.

C'est donc ainsi que le triste sire occupait ses nuits du vendredi. Ses façons étaient sans doute critiquables, mais certainement pas condamnables. Sauf une fois par an. Le jour de son anniversaire où le divertissement rituel déviait, où le couteau s'ensanglantait.

Il était une fois un couteau très pointu dans un écrin. Il était une fois un écrin dans une boîte à gants. Il était une fois une boîte à gants dans une jaguar noire. Il était une fois Halewyn à son volant, et un anniversaire à fêter.

« Heer Halewyn Zouk een liedekyn ;
Al wie het hoorde wou by hem zyn »,

fredonnait-il en sillonnant le quartier chaud de la « Trottinstraat ». De même qu'autour de la rue Haut Port les bienséantes boutiques offraient en vitrines des vierges à l'enfant vêtues de manteaux dorés et de dentelles de Bruges, celles malséantes du parc à putes présentaient en vitrines leurs hétaïres très peu vêtues de guêpières en latex et de dentelles rouge sang.

C'est en roulant au pas, l'œil rivé sur les trottoirs bariolés par les vulgaires éclats des néons, que Halewyn remarqua Poeske.

POESKE

Toute fille qui se mire
Le diable l'admire
Toute fille qui se mirera
Le diable l'aura.

Poeske était en colère. Poeske jurait entre ses dents. La crinière blonde en vrac, les pommettes avivées de fureur, sa bouche charnue ourlée par une moue rageuse transfiguraient la candeur juvénile de ses traits en masque de détresse. Il émanait de sa silhouette plantée au bord de la chaussée, dans les halos conjugués en rose et bleu du Vegas Strip et du Sexy Gogo, une telle aura d'ondes échardées et négatives que les sens aux aguets de Halewyn se mirent à crépiter et voltiger comme feux follets par temps d'orage et que s'exaltèrent les basses et trémolos de sa chanson.

Poeske, malgré ses vingt ans et quelques capotes de plus, sa fraîcheur de poupée, n'était pas une débutante. Née à Buggenhum, près de Rusemonde, d'un père inconnu et d'une mère si volage qu'elle l'avait oubliée au nid alors qu'elle était censée ramener la becquée, la petite avait été plus ou moins élevée par une voisine si distraite qu'elle l'avait perdue à l'âge de douze ans sur un marché où quelques sœurs de la Charité l'avaient recueillie comme bonne à tout faire et pour la battre jusqu'à ses quatorze ans, date à laquelle elle s'était ensauvée au bras d'un voleur à la tire qui l'avait vendue à un cabaret de Hambourg où on lui avait enseigné l'art de révéler son intime anatomie, très lentement et lascivement en remuant les fesses. Naturellement dotée d'un charme angélique et d'incontestables aptitudes à l'exhibition, elle s'était vite taillé une assez coquine réputation pour se retrouver la vedette d'un show hard, dans une boîte très courue d'Amsterdam. Le spectacle consistait à ce qu'elle utilise son physique de sirène en s'effeuillant écaille par écaille dans un faux aquarium, avant que trois tritons noirs fortement membrés n'accourent lui occulter de concert les orifices.

Et puis, patatrac, elle était irraisonnablement tombée raide amoureuse de Paki : « Un vrai coup de foudre. » Un spécimen parfait du mac pakistanais — gominé, velu, tout en alpaga, chemise de soie, chaînes d'or et gourmettes. Un macho qui la tabassait et lui piquait le fric qu'elle gagnait maintenant au claque. À force de piétiner sans cesse les bords vaseux du cloaque, il est normal, un jour, de glisser dedans. Mais qu'importe les passes, les exigences du client, l'humiliation des extras et les roustes lorsque le cœur a ses raisons.

Ce matin-là, Poeske s'était réveillée heureuse, la blessure à la gencive que Paki lui avait fendue de son poing bagué s'était cautérisée et la joue dégonflée. La douleur n'élançait plus, et il flottait, à travers les familières odeurs de curry, de fritures refroidies, de kebab, d'eau d'oranger et d'encens à la rose, un frais et discret parfum de printemps. Avril tricotait gentiment son chemin à travers les giboulées. Ce n'est pas que Poeske s'émût à la floraison des bourgeons et des jonquilles, ni leva le nez éblouie au déploiement azurescent de l'arc-en-ciel dans les cieux lessivés par les anges. Mais battre la semelle avec une douzaine de millimètres de gaze ajourée en guise de manteau est tout de même plus supportable aux beaux jours que sous les pluies verglacées de l'hiver.

Bien sûr, ce n'était pas le genre de réflexion qu'elle se serait permise, même sur le ton badin de la plaisanterie, devant Paki chéri, mais ce modeste rayon de soleil posé sur le rideau semblait prédire du bonheur pour la journée.

Elle se leva subrepticement, sans remuer un seul pli du lit afin de respecter le sommeil réparateur de Paki. Il était rentré tard, aux aurores, mort de fatigue d'avoir surveillé les boîtes en jouant au poker avec les amis du milieu.

Poeske se serait bien risquée à caresser le dos cuivré émergeant de la couette, à passer ses doigts dans l'épaisse toison noire, mais le geste, bien qu'affectueux, aurait pu être mal pris. Il détestait être ainsi réveillé, et le souvenir de sa mâchoire tuméfiée poussa prudemment la petite amoureuse vers la salle de bains.

Lavée, essorée, maquillée, recrêpée d'une parasélénique toison, resanglée et moulée déjà de sa suggestive livrée de soubrette de stupre, elle s'agita efficacement derrière la porte close de la cuisine, sans un tintement ni un cliquetis, à la vaisselle, à la lessive, au déjeuner que Paki chéri dédaignerait à son réveil vers quinze heures, mais qu'il exigeait trouver tenu au chaud sur la table basse, avant d'aller rejoindre sa confrérie au restaurant du coin. En la voyant s'agiter aussi fébrilement dans le silence, on ne pouvait s'empêcher de l'imaginer héroïne trop fardée, à la gestuelle excessive, d'un film muet.

Elle s'était ensuite faufilée dehors prendre un café sur le pouce, à l'Oliver Twist, devant le théâtre, tout en grignotant une demi-couke, pas plus. Un régime strict si elle voulait entretenir cette allure d'adolescente qu'appréciait la clientèle.

Aux étals des commerces alentour les ménagères, les cabas emplis de légumes, de fanes de carottes, de bouquets de poireaux, se pressaient chez le boucher, le fromager, désignaient le morceau de gouda ou de vieil amsterdam que le couteau tranchait à même la grosse meule orangée ; ou, agglutinées par petits groupes sur la chaussée, discutaient du prix des premières anémones et des soldes de printemps que proposerait bientôt la Dame Chic de Sint-Amandsstraat. Malgré le joyeux entrain qui semblait animer ces guillerettes scènes de vie de quartier, Poeske ressentait un certain plaisir d'en être exclue. Elle n'enviait pas l'existence de ces pâles épouses, qu'elle jugeait confites dans un confort étriqué, sans surprise, ni risque, ni aventure.

Si son métier ne l'enchantait pas toujours, il ne lui déplaisait pas non plus. Son goût de l'ombre, sa sensualité trouble, son attirance pour l'abîme et les paris absurdes trouvaient leurs comptes dans le patchwork disparate, bizarroïde et parfois glauque de ses rencontres. Elle était douée pour le métier. S'y appliquait de bonne grâce et, surtout, le rapport financier s'avérait fort appréciable. Quant au fait que Paki chéri ne lui en laissait qu'une aumône, c'était son choix à elle. Ça ne regardait personne. Quand on aime on ne compte pas. Pareil pour les horions et ramponneaux qu'elle acceptait sans broncher. Elle avait le droit d'aimer ça, de lui appartenir. Il l'aurait marquée au fer rouge, Poeske n'aurait pas dit non.

La journée cependant s'annonçait chargée. Paki chéri lui avait prévu un sacré emploi du temps. Il n'allait pas la laisser s'adonner à l'indolence et l'oisiveté toute la journée en attendant le tapin du soir. Il n'y a pas que la nuit que le mâle se priapise. Au contraire, il faut savoir que la pratique sexuelle diurne est des plus actives, notamment chez le retraité et le mari modèle que l'épouse retient au foyer dès son retour du bureau et qu'il faut cueillir sur le trajet ou à la coupure de midi. À ne pas négliger non plus les professions aux horaires élastiques ainsi que certaines catégories sociales qui ne peuvent libérer quelques moments de loisirs hors de leurs fastidieuses obligations : réceptions, spectacles et soirées de gala (une clientèle en général très très spéciale que celle-là, exigeante sur la discrétion, mais ne regardant pas à récompenser généreusement les « suppléments »).

Poeske avait récapitulé l'éventail de ses rendez-vous, puis, le café terminé, s'était rendue aussitôt au travail, le cœur vaillant. Elle se sentait comme poussée au derrière par un amical rayon de soleil, et le nez en l'air sur les tours de la Halle aux draps, ne put s'empêcher de sourire à la statue de Mammeloker, « l'homme qui tète ». Le bas-relief évoquait l'histoire d'un pauvre bougre condamné à mourir de faim dans un cachot, lorsque l'édifice servait encore de prison, et que sa fille venait en cachette allaiter. La scène, à chaque fois qu'elle passait dessous, lui faisait toujours songer à ce notaire tout aussi caduc et barbu à qui toutes les semaines elle rendait le même service... et d'ailleurs pas plus tard que tout à l'heure.

Poeske n'appréciait guère le gothique flamboyant, ni les impressionnantes ciselures du beffroi, des ogives, corniches et tourelles d'angle de la Maison des échevins de la Keure ou des élégantes volées d'escaliers de l'Achter Sikkel... Elle préférait la ville moderne et commerçante à toutes ces vieilleries tarabiscotées, ces ponts sculptés et îlots semblables à des musées qu'elle traversait vivement sans rien en voir, ses petites fesses rondes flottant dans les rues aussi légères que des ballons d'enfant.

Elle se rendit d'abord au numéro 12 de la Blinde Ezelstraat. Une haute maison austère et cossue où habitait son habitué du vendredi. Discrètement elle filait par une porte de service enfouie au fond de la ruelle. Tirait sur la chevillette... et la bobinette n'avait pas le temps de choir que déjà la porte furtivement déverrouillée découvrait un vestibule imprégné d'une aigre odeur de cire et d'humidité. À quatre pattes sur le plancher, un maigre homme nu l'attendait, tenu en laisse par un jeune et bel éphèbe corseté de cuir que Poeske devait appeler « filleul ».

(Ce qui s'ensuivait alors n'entrant nullement dans la thématique des comptines, mêmes assassines, les Brownies de ces pages souffleront donc à chaque fois sur les détails scabreux inhérents naturellement aux occupations de Poeske, pour reprendre l'histoire plus loin.)

Ainsi, « on disait » qu'elle avait bouclé toutes ses activités prostitutionnelles du jour avec ardeur et bravitude lorsque, enfin, sur le coup de dix-huit heures, elle put s'octroyer un peu d'agréabilité bien gagnée, en croquant un *rÿstoeck* au chocolat arrosé d'un thé au lait, à la Moeder Babelutte — coquet boudoir-pâtisserie tout en sucre glacé sur Rozenhead Kaai.

Poeske jouissait d'un caractère aérien proche de l'innocence édénique des papillons, des elfes, des bébés et des oiseaux qui la préservait de ces sentiments pénibles de mauvaise conscience, de flétrissure et de dégoût qu'elle aurait pu éprouver en se remémorant certaines pratiques déroutantes et contre nature de l'après-midi telles que...

(« Soufflez, soufflez, Brownies, sur les mots, soufflez !

Que plus loin sur la page sagement ils se reforment, soufflez !

Que rien n'entache l'esprit de la comptine
Ni ne ternisse le rouge des couleurs assassines. »)

Criqueti, criqueta, le *rÿstoeck* au chocolat grignoté, Poeske en aurait volontiers grignoté un autre, mais Paki chéri l'aurait sévèrement tancée s'il l'avait appris. Il devinait tout, et lorsqu'il l'enlaçait vérifiait systématiquement sa minceur de taille d'une pincette experte. Paki chéri ne voulait pas que « s'épaississe sa petite gazelle ».

Chocolat Kwatta
tu n'auras pas
Du lait battu
T'en n'auras plus
Turlututu
Panpan cucul.

Tant pis, elle s'en passerait. La ritournelle de la demie au clocher lui rappela qu'il était l'heure d'aller faire l'hôtesse au bar montant du Blue Night, où elle s'acharna à augmenter le chiffre d'affaires de Paki chéri par moult ventes de bouteilles de champagne et passes furtives au petit salon.

Son dernier client s'étant montré généreux, inquiète du devenir des espèces sonnantes et trébuchantes qui, amassées depuis ce matin, commençaient à menacer les coutures de son sac à main, elle décida d'aller les déposer à l'appartement avant de commencer sa nuit à arpenter l'asphalte. Ce ne serait pas malin de s'aventurer dans le quartier chaud une telle somme au bras, avec tous les camés qui y traînaient. Si elle se faisait voler, ce serait la catastrophe, la mise à l'amende, sans compter ce que lui mettrait Paki. Ça ne lui prendrait que cinq minutes, et elle aurait peut-être la chance d'y trouver son chéri occupé à se préparer pour sortir. Poeske aimait ainsi le surprendre en train de se savonner, se parfumer et se lisser les cheveux dans la salle de bains. Avec le copieux paquet de biffetons qu'elle ramenait, elle pouvait être certaine d'être bien accueillie. Peut-être la récompenserait-il d'une gâterie, debout contre le lavabo, avant de la renvoyer, en plaisantant, au tapin.

Le cœur en goguette, elle avait grimpé quatre à quatre les escaliers, ouvert la porte gaiement à la volée, son butin de sac à main brandi fièrement tel un trophée.

Elle était restée pétrifiée, glacée, vitrifiée, incapable de bouger, de penser, d'émettre le moindre son qui aurait pu la réduire en poussières.

Face au palier, l'enfilade du couloir menant à la chambre aux battants largement écartés lui renvoyait crûment, frappé par le faisceau du plafonnier, le gros cul laiteux et planisphérique de sa collègue Greete chevauchant à hue et à dia Paki chéri, étendu béat sur le lit.

Si Poeske, à cet instant, avait possédé une arme, ne fût-ce qu'un tisonnier ou un fer à repasser, elle les aurait tués tous les deux. À défaut de quoi, c'est son sac que, d'un geste puéril, elle lança à travers la pièce, couvrant leurs corps encastrés d'un tourbillon de billets de banque semblable aux retombées d'un vol de papillons de nuit.

Le coït n'entama en rien la régularité frénétique de son rythme, alors que Poeske, éperdue, dégringolait les escaliers, menaçant dans un langage imagé les traîtreux fornicateurs des mille tourments que les démons réservaient jadis aux damnés sur les tableaux de Jérôme Bosch et de Bruegel d'Enfer dont les reproduc ions ornaient les murs du couvent des sœurs de la Charité : c'est à leurs fournaises et ingénieux supplices, estrapades, écartèlements, écorchages, pendaisons, démembrements de toutes sortes que Poeske vouait la salope de Greete, en vociférant au milieu de la chaussée. Sale grosse garce de tas de suif qui lui avait piqué son homme alors qu'il n'appréciait, soi-disant, que les sveltes nymphettes ! En fait, il ne valait pas mieux qu'elle. Ce salaud à qui elle avait tout donné. Tout... et qui en remerciement de ses sacrifices n'avait même pas couru derrière elle pour s'expliquer et lui demander pardon. Elle aurait fermé les yeux, et compris ce faux pas. Après tout, la truie l'avait peut-être chauffé à mort, jusqu'à ce qu'il craque. Ça pouvait arriver, surtout pour un Paki porté cultuellement sur la chose. Elle aurait accepté.

Mais il n'avait pas même fait mine de se lever, pas un geste, pas un mot, pas un regard, rien. Dans ses oreilles clapotaient encore les bruits écœurants qu'émettaient leurs corps en copulant. Ils méritaient tous deux de se faire déchirer la gueule, jusqu'à l'os, à coups de sucre.

Tout s'était effondré. Sans plus rien discerner de la vie grouillant autour d'elle, Poeske titubait, avec l'impression de fouler du pied les ruines de ce qu'elle avait cru être un « toujours ».

Il ne lui restait plus rien, plus un sou, plus de protection, plus d'histoire d'amour, plus d'endroit où loger... et la rue fuyait devant elle comme son enfance avait fui au fond de l'oubli sans qu'elle puisse en retenir quelques chers souvenirs à conserver.

Et c'est là, perdue au seuil du vide, que Halewyn la ramassa.

HALEWYN

Quand le roi va-t-à la chasse
Il rapporte des bécasses,
Il les cuit, il les fricasse.

Lorsque Halewyn s'amusait à effrayer le petit gibier, le vendredi, c'était toujours dans les quartiers du Vieux Gand, où l'atmosphère se prêtait aux croquemitaineries, mais lorsqu'il s'agissait de se choisir une proie pour son rituel de sang, c'est dans les rues à putes qu'il préférait chasser. Le jeu devait se dérouler selon des règles bien établies. D'abord le choix de la victime, la séduction, le pacte, l'invitation à jouer et la présentation des différentes phases à respecter — la nuit de veille, afin de tout mettre en place —, et enfin, le déplacement des cases jusqu'au déroulement progressif de la mise en scène... et le coup de théâtre final.

Il fallait que le spectacle ait lieu chez lui. Dans son décor. Il avait une année pour étudier chaque détail de la réalisation. Une année d'attente à entretenir *crescendo* ses fantasmes par les mises en bouche des vendredis.

Il allait fêter cette fois ses quarante-six bougies, un beau chiffre, parfaitement rond, qu'il ne fallait pas gâcher. La fiancée : la pièce maîtresse de l'échiquier devrait se montrer à la hauteur. Une petite dinde effarouchée des vendredis aurait tout fait rater. C'est pour cette raison qu'il préférait engager des professionnelles qui ne s'étonnaient jamais de rien et acceptaient tout, absolument tout, et avec conviction, pour autant qu'on y mette le prix. Toutefois, la plus extrême des complaisances ne dérive quand même pas jusqu'au sacrifice, par conséquent Halewyn gardait un joker sous le tapis en ne leur dévoilant pas le dénouement final.

Autre avantage : la police ne remuait pas ciel et terre si l'une d'elles disparaissait.

Oh non, ma fille, non n'y va pas.
Celles qui vont là ne reviennent guère !
Celles qui vont là-bas ne reviennent pas !

Et elles venaient toujours.

Halewyn appréciait ces comédiennes, semblables à des poupées dont la creuse plastique renfermait tous les bas instincts, les avidités, vices et perversités que leur abandonnait, de passe en passe, l'infernale mascarade d'une clientèle de carnaval. Les pénétrer c'était pénétrer l'extase sacrée de la ronde, mais qu'il fallait trancher juste avant d'être emporté.

Cette fille blonde là-bas, pâle comme une apparition et qui semblait vaciller sur le bord du trottoir, lui sembla la partenaire idéale pour partager le cérémonial de ses festivités.

Sans cesser de fredonner, d'une légère pression du pied, il fit bondir et s'allonger la Jaguar aux pieds de Poeske.

— Bonsoir. Est-il possible de vous aborder ?

Sa voix ronronnait, aussi doucement que les flancs fuselés du véhicule.

Poeske, rattrapée au vol dans les noirs lointains de son interminable chute, se raccrocha d'instinct comme à une bouée au réflexe professionnel. Mécaniquement tout le système érotique se remit aussitôt miraculeusement en place. L'œil s'alourdit de promesses, la bouche se calibra, la langue affûta la porcelaine, les aréoles affleurèrent au ras du décolleté, tandis que ses muqueuses en effervescence sécrétaient des bouffées de phéromones à couper au couteau.

— Je suis là pour ça, minauda-t-elle d'une voix de soie froissée.

— Voulez-vous jouer avec moi ?

— Volontiers.

— Alors montez.

Son assurance courtisane, un instant perturbée, à présent ravivée et performante, elle glissa sur le siège de cuir rembourré, ses jolies fesses aussi rayonnantes et peu voilées qu'un soleil d'été et, assise de côté sur l'une d'elles, observa d'un œil expert le conducteur enfoui dans sa semi-pénombre. Un indéfinissable frisson lui parcourut l'échine alors qu'elle s'étonnait de la beauté racée de son profil.

— Halewyn, se présenta-t-il, la diction distinguée.

— Poeske, souffla-t-elle.

— Charmant, c'est un nom de chat ?

— De chatte, appuya-t-elle coquine.

— C'est mieux encore, et vous le portez à ravir, la flatta-t-il, jetant vers elle de biais une prunelle verte qui lui picota à nouveau l'échine du même indéfinissable frisson.

D'ordinaire, Poeske n'appréciait guère ces

intonations maniérées, ni ces grands airs des « gens de la haute », chez qui se comptaient les plus dégénérés, et dont les goûts signifiaient la plupart du temps panoplies extravagantes, éventail d'accessoires, chaînes, fouets, menottes, positions incommodes et fessées, ou pire à l'appui. En revanche, quelque chose dans l'attitude de Halewyn l'attirait.

Il était beau. Une beauté de mannequin pour magazine de mode, à couverture glacée. Tout chez lui et autour de lui évoquait le luxe et l'élégance. Rien de tape-à-l'œil, ni de m'as-tu-vu. Une élégance princière, sans faute de goût. Il ressemblait à sa Jaguar, fuselée, soignée, féline, dont il devinait la puissance sans qu'elle ait besoin de rugir.

Elle contempla ses longues et belles mains posées sur le volant, son costume coûteux au savant négligé, le nez droit, les traits finement gravés. Elle sourit, car les néons des night-clubs teintaient sa courte barbe noire de reflets bleus.

D'un geste doux mais ferme, il retira de sa cuisse les doigts que Poeske venait d'y faire pianoter. Elle comprit qu'il ne se contenterait pas d'un petit coup vite fait bien fait. Elle aurait dû deviner que ce n'était pas le genre de la maison, comme toujours avec ces riches particuliers qui ne s'excitaient qu'avec du spécial.

Soit, soupira-t-elle. De toute façon, rien ne pouvait être pire que ce qu'elle venait d'encaisser. Elle n'avait plus rien à perdre, ni plus un sou en poche. De quoi se plaignait-elle, il fallait qu'elle se refasse au plus vite. Ce milord, en fait, était une aubaine. Il devait être plein aux as et de plus il lui plaisait.

— Alors, interrogea Poeske, la voix altérée d'un écho canaille qui, dans l'ombre, le fit un peu tiquer. On ne devait pas jouer ?

— Mais si. Je cherche un endroit tranquille où vous exposer les règles.

— Les règles, quelles règles ?

— Les règles du jeu.

— Ah, j'espère qu'elles ne seront pas trop compliquées.

— Si peu.

Car voici que l'hiver est fini
La pluie a cessé, elle a disparu
Les fleurs ont paru sur la terre,
Le temps des chants est arrivé...

Poeske n'avait jamais entendu citer le Cantique des cantiques, mais quelque chose de nécrosé au fond de son ventre tressaillit et lui chatouilla des recoins inconnus ou inexplorés de l'âme lorsque Halewyn se mit à chanter. Au lieu d'étouffer un rire nerveux, elle étouffa un pleur. Le chant, la musique, cela faisait partie d'un fond sonore des scies de hit-parade que l'oreille enregistre à son insu et qu'on répète sans le savoir sous la douche, quand un réflexe appuie par hasard sur « Play ». C'était aussi un rythme primaire sur lequel évacuer le trop-plein et, surtout dans le métier, une façon d'attirer sur ses suggestifs déhanchements l'attention de la clientèle. Mais la voix de Halewyn où le grave s'entremêlait au limpide la ramenait vers un amont dépourvu de berceuse et l'emportait vers un vertigineux et attirant aval aussi triste et apaisant qu'un sommeil sans rêve.

— C'est chez vous qu'on va, ou à l'hôtel ? demanda-t-elle pour rompre l'émotion.

Que mit-elle dans ses beaux cheveux blonds ?
Une riche couronne d'or...

Il ne s'interrompit pas, mais dans son regard de rivière, le cours étira vers elle plus longuement les boucles de la mélodie.

Ils traversaient le pont Van Carolus qui enjambait la Vreeze, happés, loin des quartiers clinquants et tapageurs, par le temps immobilisé du Vieux Gand. Ils retrouvaient les litanies cahoteuses des façades recueillies en procession, crispées sur les niches des chapelles creusées au-dessus des porches, les boutiques liturgiques envahies de saintes sous globe, de crucifix, de christs ruisselant de cireuses souffrances.

Une vitrine chichement éclairée nimba un instant le visage de Poeske du reflet de Marie-Madeleine, comme un vertueux et trompeur maquillage où sous le fard et les roses se devinaient les indélébiles stigmates des oubliés des cieux.

À l'improviste, ils rencontrèrent l'îlot lumineux et populaire d'une fête foraine dérivant dans la nuit. Un fragment de kermesse d'enfance agglutiné autour d'un manège de chevaux de bois, resplendissants de girandoles d'or et de miroirs biseautés. Montaient et descendaient des fantômes de bambins hilares sur les flonflons d'un orgue mécanique.

Halewyn reconnut le *Hit Het grigs Verleden*, rengaine de Maurik et Haag que lui chantait Tante Ketje, au temps heureux des Fancy Fairs.

Noyée par les gros ronflements et claquements de cymbales du limonaire, la complainte de Halewyn mourut sur ses lèvres.

Mourut la ritournelle de la foire, s'éteignit son étoile incongrue lorsque, plus loin, la Jaguar les éloigna aux confins de la ville, sous les grêles ramures d'un parc désert.

— Là nous serons plus tranquilles, dit-il, en se tournant complètement vers elle, le dos appuyé contre la portière.

Lorsqu'il alluma le plafonnier, Poeske eut l'agréable surprise de constater que son visage était encore plus beau de face sous la lumière que ce qu'elle en avait confusément aperçu voilé par la pénombre. Elle s'amusa à nouveau de la couleur de sa barbe que la phosphorescence de la lune bleuissait encore davantage que le néon.

Séduite, et convaincue de l'imminence du jeu dont elle vivait déjà les prémices, elle s'abandonna, écartant ses jambes sur la banquette. Du bout des doigts, elle fit sauter un sein retroussé du fin bustier et en appela au désir. Poeske, en lucide et habile gagneuse, s'était toujours jusque-là refusée à éprouver quoi que ce soit. Toujours elle avait contrôlé ses sens et mimé l'excitation que l'on attendait d'elle par des halètements simulés et de feintes luxurieuses hardiesses. Les obscénités murmurées à l'oreille du client, les encouragements à forcer le rythme, à l'amener à la culminance, ne servaient, en fait, qu'à satisfaire le partenaire pour hâter l'aboutissement. Mais cette fois Poeske espérait autre chose. Elle voulait oublier Paki. Gommer, effacer cet horrible et frustrant affront en s'offrant tout entière : plaisir contre plaisir.

Une fois n'est pas coutume. Elle ne demanderait rien. Pas un sou et passerait « le caprice » aux profits et pertes ou, dans la colonne des frais médicaux, l'équivalent d'une séance de thérapie.

— Ouvrez la boîte à gants et vérifiez si le montant de la première mise vous convient, voulez-vous ?

L'épaisse liasse de billets, serrée par un ruban rouge, qu'elle trouva posée sur une sorte d'écrin noir laqué la fit redescendre de ses éphémères billevesées et retrouver la terre ferme plus rapidement encore qu'elle s'en était égarée. Il y avait là de quoi remonter la pente, s'acheter une sacrée belle voiture, se venger !...

— L'autre moitié de la somme vous sera remise demain soir, une fois le jeu terminé.

Une autre moitié ! s'étonna-t-elle abasourdie. Qu'attendait-on d'elle pour mériter un pareil salaire : tourner un film porno, participer à un gang-bang, une saillie zoophile, une orgie satanique ? Tout était envisageable avec cette catégorie de nantis pour qui l'argent ne comptait pas. Elle ne devait cependant à aucun moment trahir ses émotions, mais garder la tête froide sous une apparence détendue et complaisante...

— Et peut-on savoir en quoi ce jeu va consister ? demanda-t-elle d'une voix la plus neutre possible.

Halewyn devina-t-il dans le timbre de Poeske un léger tremblement, car c'est avec un sourire rassurant qu'il répondit.

— Oh, en peu de choses... un jeu de piste... un petit voyage, un souper fin à la lueur des chandelles. Une soirée romantique et agréable. Tout au moins je l'espère... et...

— Et...

— Et plus peut-être, si affinité...

Sa prunelle émeraude se troubla de vert de gris.

On y est enfin, conclut Poeske... Que de simagrées et de tralalas pour une simple partie de jambes en l'air ! En définitive, on en revient toujours à ça.

— Voyez-vous, se crut-il obligé d'expliquer, demain je fête mon anniversaire. Je suis seul et le château est si vide, si grand ! Je n'ai ni parent ni ami... ou si peu et ennuyeux que je préfère une soirée intime, en charmante compagnie. Je vous ai aperçue tout à l'heure, si jolie, si fragile, vous aviez l'air aussi perdue que je le suis. Halewyn, me suis-je dit, tu ne trouveras point ailleurs plus agréable partenaire.

Il posa sur la cuisse découverte de Poeske une main manucurée aux doigts fuselés de pianiste.

— Vous ne voulez pas... suggéra-t-elle professionnellement, un...

— Un quoi ?

— Un... acompte...

Elle passa lascivement la langue sur ses lèvres.

— Ne gâchons pas les règles. Nous avons déjà commencé à jouer, chère mademoiselle. Il faut respecter les étapes. Vous êtes désormais ma pure et ravissante fiancée.

Il retira sa main, ferma la boîte à gants et de sa poche sortit une enveloppe blanche pliée en deux qu'il lui tendit.

— Prenez ceci. Cette enveloppe contient un plan, un billet de train, la clef d'un cabriolet.

Il toucha le menton de Poeske qu'il releva doucement vers lui, afin de capter son regard et d'en retenir toute l'attention.

— Écoutez-moi attentivement. Je veux que vous suiviez scrupuleusement mes instructions. Demain vous prendrez le train en direction d'Ostende, pour descendre à la petite gare de Laekwoorde. Le billet est dans l'enveloppe. Une petite Triumph rouge vous attendra sur le parking. Vous ne pourrez pas vous tromper. Sa clef est aussi là-dedans, ainsi que le plan qui vous mènera jusqu'au château sur la route de Zeeverlaane. Tout est fléché et indiqué. Le jeu de piste est simple comme bonjour. Une petite fille même vêtue d'un chaperon rouge ne s'y perdrait pas. Au bout de la dreive bordée de hauts peupliers, vous arriverez devant une grille que vous franchirez. L'allée du parc vous conduira jusqu'aux pieds du manoir où je vous attendrai.

— À quelle heure dois-je arriver ?

— À vingt heures trente. Tout est inscrit dans l'enveloppe. La soirée sera longue, et la nuit également.

— Dois-je m'habiller d'une certaine façon ?

— Venez telle que je vous ai trouvée. Aimez-vous le champagne, le foie gras et la langouste ?

— J'aime tout, affirma d'un air gourmand Poeske qui, jamais de sa vie, n'avait goûté à tout cela. Et ensuite ?... insinua-t-elle, s'imaginant en gâteau d'anniversaire. Soufflerez-vous les bougies ?

— Ensuite, si affinité, je vous épouserai.

POESKE

« Pour cette petite clef-ci, c'est la clef du cabinet au bout de la grande galerie de l'appartement bas : ouvrez tout, allez partout, mais pour ce petit cabinet, je vous défends d'y entrer, et je vous le défends de telle sorte que s'il vous arrive de l'ouvrir, il n'y a rien que vous ne deviez attendre de ma colère. »

CHARLES PERRAULT

Derrière la vitre, la ligne de fuite de l'horizon coupait le paysage en deux. Une étendue de terre plate vouée aux vagues lointaines et un ciel envahissant au-dessus, sans un creux, sans une courbe, une colline, une bosse pour en entamer ou contrarier l'omnipotence. Sous ses glorieuses immensités, tout se penche, les fermes se font basses et les chapelles petites. Aux bords des canaux lisses, les peupliers et les saules avancent l'un derrière l'autre en lignes monotones, têtes penchées, comme ils processionnent aussi sur les rases pelouses, dans les muets enclos des béguinages, comme processionnent les béguines et les pénitents, têtes baissées sur leurs chapelets, pareils à des grains semés, pas à pas, le long d'une ligne tracée par un enfant ailé sur la page d'un cahier.

Si ce n'est les villes qui, disséminées semblablement à des îles au gré d'un océan de terre, où se rassemblent des forêts, flores, flèches, arcatures, faune et toutes autres extravagances de pierre que la plaine nue ne connaît pas... le paysage est presque une absence. Là-bas, ailleurs où la roche monte aux cimes, où les folles forêts s'épanouissent, où les formes, les couleurs, les parfums à profusion, jusqu'à la démesure, s'imaginent... ici on rêve en modestie, à l'intérieur d'une perle qu'un peintre dans la clarté diffuse du matin réenchante.

Pour tous les plumages bigarrés des étranges pays, le vol pâle d'une mouette ; pour tous les ramages et mélodies des stridulantes vallées, le précieux guilleri d'un moineau posé sur la branche d'une haie. Pour tout gratte-ciel les ailes d'un moulin.

Ici tout est ainsi, c'est sur l'herbe que l'on doit se pencher pour découvrir, cachée, l'étoile d'or d'une ficaire et la goutte de rosée, qu'une âme sur ses pétales a laissée.

Mais Poeske, dans son train, de tout cela ne voit rien si ce n'est, glissant sur la vitre, le défilé de ses pensées.

Halewyn, hier soir, s'est montré si galant ! La voyant désemparée de ne pas savoir où dormir, il l'a conduite devant la porte d'un confortable hôtel, lui glissant discrètement dans la main de quoi payer sa chambre avant de s'éclipser. Elle y a passé une nuit agitée, entre cauchemar et rêve, agitée par la trahison de Paki, par ses désirs de vengeance et sa haine de Greete. Agitée par cette curieuse aventure que cet homme troublant a nouée autour d'elle avec ses yeux verts, sa barbe bleue et sa voix si profonde qu'elle est tombée dedans.

Pourtant, ce matin, elle a failli rompre le contrat, fuir le jeu. Elle avait assez d'argent pour prendre un autre train, quitter la ville et se refaire une existence ailleurs. Elle avait encore assez de connaissances à Amsterdam, à Hambourg. Le patron des Désirs de Paris aurait été trop content de la récupérer.

Elle avait eu envie de contacter Pietr le Casseur, qui lui tournait depuis toujours autour et détestait Paki. En échange de quelques billets et de la promesse d'un câlin, elle lui aurait demandé qu'il s'occupe de ces deux salauds. Une croix des vaches au rasoir pour lui, un broyage de museau pour elle — avec photo polaroïd des dégâts en souvenir et peut-être quelques dents de la demoiselle qu'elle se serait fait monter en sautoir.

Mais c'est malgré tout le train d'Ostende qu'elle avait fini par prendre, et c'est à la gare de Laekwoorde qu'elle descendrait.

Et c'est là qu'elle est descendue. Une petite gare de rien du tout, à peine plus grande qu'une guérite, plantée devant trois, quatre maisons et un parking pratiquement désert où rutilait une Triumph vermillon.

Une fois encore, elle eut envie de fuir. En possession de son petit magot et de ce coquet bolide qui filait comme le vent, elle aurait pu rouler, rouler droit devant elle et tout oublier, au lieu de quoi, Poeske s'engagea sur la route qu'indiquait la carte dépliée sur ses genoux. Était-ce l'appât du gain, la curiosité d'en savoir plus sur les surprises de la soirée, ou bien l'envie d'éprouver la même étrange sensation qu'elle avait ressentie le long de son échine en montant dans sa voiture ?

Il y avait là l'attirance et la peur d'une première fois.

Que chantait-il encore ?

Une chanson d'amour. Elle n'avait pas retenu les paroles, si ce n'est qu'il s'agissait d'une blonde fille de roi qui s'en allait rejoindre un prince... un fiancé... mais la lente et plaintive mélodie planait dans sa mémoire, tandis qu'elle se répétait à mi-voix les bifurcations du trajet appris par cœur.

« Sortir d'abord du village — si on pouvait appeler ce trou un village ! — vers Strazelle. »

Poeske n'avait pas l'habitude de conduire une voiture si nerveuse qui bondissait en frémissant au moindre rappel et faillit mordre dans le fossé en apercevant au dernier moment l'étroite bretelle à moitié dissimulée par la chapelle « Sainte-Mariecke — Mariecke ».

Chassant de l'arrière, elle tressauta sur les pavés de la chaussée bordée de saules têtards.

« Roulez trente kilomètres toujours tout droit. »

Avril fait la fleur
Mai en a l'honneur,

dit-on : c'est en partie exact. Il est vrai que c'est aussi Aprilis : que la nature s'entrouvre, refleurit, recouvre les haies d'une plaisante embuée verte et que les jours rallongent. Mais les sages et anciens almanachs préviennent aussi que le printemps n'est pas encore installé et ne tient qu'à un fil, tant que n'a pas craché tout son venin la vieille sorcière d'avril...

... Qu'il suffit d'un nuage pour que la nuit tombe plus tôt. Les phares balayèrent à temps le panneau Zeeverlaane et le talus surmonté du calvaire que Halewyn sur le plan avait souligné d'un trait rouge.

La route par laquelle elle bifurqua rétrécit bientôt entre les deux colonnades de pâles et imposants peupliers dont les sommets, sur son passage, refermaient la voûte d'un tunnel.

Poeske ralentit et marqua un temps d'hésitation avant de franchir les grilles du portail ouvert sur le seuil noir du parc. Elle roula au pas le long d'une allée gravillonnée qui ondulait au milieu de massifs de houx et de buis taillés et s'arrêta un instant en découvrant, à travers les lourds entrelacs des branches tentaculaires, le château.

Elle ne l'avait pas imaginé si grand, si massif, si impressionnant.

Au milieu de vastes et intangibles pelouses, son pignon crénelé, ses deux tours semblaient émerger de la brumeuse imagerie d'une rêverie perdue, d'une gravure surannée oubliée dans un livre dont on ne tournait plus jamais les pages. Illusion d'un mirage que le moindre souffle va renvoyer aux cendres.

Par-devant, l'éclat trompeur d'un étang paraissait malignement s'ingénier à en absorber la réalité dans les rides profondes de ses eaux troubles.

Château de contes de fée ou manoir hanté.

Poeske frémit en songeant à un vieux film en noir et blanc qui l'avait terrifiée dans son enfance, mais son optimisme viscéral de fleurette de remblais lui préféra la souvenir de Peau d'Âne et de la Belle au bois dormant.

Si les étages se perdaient dans l'ombre, le rez-de-chaussée en revanche resplendissait de merveilleuses promesses.

Le jeu en valait certainement la chandelle, et toutes les bougies qu'elle devinait brûler sur chaque mur. Après tout ce chemin parcouru, l'autre partie des festivités l'y attendait : un repas fin, du champagne, la seconde moitié de ses émoluments... et qui sait, après tout, si elle savait y faire, pourquoi pas le début d'une romance.

Il avait parlé de fiancée. Il avait suggéré des épousailles. Tout peut arriver. Même sous la couenne des cœurs les plus déchus peut encore survivre un rêve de princesse. Elle croisa les doigts et alla se garer sur le côté, auprès d'une serre tarabiscotée d'un fouillis de fer forgé. Dans le reflet d'une vitre, derrière laquelle se déployait une verte exubérance, elle se refit hâtivement une beauté : rouge sur les lèvres, un nuage de fard, une retouche aux cils et, satisfaite du piquant de la frimousse, se repigeonnant les seins, courut, perchée sur ses talons, grimper les marches du perron.

La porte était entrebâillée. Ne trouvant ni sonnette, ni heurtoir, ni chevillette, elle se faufila dans le hall plus vertigineux et meublé encore que la caverne d'Ali Baba.

— Il y a quelqu'un ? Je suis arrivée.

Il était vingt heures trente, ainsi qu'à l'horloge d'acajou accolée à la voûte d'entrée. À gauche comme à droite, les portes grandes ouvertes découvraient des enfilades de pièces étincelantes de lustres de cristal et de parquets cirés. Elle eut l'impression de pénétrer dans le palais des glaces d'une fête foraine royale.

Elle se crut la Pompadour accueillie dans Versailles.

— Je suis là. Il n'y a personne ?

Aucune réponse. Halewyn lui avait-il fait faux bond, ou bien ce silence faisait-il partie du jeu ? Elle sourit en s'avançant vers ce qu'elle pensait être le salon. Peut-être l'attendait-il caché derrière le chambranle, pour jaillir brusquement derrière son dos dans l'intention de l'effrayer. Dans ce cas, c'est lui qu'elle surprendrait en le découvrant en premier. Elle ôta ses escarpins et, pieds nus sur le tapis, s'approcha sans bruit de l'ouverture pour s'y précipiter les bras tendus, un ruban noué au cou en guise de cadeau, en criant...

— Vu ! Joyeux anniversaire !

Mais ne trouva rien d'autre qu'un lieu vide. Déçue, elle continua son chemin dans la salle à manger décorée pour la circonstance d'une véritable floralie : des roses, des camélias, des flots d'or de mimosa qu'étoilaient les calices fuselés et parfumés d'une brassée de lys.

Sous le halo orangé d'un lampadaire en pâte de verre, une table nappée de blanches dentelles étalait magnifiquement tous les apprêts et ingrédients d'un tête-à-tête festif : vaisselle de porcelaine, argenterie, cristal. Deux bouteilles de champagne rafraîchissaient dans un seau à glace. Une pyramide de toasts au foie gras et caviar voisinait avec un buisson d'écrevisses, deux homards, ainsi que tout un choix de gourmandises que Poeske n'avait jamais vues que sur les magazines des salons de coiffure.

Une enveloppe posée en évidence sur une assiette attira son attention.

« Poeske. » Elle reconnut l'écriture ourlée d'élégants déliés d'Halewyn et la décacheta nerveusement d'un coup d'ongle.

Chère Poeske

Veuillez excuser ce fâcheux contretemps indépendant de ma volonté : j'ai dû m'absenter pour une importante affaire qui va me retenir à Bruges une partie de la soirée. J'en suis désolé. Ne m'attendez pas pour souper. Je suppose que le voyage vous aura donné faim. Aussi buvez, grignotez, le château est à vous. Disposez-en à votre guise. Visitez-le de la cave au grenier. Amusez-vous, ouvrez les penderies, essayez les robes, les toilettes, les parfums que vous y trouverez. Choisissez la chambre qui vous plaira le mieux afin de vous reposer... et plus si affinité.

J'ai hâte de vous retrouver pour fêter comme il se doit cet anniversaire que vous avez déjà illuminé en acceptant si gentiment de le partager.

J'espère, chère Poeske, vous serrer au plus tôt dans mes bras.

HALEWYN

P.S. Ci-joint, le trousseau de clefs du manoir. Ouvrez tout, allez partout, mais de grâce n'utilisez pas la plus petite. Celle du cabinet au bout de la grande galerie de l'appartement bas.

Poeske, refroidie dans son enthousiasme, se laissa tomber sur une chaise. Le visage marqué par la déception, elle sentit toute la fatigue du voyage alourdie par la tension subie ces derniers temps s'abattre sur ses épaules. Les nerfs en pelote, elle ravala une boule d'amertume coincée au fond de sa gorge et sécha un semblant de larme.

Il méritait qu'elle plante là toutes ces niaiseries, ces caprices d'enfant gâté, et qu'elle file en faisant main basse sur tous les bijoux, l'argent et les objets de valeur. Même si elle n'y connaissait rien en antiquailles, elle savait que tous les tableaux, les objets, les pendules exposés partout valaient bien des mille et des cents et que les receleurs du milieu qu'elle fréquentait ne seraient pas regardants quant à leur provenance. Elle passerait en France, filerait vers le sud, ni vue ni connue, s'achèterait un claque au soleil et deviendrait patronne.

Après tout, elle possédait toutes les clefs qui ouvraient toutes les portes, il lui avait laissé le château... Il n'y avait qu'à se servir...

Les émotions lui ayant creusé l'appétit, elle attrapa sur un plat un toast au foie gras et l'avala en deux coups de dents et renouvela plusieurs fois l'opération avec une avidité de plus en plus gourmande... Ça fondait dans la bouche en y laissant une longueur d'arôme légèrement alcoolisé. Elle goba quelques canapés aux crevettes, suivis d'une quantité de mignardises fourrées d'étonnantes associations de saveurs mi-sucrées mi-épicées qui lui donnèrent très soif.

Le champagne ne demandait qu'à être débouché.

À la cinquième flûte, Poeske trouva la situation agréable. La fine moustille du cru n'avait rien de comparable avec les grosses bulles aigrelettes des mousseux qu'elle s'efforçait de vendre à la clientèle abrutie du beuglant.

Un rire frivole lui monta joyeusement aux lèvres en songeant à la tête que Paki et cette salope de Greete feraient en la voyant châtelaine, allongée sur la peau de léopard d'un somptueux divan, se goinfrant de caviar arrosé du meilleur millésimé. La bouteille terminée, elle n'osa pas entamer la seconde, mais repéra de loin l'acajou patiné d'un bar copieusement garni d'un choix de bouteilles aux attrayants contenus.

En chemin, elle se planta face à un gigantesque portrait en pied d'un personnage d'altière allure : fraise en dentelles, chapeau empanaché, poing sur l'épée, barbe bleutée sur le visage duquel elle retrouva les traits de... son fiancé, à qui, le geste peu assuré, elle tira une goguenarde révérence. Ce devait être un ancêtre de Halewyn. Peut-être le premier propriétaire du manoir, qu'elle gouvernait à cette heure par sa seule présence.

Elle hésita entre un flacon de porto ou de cognac... mais décida d'arrêter là les excès afin de pouvoir accueillir à son avantage la venue du retardataire. Que penserait-il de sa tenue s'il la trouvait pompette ? Elle n'avait plus envie de fuir, mais de séduire.

Sur la table, elle rafla le trousseau de clefs et décida de profiter de tout ce temps pour poursuivre son exploration. Ce n'était pas tous les jours que s'offrait une telle situation !

Poeske retrouva l'heureuse et innocente excitation de la petite fille devant qui s'ouvrent les portes du pays d'Oz ou du Royaume des merveilles.

De pièce en pièce, de salon en salon, les yeux écarquillés, elle admirait le mobilier de tous styles, les peintures qui montraient des bals champêtres, des paysages de neige, des natures mortes, des bateaux à voiles abordant des ports dont on voyait tous les cordages, toutes les tuiles et toutes les feuilles des arbres... avec des détails aussi précis que sur des photographies.

De pièce en pièce, de salon en salon, elle s'étonnait de tout. Des épais tapis si moelleux aux pieds, des statuettes de bronze, des vitrines emplies de rares collections, qu'elle n'aurait pas voulu chez elle de peur de les casser en voulant les épousseter. Des vases de Chine couverts de guerriers en armures, d'oiseaux, de Dragons hideux et de jeunes princesses aux yeux bridés... et partout des miroirs, où l'on se voyait depuis les pieds jusqu'à la tête et dont les bordures, les unes de glace, les autres d'argent et de vermeil doré, étaient les plus magnifiques qu'on ait jamais vues.

Après le rez-de-chaussée, elle emprunta le grand escalier en marbre menant aux étages. Au premier, de chaque côté du long couloir éclairé d'appliques — comme en en voit dans les palaces des bords de mer —, des portes sculptées s'alignaient sans fin.

Poeske essayait les clefs du trousseau, une par une, le penne cliquetait doucement et la porte s'ouvrait sur des décors capitonnés, calfeutrés, molletonnés, agencés pour recueillir les rêves de sommeils princiers.

Il y avait la chambre bleue, la chambre verte, la rouge, la rose, la blanche, et une autre tout en or.

Chacune tendue de rideaux, de tulles, de draps fleuris, d'édredons si ouatés qu'ils donnaient le sentiment que des anges y avaient déposé leurs nuages.

Tout était beau, trop beau pour y faire l'amour. À tel point que Poeske se demanda dans laquelle Halewyn avait l'intention de l'emmener fêter son anniversaire : « et plus si affinité ».

Aucune d'entre elles n'évoquait l'étreinte, n'inspirait les caresses.

Peut-être la petite clef du cabinet en bas ? Les autres n'étaient pas pour elle.

La dernière chambre n'était que quatre placards.

Ou plutôt un magasin de haute couture à en faire perdre la tête. En un instant, elle se trouva toute nue, émoustillée de tout essayer. De la culotte au manteau de vison se trouvait pendue à d'innombrables cintres une garde-robe des *Mille et Une Nuits.*

« Amusez-vous, ouvrez les penderies, essayez les robes, les toilettes, les parfums que vous y trouverez », avait-il écrit. Elle n'allait certes pas s'en priver.

Réfléchie par le grand miroir à trois faces qui renvoyait ses profils, Poeske enfila, se moula, s'agrafa, se cambra, s'enveloppa, se vêtit de toutes les couleurs, les formes et les textures que son regard accrochait. Robe d'été, de soirée, de bal, de gala, de ville, d'intérieur. Tenues sages, bourgeoises ou suggestives, elle jouait comme une enfant qui s'habille comme maman.

Soies fluides, satin, voilage, mousseline, mohair, velours perlé, fourreau de cuir, tunique de métal ou de sequins, fourrures : elle choisissait, essayait, rejetait par terre, chiffonnait, lançait en vrac la parure un instant élue pour passer à une autre.

Elle se mirait, s'admirait, se tournait, virevoltait, une moue aguicheuse sur les lèvres, ou mimait un air hautain. Une jupe plissée d'écolière, un lamé de star, une blouse vichy de débutante acoquinée à des jarretelles noires, elle imaginait ce qui pouvait lui plaire.

Halewyn lui avait dit de venir telle qu'il l'avait aperçue la première fois, sur le bord du trottoir. Mais il n'était pas interdit d'improviser, d'aller au-devant de ses goûts, de ses désirs... ou de les éveiller.

Poeske, à tout bien réfléchi sur l'étal de choix étendu à ses pieds, se décida enfin pour une guêpière en dentelle noire à laquelle elle attacha des bas résille — que ses clients appréciaient toujours — et une courte robe légère à godets, échancrée d'un profond décolleté.

Pas un seul instant, elle ne s'interrogea sur la provenance de cette profusion d'effets et d'élégance qu'aurait enviée un costumier de théâtre. Halewyn avait dû gâter de nombreuses épouses, d'exigeantes maîtresses, pas de quoi se tourmenter davantage.

Une dernière fois, d'une pose *cheese cake* elle apprécia l'effet obtenu dans la glace, s'aspergea de parfum acidulé puis, les lèvres reteintes d'une touche rouge-baiser, redescendit au salon.

Préparée aux aléas du métier, habituée à battre la semelle durant des heures sous toutes les conditions atmosphériques, Poeske connaissait la patience. Cependant, en vitrine, sur l'asphalte ou en boîte il y avait toujours quelque chose à voir, à faire... même si ça ne mordait pas, il y avait l'amorçage, le spectacle de la rue, les propos échangés, les œillades... Tandis qu'allongée sur un canapé aussi confortable qu'il fût, un gin tonic à la main, seulette et inactive, elle commençait à trouver le temps long.

Le gin tonic, c'est idéal pour le coup de barre du noctambule, mais encore faut-il un but à la stimulation. Pas la peine de s'éperonner s'il n'y a pas d'obstacle à sauter... et Poeske commençait à piquer du nez. Onze heures déjà. Cela faisait maintenant deux heures et demi qu'elle attendait. Qu'est-ce qui le retenait si tardivement à Bruges : avait-il eu un accident ou bien cela faisait-il partie d'une des épreuves du jeu ?

De son homard il ne restait plus qu'une carapace, du champagne que deux cadavres. Elle avait épuisé toutes les ressources du rez-de-chaussée, des chambres, des penderies. La bibliothèque ne l'intéressait pas et elle bâillait et s'ennuyait affreusement.

Comment passer le temps quand il neige en décembre.
Et quand on n'a personne avec qui dire un mot ?

surtout lorsqu'on est en avril, que le ciel est étoilé et que l'on n'est ni ogre ni Hugo.

Que faire quand il n'y a rien à faire, si ce n'est ce qu'il ne faut pas faire ?

Les yeux de Poeske se posèrent, comme attirés par l'escarboucle de la Vouivre, sur le scintillement de la dernière petite clef accrochée au trousseau.

« ...Ouvrez tout, allez partout, mais de grâce n'utilisez pas la plus petite. Celle du cabinet au bout de la grande galerie de l'appartement bas. »

La curiosité est un vilain péché, mais qu'est-ce qu'un péché de plus lorsqu'on vit du péché. L'invitation à désobéir était tentante. Il ne lui fallait pas plus de quelques minutes pour se convaincre qu'il s'agissait de la dernière case du jeu de l'oie ou de la carte au trésor. Et si tel n'était pas le cas, de toute façon il n'y aurait personne pour la dénoncer.

Elle trouva l'entrée du sous-sol, dans le grand hall, ouverte sous la cage d'escalier, et l'interrupteur sur lequel elle appuya lui révéla une dizaine de marches et un long couloir de briques, faiblement éclairé par une enfilade d'ampoules. Au fond une porte. Elle y introduisit la petite clé, poussa le battant sur une grande pièce brutalement éclaboussée par le faisceau blême d'un plafonnier ; elle recula d'un pas, saisie par les remugles douceâtres et nauséeux qui viciaient l'atmosphère et par le sinistre appareillage pendu aux poutres ; chaînes, courroies de cuir, carcans cloutés. Au centre, une sorte de chevalet en forme de croix de Saint-André, maculé de taches brunâtres, dressait ses madriers ligaturés de sangles.

Secouée de frissons, elle allait fuir lorsque son regard affolé avisa de grandes photos glacées de femmes suppliciées placardées sur les murs. Poeske en compta sept. Le visage familier bien que déformé par la terreur de l'une d'entre elles, malgré la peur qui la gagnait, la poussa en avant, à les examiner de plus près.

Elle reconnut Tisa, une jeune et mignonne collègue eurasienne qui avait disparu mystérieusement de la circulation depuis plus de deux ans. Claquant des dents, elle fit le tout du triste chemin de croix... celle-là aussi avait connu son heure de gloire sur le pavé avant de s'éclipser sans raison... Neele.

Toutes étaient nues, ligotées, écartelées, les yeux révulsés, la bouche grande ouverte sur un cri silencieux, le ventre ensanglanté.

Barbe-Bleue...

L'anniversaire de Barbe-Bleue... Voilà aussi ce qui l'attendait.

De la cave, Poeske, en quelques bonds, se précipita sur le portail du grand hall. Dans sa hâte, elle avait négligé de fermer la porte du cabinet noir, d'en reboucler la serrure. En gémissant, elle s'acharnait vainement sur la clenche qui tournait folle entre ses doigts. Inutile de s'escrimer davantage dessus : un sournois système de sécurité l'avait bel et bien et définitivement enfermée.

Il fallait cependant qu'elle ne reste pas là, qu'elle trouve un autre moyen pour s'enfuir. Sinon ce serait la torture et la mort assurée. Il devait exister quelque part une quelconque ouverture... un soupirail, une porte-fenêtre.

Comme une éperdue, elle courut dans chaque pièce. Se saisissant d'une lourde chaise, elle l'éleva dans l'air et de toutes ses forces l'abattit sur une baie vitrée, pour la voir rebondir, rebondir et rebondir encore, jusqu'à ce que, épuisée par ses vains efforts, elle s'affaisse sur le parquet, le corps secoué de sanglots.

Elle ne voulait pas mourir, finir comme les autres, éventrée, et exposée épinglée tel un papillon, contre un mur, tirant la langue sur du papier glacé.

Le visage inondé de larmes, elle se rua, poings fermés, pour marteler les fenêtres cuirassées d'un inébranlable vitrage... avant d'abandonner, vaincue, hors d'haleine, le regard perdu au-delà de sa prison de verre, sur la pelouse où se reflétait sa dérisoire silhouette collée comme une mouche aux carreaux. Projetée par-derrière par l'immense luminescence des cieux argentés, toute la lourde masse du château se découpait sur les étendues d'herbe. Poeske se vit comme l'héroïne d'un théâtre d'ombres chinoises enfermée dans la noire architecture gothique dont des ciseaux lunaires taillaient la dentelle des créneaux et chaque fleuron des tours pointues. Seul le rez-de-chaussée illuminait les hauts rectangles croisillonnés de ses fenêtres, sous les étages lourds et obscurs.

Obscurs... sauf... tout en haut, vers l'angle du pignon où brillait la lueur discrète d'une lucarne.

Poeske tressaillit. Une pièce, tout en haut, vers les combles, était allumée. Elle fixa comme hypnotisée le carré luisant sur la pelouse... et se mordit la lèvre de terreur en apercevant, soudain, une mince silhouette s'y encadrer.

LE CABINET NOIR

> *« D'abord elle ne vit rien, parce que les fenêtres étaient fermées ; après quelques moments elle commença à voir que le plancher était tout couvert de sang caillé, et que dans ce sang se miraient les corps de plusieurs femmes mortes et attachées le long des murs. »*
>
> CHARLES PERRAULT

Elle n'était donc pas seule dans le château. D'ailleurs, sans doute ne l'avait-elle jamais été. Dès son arrivée, il devait l'attendre tapi dans sa cachette comme une araignée auprès de son piège : les fils tendus d'une toile entre les mailles desquelles elle était venue naïvement s'engluer.

Depuis le début, depuis le moment où tout en chantant de si charmante façon, sous le ciel étoilé de la nuit dernière, il lui avait offert de jouer et que, sans réfléchir plus avant, elle avait accepté, c'est en proie qu'elle s'était changée au «jeu du chat et de la souris».

Il avait déjà tout calculé, manigancé, préparé : le voyage, la voiture sur le parking, le jeu de piste, l'arrivée au manoir, le souper fin, le champagne et le billet avec le trousseau de clefs ; l'invitation aux découvertes : à visiter, à fouiller partout, dans les froufrous des penderies et le miroir aux alouettes des boîtes à bijoux... Toute cette poudre aux yeux pour amener son pion à suivre aveuglément de case en case la spirale du jeu de l'oie jusqu'à la case finale. L'inévitable désobéissance... et la punition du cabinet noir.

Les dés étaient pipés, les cartes biseautées, les règles faussées... Seul à ce jeu de dupes son maître concepteur pouvait gagner.

Du fond de sa mémoire pourtant vide de contes et de légendes, Poeske entendit de plus loin encore, de l'au-delà du royaume des croquemitaines, remonter le ricanement de Barbe-Bleue.

Dissimulé dans l'ombre, il avait dû épier chacun de ses gestes, de ses mouvements et déplacements : moquer son ivresse, s'exciter sur les effeuillages et essayages, jubiler devant ses grimaces de terreur en découvrant ce qui l'attendait en bas. Comme à cet instant il devait se repaître du lamentable spectacle de panique hystérique qu'elle lui offrait.

Sans doute attendait-il qu'elle se jette à genoux et le supplie en s'oubliant sur le parquet. Mais elle ne lui offrirait pas ce plaisir. S'il voulait la tuer, il faudrait qu'il se découvre et vienne l'affronter.

Blanquette et la Noiraude, qu'elle ne connaissait pas, avaient tenu tête, toute une nuit face au loup. Poeske défendrait encore plus chèrement sa peau. C'était par soumission amoureuse qu'elle acceptait et ne répondait pas aux roustes de Paki ; avec Halewyn, il en irait foutrement autrement.

C'était sa vie qui était en jeu, et elle y tenait. Les assauts des mauvais destins, à force de laisser des cicatrices, au lieu de les abandonner à la fatalité, finissent par blinder aussi le cuir de certains. Poeske, de rigoles en trottoirs, de maison d'abattage en salons sado-maso, de crêpages de chignon entre concurrentes en menaces de maquereaux, en avait tellement supporté qu'elle n'était plus de cette race de pauvre gazelle promise à offrir docilement leur gorge au croc du prédateur.

Elle n'avait pas envie de rejoindre les autres,

exposées le ventre ouvert sur les photos du cabinet.

Halewyn pouvait bien chanter, elle ne serait pas un pion que l'on jette à la fosse et se sentait de taille à lui rentrer son gâteau d'anniversaire en même temps que sa chanson dans le gosier.

Sa terreur s'était muée en colère.

D'abord, avant toute chose, récupérer une arme. Ne trouvant sur la table que d'inoffensifs couteaux à poisson, elle se saisit de la bouteille de champagne et la brisa sur le coin de la table en chêne massif. Le goulot fermement serré dans son poing, elle apprécia le long fil de ses tessons aussi tranchants que des rasoirs...

Ensuite, situer l'ennemi.

Où pouvait-il se cacher ? Partout.

Averti par les cris qu'elle avait poussés, par son vacarme contre les portes et fenêtres, il était maintenant alerté et savait qu'elle savait. C'est ce qu'il avait dû espérer patiemment depuis des heures. Enivré par la chasse, il pouvait être à l'affût derrière chaque porte, dans chaque recoin, prêt à lui sauter dessus.

Elle devait se tenir sur ses gardes, se montrer prudente. Il possédait tous les avantages, connaissait tous les dédales du château comme sa poche. Cependant, elle ne pouvait pas prendre le risque de l'attendre là, où il savait la trouver. Mais se déplacer, c'était aussi se mettre en danger.

Elle ne l'avait pas entendu descendre les escaliers, ce qui ne voulait pas dire qu'il ne l'avait pas fait, avec ces tapis feutrés, ces planchers si soigneusement entretenus qu'aucune latte ne craquait. L'oreille collée contre la porte, elle essaya de capter un glissement, un bruit, une respiration. Le grand hall semblait désert. Elle se pencha vers la serrure pour y glisser un regard et ne put s'empêcher de réprimer un cri lorsqu'elle y découvrit un œil qui l'observait.

La porte s'ouvrait vers l'intérieur. Elle n'eut ni le temps ni la force de s'arc-bouter dessus pour l'empêcher de s'ouvrir à la volée, et se retrouva projetée à terre, dominée par la taille déployée de Halewyn.

Elle ne prit pas le temps de le détailler, mais, alors que d'un prompt roulé-boulé elle sautait sur ses pieds et filait droit devant, son image dans ses prunelles restait gravée. Il était nu, ganté, botté de hautes jambières, une sorte de bustier serré autour de la taille. Une cagoule masquait entièrement son visage. Tout de cuir noir. La longue lame d'un poignard brillait dans son poing.

Poeske courut à travers les pièces, renversant au passage chaises, bibelots et guéridons pour ralentir son poursuivant. Elle l'entendit jurer lorsqu'elle ouvrit et referma brutalement au loquet une porte devant lui, qu'il ne martela pas. Sans doute connaissait-il un autre moyen pour la surprendre à revers.

À perdre haleine, elle traversa un long couloir sombre jalonné de portes, ouvrit la dernière mais revint furtivement sur ses pas, pour se faufiler par une autre qu'elle referma sans bruit pour escalader un étroit escalier en colimaçon qui semblait tourner à l'infini dans un espace circulaire et sans fenêtre. Il devait s'agir d'une tour.

Tandis qu'elle montait et montait encore, une idée folle germa dans sa tête : si elle retrouvait le grand hall, et la porte menant à la cave, elle pourrait s'enfermer dans le cabinet noir. C'était peut-être se jeter dans la gueule du loup, mais aussi le seul endroit où il ne penserait pas la trouver.

Peut-être y dénicherait-elle également de quoi se défendre, se barricader, le piéger. Le piéger dans son propre piège. En bas s'entassait tout un matériel de chaînes, de colliers, de lanières pour fabriquer de quoi le prendre au collet.

Pile ou face ?

Face !

La pièce de monnaie imaginaire retomba sur le fin profil de Tisa qu'elle se jura de venger.

Lorsque l'escalier se fit plus vermoulu et poussiéreux, que des toiles d'araignées frôlèrent son visage, Poeske devina qu'elle s'approchait des combles. Une trappe rabattue avec précaution découvrit une succession d'humbles chambrettes mansardées dont le mobilier succinct indiquait l'ancien quartier abandonné des gens de maison.

Aussi légère et rapide qu'une souris, Poeske en traversa l'aragneux labyrinthe pour aboutir à un puits de lumière surplombant le tournis d'un escalier dont les volées de paliers semblaient dévaler jusqu'en bas. En se penchant, elle aperçut au loin le quadrillage pavé de marbre du grand hall.

— Poeske ?

La voix de Halewyn étouffée par la distance et les étages lui parvint accompagnée de sa complainte, semblable à un murmure confondu aux courants d'air glissant sous les ardoises. Elle crut deviner sa présence qui errait tel un fantôme à travers les siècles à la recherche d'une fiancée perdue.

Retenant son souffle, s'arrêtant à chaque marche de peur d'en faire geindre le bois, Poeske commença sa périlleuse descente.

Avant d'atteindre un nouvel étage, elle se figeait, l'oreille à l'écoute du moindre frôlement. Elle savait qu'il pouvait surgir à tout moment et affermissait dans sa main l'arme aux éclats redoutables qu'elle n'avait pas lâchée. S'il bondissait, elle frapperait à la gorge, juste à la carotide. Il ne fallait plus qu'elle se laisse surprendre.

Ça ne se reproduirait plus.

C'est ainsi que, moulée dans l'ombre, elle parvint au dernier palier illuminé de plein fouet par les mille cristalleries miroitantes du lustre. Ses pieds nus atterrirent sur le sol glacé et brillant du grand hall désert avec autant d'évanescence qu'une nymphe sur la surface de l'onde. Il ne lui fallut qu'un bond pour disparaître par la porte béante de la cave, glisser le long du corridor obscur, se couler dans le cabinet noir...

Où Halewyn l'attendait.

Interdite, elle lança son attaque, un instant trop tard. Une main ferme bloqua son poignet au vol et le tordit avec une telle violence qu'elle laissa échapper son arme d'entre ses doigts, et se sentit aussitôt happée, maintenue dans un étau d'acier. Paki ne possédait que la force de son poids, assez pour tabasser une femme. Poeske, comprimée contre le corps musculeux de Halewyn, comprit que celui-ci s'était forgé certainement par un rude entraînement physique une autre matière de carapace.

Elle essaya de se débattre, de mordre et griffer, mais ne réussit qu'à s'épuiser, qu'à resserrer l'étreinte, qu'à suffoquer. Mieux valait qu'elle fasse semblant d'abandonner la lutte sinon ses côtes qu'il broyait risquaient de céder, se briser et lui percer les poumons.

Il relâcha la pression de son bras dès que Poeske cessa de gigoter.

— C'est bien. Doucement. Comme cela, l'encouragea-t-il d'une voix douce contre l'oreille. C'est bien. On va jouer ?

Poeske se remit à trembler. Plaquée en arrière contre la poitrine dure et noueuse de Halewyn, elle pressentit par le souffle rauque qui s'accélérait, la main gantée qui lui passait la lame sous les yeux, que la question n'attendrait pas longtemps sa réponse.

— On va jouer ? répéta-t-il, glissant le fer acéré et froid du ventre jusqu'à la gorge.

— Oui, réussit-elle à susurrer... On va jouer.

— Tu ne m'as pas souhaité un joyeux anniversaire. Aurais-tu oublié ?

La pointe du couteau se promena sur la joue, le long du nez, souligna la courbe des paupières, tandis que, se collant davantage à sa proie, il lui imprimait dans la peau les clous saillants du bustier.

— Joyeux anniversaire ! s'étrangla-t-elle, la tête tirée par les cheveux vers la nuque pour offrir son cou au fil coupant qui ne fit que légèrement l'effleurer.

— Merci.

À travers l'ouverture pour la bouche du masque de cuir, il déposa un baiser.

La violence soudaine de la gifle envoya Poeske s'affaler à travers la pièce, sur le chevalet. C'était pourtant un de ces instants-là qu'elle attendait. Ne fût-ce qu'un court instant hors de sa tenaille afin qu'elle puisse réagir, trouver un moyen de résister. Il l'avait relâchée, c'était maintenant ou jamais. Elle avisa le tesson de bouteille tombé à ses pieds, tout près. Mais les chocs de la gifle et de ses reins contre le bois lourd et ferré de l'appareil l'avaient à moitié abasourdie. Avant même qu'elle se penche en avant, la malheureuse se trouva saisie, soulevée comme une sirène entre les mortels tentacules du Kraken. Maintenue sur le dos, un collier de cuir comprima sa gorge, des chaînes cliquetèrent autour d'elle, la soulevèrent ; des bracelets se refermèrent sur ses poignets et ses chevilles, un rondin de bois la cambra, entravée, écartelée, incapable de bouger sur la croix.

Devant elle, Halewyn, le couteau à la main, dansait.

— On va jouer ! On va jouer ! scandait-il joyeusement, sautant d'un pied sur l'autre, avec autant d'enthousiasme qu'un bambin devant son cadeau d'anniversaire.

Le jeu prit alors toute l'incontrôlable frénésie d'une dernière manche.

Celle que les joueurs appellent la belle.

En fait, ses règles étaient des plus rudimentaires et consistaient avant tout à faire mal, à faire peur. Fort mal et très peur.

Les ombres qu'ils projetaient sur les murs, effrayées et dégoûtées de devoir reproduire l'horrible spectacle qu'on leur imposait, préféraient s'enfuir pour se recroqueviller dans les ténèbres.

Les vêtements arrachés, son corps nu parcouru de frissons, Poeske, les yeux révulsés emplis de larmes, suivait les mouvements étincelants de la lame aller et venir autour d'elle, virevolter, raser sa gorge, piquer ses seins, dessiner sur sa peau d'étranges et invisibles circonvolutions.

Poeske criait, suppliait. Halewyn riait, la couvrait de menaces, d'injures et de propos obscènes à faire se carapater les rats de cave tout au fond des égouts.

À chaque fois que Poeske croyait la fin du jeu arrivée, que le poignard prenait de l'élan pour s'abattre et lui trancher la vie, une secousse en retenait brusquement la course à quelques millimètres de son cœur, de son ventre.

Elle criait, revoyait en un éclair passer le kaléidoscope de sa trop courte vie. Les images ternies hachurées et toutes cabossées de l'enfance, les clichés surexposés de ses années de paillettes et d'ivresses suivis des interminables et monotones rubans de portraits-photomaton de ses clients. Elle recevait en pleine figure les chromos cochons de Greete et Paki enlacés, sur lesquels Halewyn vêtu d'un costume de soirée, coiffé d'un gibus, la barbe bleue en panache, venait tirer le rideau. Poeske s'apprêtait à tout quitter avec les regrets d'avoir loupé tant de choses que « si c'était à refaire »...

Mais jamais la lame jusqu'au bout ne tombait. Et tout était encore à recommencer... jusqu'à ce qu'elle réclame, elle-même, la fin du supplice.

Qu'attendait-il pour la pénétrer et la tuer ?

Trop effrayée pour réfléchir, Poeske mit longtemps avant de comprendre que toutes ces sadiques et douloureuses simagrées ne servaient qu'à l'éperonner, stimuler son désir afin d'atteindre enfin l'état d'excitation culminante et obtenir une double extase. Petite et grande Mort réunies par deux soubresauts.

Jean qui grogne et Jean qui rit.

Poeske rugit, c'était trop long, trop insupportable. Elle banda ses muscles, tendit ses liens, se cambra, se cabra avec tant de désespoir que, derrière les fentes du masque, les lueurs vertes du regard l'avertirent que l'instant décisif était maintenant tout proche.

Il leva cette fois plus haut le couteau rituel et poussa ses hanches entre les jambes écartées.

Leurs cris l'un à l'autre se mêlèrent.

Poeske vit tel un éclat d'argent passer la pointe du couteau... et deux pénétrations traversèrent son ventre en même temps. Un jet de sang écarlate aveugla ses prunelles.

ON SOUFFLE LES BOUGIES

J'ai commis un crime,
Un a-ssa-ssi-nat.
Vous serez jugé par une araignée, gnée, gnée
Et emprisonné par un scarabée.

Ce furent les premiers rayons acidulés de l'aube, ainsi que la fraîcheur du gel matinal, qui tirèrent lentement Poeske de l'absence. Elle frissonna, leva difficilement une paupière, avant de reprendre conscience. Son corps endolori se plaignait de partout. Elle avait mal à la tête, aux reins, au ventre. Elle passa la langue sur sa lèvre gonflée, essaya de bouger, de s'étirer et se releva sur un coude pour se découvrir nue, barbouillée par un liquide rouge et poisseux au goût sucré, dans lequel elle baignait.

Clignant des paupières, son regard balaya le sinistre décor qui l'entourait : les chaînes, le chevalet et sur les murs les photos des filles assassinées.

Lorsque la mémoire lui revint, elle se mit à sangloter. Elle seule, il l'avait épargnée.

— Tiens ! Tu es réveillée...

La voix mélodieuse de Halewyn dans son dos la fit sursauter. Il avait ôté sa cagoule, sa panoplie de bourreau et retrouvé son élégante allure de mannequin pour revue chic. Il était lavé, coiffé, rasé, parfumé et, enveloppé d'une soyeuse robe de chambre, fumait un long et fin cigare dont les volutes de fumée bleue semblaient sortir de ses beaux doigts fuselés.

— C'était très bien. Tu t'en es superbement sortie. Je ne saurais trop saluer tes talents de comédienne, sourit-il, la fossette narquoise. Quelle authenticité ! Ah, j'oubliais, voici l'autre moitié du cachet.

La liasse qu'il lui jeta comme un os à un chien l'emplit de fureur.

— Salaud... sale fils de fumier ! Que m'as-tu fait ? !, montrant son ventre intact où ne brunissait que la tache ronde d'un petit hématome. Que m'as-tu fait ?

— Rien.

— Rien ! Tu m'as trompée, humiliée, frappée, torturée, tuée !

— Que de vilaines accusations pour un jeu innocent auquel tu avais accepté de participer, moyennant finance, avec même, oserais-je dire, une certaine impatience. Le contrat des deux côtés a été parfaitement respecté. Il n'y a rien de plus à ajouter. Tu t'es surpassée, grâce à toi, j'ai vécu un excellent anniversaire. Merci. Au revoir.

— Comment ça, au revoir ? Merci et c'est tout ? !

— Tu ne vas quand même pas te poser en martyre. Je ne t'ai ni blessée ni violentée. Ce n'était rien d'autre qu'une passe grassement payée. Après tout c'est ton métier. Je te laisse la voiture en plus, si tu veux, en guise de cadeau d'adieu.

— Parce que tu crois que tu vas t'en tirer à si bon compte. Et elle ? Et elle ? Et elle ? rugit-elle, en désignant une par une les filles assassinées sur le mur. Et celle-ci, Tisa, qu'en as-tu fait ? Où les as-tu enterrées ?

Il rit de bon cœur, en se renversant de plaisir en arrière.

— Mais je ne leur ai rien fait de plus qu'à toi ! Quant à cette vénale de Tisa, avec l'argent qu'elle m'a soutiré, je mettrais ma main au feu qu'elle est retournée sous ses cocotiers ouvrir un claque pour touristes sexuels.

Poeske demeura abasourdie.

— Pauvre petite Poeske, que croyais-tu ?... Je ne vais quand même pas risquer de perdre le château, mes titres, mes terres pour assouvir un petit fantasme... et jouer ma tête contre la médiocre existence de quelques poufiasses. On ne peut rien me reprocher. Attends, je vais te montrer quelque chose.

Elle le regarda ouvrir la porte coulissante d'une vaste salle de bains jouxtant le cabinet fatal, fouiller dans un écrin posé sur le coin du lavabo et revenir armé de son couteau devant lequel elle frémit en le voyant brandi.

— Regarde. De tous tes yeux, regarde ! clamat-il pompeusement, tandis que d'un grand geste il l'abattait sur sa main.

Poeske, hébétée, vit la lame rentrer dans le manche, alors que de la garde giclaient les trois gouttes d'hémoglobine qui y restaient encore.

— Tu vois, ni crime ni cadavre. Rien qu'un simulacre. Qu'un jeu.

Poeske aurait voulu le tuer, piétiner sa morgue, écraser son aristocratique visage, sa macabre ironie. Pendant qu'il retournait ranger précieusement dans son écrin le poignard truqué, Poeske vacilla sur ses jambes. Tout le stress de l'angoissante poursuite à travers le château, de la traque, de la longue nuit de torture, enchaînée dans le cabinet noir, venait de lui tomber lourdement sur les épaules. Elle sursauta quand l'aveuglant éclat de la lame tranchante rejaillit de l'ombre vers son ventre.

Elle était morte « pour rire ». Rien qu'une illusion ; cependant, la lame du couteau-blagueur avait dû s'enfoncer en elle, beaucoup, beaucoup plus loin.

Un flot écœurant de remugles de sang, de débris de viscères lui remonta brusquement de l'estomac aux lèvres. La main plaquée sur la bouche, courbée en deux, elle se précipita par-dessus le lavabo de la salle de bains pour vomir, poussant Halewyn dégoûté au dehors.

— Tu devrais prendre une douche, te repeindre un peu, et t'habiller. Il y a une robe accrochée à ce cintre. Quand tu auras terminé, viens me rejoindre en haut, pour le petit déjeuner.

À l'aide d'un diffuseur de parfums, il vaporisa la cave afin d'en chasser les mauvaises odeurs, ainsi que les derniers miasmes des excès de la nuit, puis, satisfait de ce semblant d'exorcisme, monta préparer le thé.

Lorsque Poeske sortit enfin de la douche, elle se sentait mieux. Elle n'aurait su dire combien de temps elle était restée pétrifiée, nauséeuse, la tête évidée, sous le puissant jet d'eau brûlante, puis glacée. Elle s'était laissé emporter, lavée, décrassée en dehors et en dedans par le flot toujours plus clair d'une source renaissante.

Les yeux pleins de shampooing, elle cherchait une serviette à tâtons quand ses doigts rencontrèrent un objet rectangulaire. S'essuyant hâtivement les paupières, elle reconnut l'écrin. À l'intérieur, couché sur un coussinet de soie rouge, le long poignard aiguisait ses éclats les plus tentants. C'était un bel objet : agréable à empoigner... à manier. Le manche épais épousait la paume de la main. Sous la garde d'argent, elle repéra l'orifice par où se remplissait et éjaculait le sang. Elle appuya la pointe de la lame sur son pouce et, songeuse, la regarda disparaître dans le manche.

Poeske frissonna au souvenir de l'arme qu'elle avait cru sentir transpercer son ventre.

Elle leva la tête et rencontra son visage chiffonné dans le miroir. Si pâle et cernée, elle eut le sentiment d'avoir vieilli de cent ans en une nuit. Aussi inexistante qu'un fantôme.

Halewyn devait payer, même si ce n'était qu'un simulacre d'assassinat, qu'une morbide mise en scène, la mort désormais rôdait en elle.

On ne pouvait laisser ce fou continuer à jouer ainsi impunément avec la vie des autres, même s'il ne s'agissait que des existences de quelques filles perdues.

L'ange de la vengeance vint sur son front passer ses ailes noires. Derrière son sillage, il emportait sa moisson de damnés parmi lesquels Poeske reconnut Greete et Halewyn.

Poeske reprit l'arme en main pour, une fois encore, faire coulisser sa lame dans le manche. Et si un jour le mécanisme se bloquait. Si, un jour, pour une raison ou pour une autre, la lame refusait de rentrer. C'est dans la chair qu'elle s'enfoncerait.

Et Halewyn, un véritable crime sur les bras, chanterait sa dernière chanson.

Il faudrait peu de chose, somme toute, pour que ce malencontreux accident arrive. Rien qu'un grain de sable. Ce malheureux bout d'épingle à cheveux, par exemple, introduit, glissé, entre la lame et l'intérieur de la poignée.

Voilà qui était fait. Impossible de s'en apercevoir. Poeske appuya plusieurs fois la pointe sur son pouce et faillit se couper. Elle l'essaya contre un meuble et la lame entailla profondément le bois.

Elle grimaça de plaisir en imaginant la panique de Halewyn face au cadavre encombrant. Réveille-toi ! C'était pour jouer, rien que pour jouer ! Je ne voulais pas ça ! Il aurait beau secouer la dépouille, lui promettre des mille et des cents, une voiture et quoi encore ! Cette fois, il ne la ressusciterait pas, pour la renvoyer ensuite, du haut de sa superbe, au trottoir.

Et même s'il se croyait au-dessus des lois, insoupçonnable, et escamotait le corps en l'enterrant dans le jardin. Un coup de fil anonyme à la police guiderait l'enquête jusqu'à lui.

Certes, il faudrait pour ce faire une victime. Sacrifier une innocente. Mais qu'à cela ne tienne, Poeske en avait justement une qui ferait très bien l'affaire.

— Joyeux anniversaire, beau sire ! sourit de toutes ses dents aiguës Poeske, en déposant sur l'assiette de croissants de Halewyn une rose rouge piquée dans un des bouquets du grand hall.

Elle s'était pomponnée, poudrée, maquillée de frais, et la couronne d'or de ses cheveux flottant sur ses épaules reflétait l'heureuse clarté de la lumière renouvelée d'avril. Elle apprécia le regard admiratif que lui jeta son partenaire par-dessus son journal et, avec gourmandise, mordit dans la pointe croustillante d'une viennoiserie.

— Que disent les dernières nouvelles ?

— Oh, rien de bien neuf !

Il avait repris son ton badin et leur conversation prit un cours agréable jusqu'à son départ.

Après un baiser qu'elle lui déposa sur le front, se retournant sur le seuil, avant de monter dans sa rutilante automobile :

— À propos, jeta-t-elle coquinement, pour ton prochain anniversaire, je te suggère une jeune collègue, aussi laiteuse et potelée qu'une enfant... et surtout très émotive. Plus émotive encore que moi. Ses cris vont te ravir. Elle tapine au coin de la Rozenstraat, en face du Blue Night. Elle s'appelle Greete.

Un an plus tard, Halewyn chantait sa dernière chanson.

Le conte de Dracula

Dracula n'a pas soupé
Il s'envole par la cheminée !
Dracula va t'attraper
Un, deux, trois, quatre, cinq, six, sept...
Sept gouttes de sang il a léché.

Il était une fois à Trémaouvézan ou à Landévennec, peut-être à Ploudalmézeau ou bien plutôt à Landrévarzec, ou encore à Plozévet.

De toute façon, le fait-divers, aussi horrible qu'il fut, ne s'ébruita jamais au-delà des remparts ronceux de la lande et les corneilles casanières n'en pipèrent jamais un mot aux migrateurs de passage.

Le printemps piquetait de frais le cimetière et les contours de l'enclos paroissial d'anémones Sylvie, de ficaires, de jacinthes clochetées de bleu. Le drame éclata ce beau et paisible dimanche-là, peu de temps après la messe. L'orgue avait rendu aux cieux leurs chœurs d'anges, les cloches légèrement enivrées par les excès frémissants des floraisons nouvelles carillonnaient joyeusement en se balançant de plus en plus haut comme des nonnes extasiées sur des escarpolettes. Sur la place, les ouailles encostumées de coquetteries rustiques s'éparpillaient vers le café du coin, la boulangerie pour l'achat du gâteau dominical et l'épicerie des courses de dernières minutes : l'oubli tout bête d'une boîte d'allumettes, le journal pondu du matin cueilli sur le tas empilé au bord du comptoir — qui, à l'instant où on le déplie, par ses parfums flatteurs et volatiles, fait croire aux leurres de l'Événement.

Des voitures bourgeoisement démarraient, doublées par une pétrolette agaçante à deux sous. On s'attardait. On causait en petits groupes — en sages petits paquets de bâtonnets sagement répartis — du temps qu'il avait fait, du temps qu'il faisait, du temps qu'il allait faire, des premières pousses levant au jardin, d'angines tardives, du prix des crevettes. La vague estivale ne déferlait pas encore par les quatre voies jusqu'en ce repli finistérien, le bourg filait donc sa quenouille au ralenti à l'ombre du calvaire surmonté d'un christ aussi naïvement sculpté qu'un petit jésus.

C'est alors qu'un ange passe sur ce décor de boîte de Traou Mad ou d'étiquette de cidre bouché. Remous de jupons chastes. Rozenn Le Gallec, avec son sillon de quinze années voué au céleste entretien, salue poliment, rend bonjour pour bonjour, se signe face à la statue de saint Cornely grand guérisseur, ami des bovins, et glisse à ras du gazon sous les promesses des lilas blancs.

M. le maire, la peau en chair de poule sous le raide amidon, hume discrètement le subtil mouvement d'air du froufrou virginal qui déjà s'estompe au coin de la rue.

Tout le bourg a suivi d'un œil attendri la menue silhouette sautillant sur le pavé. Quel exemple pour la jeunesse dépravée d'aujourd'hui que cet exemple-ci... qui porte encore la coiffe, fuit les garçons, aide aux travaux, travaille si bien à l'école ! Vaillante, vertueuse, courageuse... tout aussi rose et jolie que la Vierge des pardons.

Une perle que cette enfant-là ! Pas comme ces traînées court-vêtues qui ne songent qu'à sortir, fument et se dévergondent dans la flore rudérale des chemins creux, qui ne respectent ni père ni mère et tortillent dès douze ans leur derrière.

Rozenn, par le sentier des noisetiers, regagne, seulette, la longère maternelle nichée au-delà d'un bois emperlé de bourgeons que taquinent goulûment du bec le pouillot véloce, le verdier bricoleur, le bruant zizi et autres passereaux primesautiers que les prémices des parades nuptiales titillent.

Dans quelle félicité aurait dû baigner Mme Le Gallec de pouvoir se reposer sur une si adorable et attentionnée gamine ! Las, la pauvre femme avait perdu deux enfants en couches, son mari en mer, l'usage de ses jambes à la tâche, l'appétit dans la quotidienneté mélancolique des jours et, aussi, un peu la tête. Aussi Rozenn, pressée de rentrer, de redresser les oreillers derrière la tête dolente de la malade, de cuire la soupe au congre, d'enfourner le kouign-amann, hâte le pas. Les émissions religieuses sur la première chaîne devaient maintenant être terminées et maman refusait toujours superstitieusement d'utiliser la commande à distance pour passer ensuite sur la 2 afin de s'assoter aux onctueuses et sempiternelles simagrées de l'inchangeable animateur vedette dont le sourire niais ramenait ses états d'âme à ceux des bernicles collés à l'immuable. Alors elle se dépêche à gravir la montée empanachée de genêts... et c'est l'horreur.

Le monstre est là qui la guette. Il se rue hors des broussailles, l'assaille, la jette à terre, la mord, la viole.

Le cri de désespoir qu'elle jette aux nues parvient jusqu'au village. On s'inquiète. Vous avez entendu ?... Un ultime glapissement fendille ce beau dimanche que des nuages, altérés par le malheur, endeuillent.

On accourt, mais déjà il est trop tard.

Les hommes après bien des efforts sont enfin parvenus à ceinturer le dément bavant, éructant, érectant encore sous les vastes pans d'une cape noire. Deux faux crocs de bois taillés en pointe et glissés sur les gencives lui dardent une paire de canines grotesques dégoulinantes aux extrémités du vermeil trésor de la jeune Rozenn qui gît en un tragique retroussis.

— Je ne suis plus la même, geint-elle inlassablement d'une voix de porcelaine fêlée, tandis que les femmes voilent pudiquement les terribles dégâts.

Le plus épouvantable, ce sont ces lettres gothiques que le monstre a marquées sur les seins juvéniles, noirs et agressifs jambages souillant la chair laiteuse :

Dracula

Sept lettres gravées à la gloire du prince des ténèbres, à qui le fou furieux depuis de longues et hurleuses pleines lunes s'identifiait.

— C'est avec son doigt qu'il m'a fait cela !... hurle Rozenn lorsqu'on l'interroge sur la provenance de ce hideux graphisme, que l'on essaie en vain d'effacer.

On ne retrouva jamais l'outil avec lequel l'aliéné avait tracé telle souillure. D'ailleurs, beaucoup de détails restèrent dans l'ombre. Le fou mourut quelques heures après le forfait, emporté par la fureur de son débordement. Il partit dans un dernier et heureux rugissement, ayant enfin accompli son rêve sanglant. Mordre, et apposer le sceau du Maître des vampires. Dracula. Il pouvait maintenant se désagréger dans les obscurs infinis afin de prendre une place méritée parmi les daymons de la nuit.

Les témoins répondirent très confusément aux questions des gendarmes. On classa l'affaire. La presse locale demeura discrète.

Les joues de Rozenn perdirent leur éclat rose, virèrent aux teintes colchiques et prirent la pâleur des fleurs crépusculaires.

À petits pas, elle traversa une interminable convalescence grise et pluvieuse. Chaque fois qu'elle se déshabillait, elle s'évanouissait devant le **Dracula** tatoué ricanant à gorge déployée.

Sa mère déjà chancelante ne résista pas à cet énième malheur et s'éteignit dans le courant de l'année.

M. le maire, un jeudi, alors se décida. Il acheta un bouquet de dahlias et, paré de son costume des grandes occasions, grimpa le sentier des noisetiers. D'une foulée guillerette, il marchait sur les crissantes jonchées de feuilles que les traditions automnales jaunissent, s'accorda une pincée de tabac, une prise, comme il prenait parfois deux doigts de chouchen ou de biniou chez ses administrés, et repassa dans sa tête son compliment joliment tourné qui devait précéder la demande en mariage : « Chère Rozenn, ma chère enfant, je ne suis plus tout jeune et vous, vous l'êtes tant. Ce qu'il vous faut, voyez ma petite fille, c'est quelqu'un de mûr et solide pour prendre votre avenir en main. Une sorte de père... Une épaule sur laquelle vous pourriez vous reposer... »

M. le maire sauta prestement les quatre marches de pierre, émoustillé par l'air vif chargé des senteurs riches de saison. Ça fleurait bon le tanin, le verger en fruits, les champignons, l'humus. Fructidor distillait son alambic d'abondance, sot celui qui n'y emplirait pas sa coupe.

Le vin d'octobre est là
Âne qui n'en boit.

chantonna M. le maire en actionnant gaillardement la chevillette. Lui qui, depuis tant de temps, espérait cet instant.

Tout se passa très mal.

Il était encore trop tôt pour Rozenn. La blessure trop fraîche, le tatouage trop présent, le souvenir trop cuisant. Au début elle se contint, occupée qu'elle était à préparer le thé, l'assiette de Traou Mad et de sablés au beurre salé. Mais lorsque la présence du maire se fit plus pesante, la main plus pressante, lorsque la moustache se fit plus pubienne, elle sentit malgré elle sa paupière s'agiter de tics nerveux. L'image du monstre se superposa à celle du doucereux prétendant et Rozenn se leva du fauteuil encaustiqué de frais, l'ongle haut.

Elle rugit, se libérant de toute cette endurance douloureuse qui l'avait maintenue si longtemps muette et prostrée ; piétina les mots trop tendres pour ne rien cacher de sournois, rejeta ce trouble sensuel qui insidieusement l'insinuait. Elle se précipita fouaillée par la rage de vengeance d'une martyre outragée, torturée pendant des nuits sans sommeil à mirer ses seins meurtris.

Le malheureux galant fut lacéré, roué de coups et jeté hors de la maison en même temps que le bouquet de dahlias.

Derrière la porte, à genoux, appuyée les bras en croix contre le bois, Rozenn baignait l'ombre de ses sanglots, regrettait son geste désespéré, maudissait sa folie.

Trois jours plus tard, elle enterrait ce premier et éphémère fiancé qu'une rare voiture avait écrasé, alors qu'aveuglé de chagrin, il traversait imprudemment la route.

C'était la première sortie de Rozenn depuis... « l'affaire ». Même aux obsèques de sa mère, elle n'était pas allée.

On reconnut avec difficulté son joli minois, tant il avait changé. Le cerne encavait de-ci, le terne de-là. Sa robe noire l'enveloppait pareille à un suaire et les formes aigres de ses hanches faisaient pitié. Le défilé mortuaire, d'une seule tête, la détaillait, additionnant ses stigmates avec les grains de chapelet.

— Pauvre enfant, jadis si gaie !

— Si vive !

— Si jolie !

— Si douce aimable !

— Polie.

— Et chaste.

Le chœur antique des rosières, transi par un frisson, se signa à son passage.

Le corbillard cahotant continuait son chemin derrière l'abbé Le Goffic, toujours le même, la croix devant, émiettant machinalement ses patenôtres aux mouettes. Rozenn se sentit soudain un peu veuve et ajouta à son malheur le cercueil grinçotant. Elle noua une pensée mouillée d'un pleur aux sinistres pompons.

La grille rouillée s'érailla sur ses gonds et l'encensoir étiola ses éclats d'argent estompés par les vapeurs d'encens... quand le cercueil racla le fond du trou, Rozenn chavira au milieu des croix grêles. En tombant, sa mâchoire heurta l'arête de granit d'une tombe, les garçons se détournèrent, les femmes la relevèrent édentée.

Elle se retrouva plus solitaire encore, échouée dans le dédale de la demeure sans écho, entre le coucou désaccordé, le lit vide, la garde-robe infirme de froufrous, sous les pendouilleries de verre d'un lustre aux ampoules agonisantes. Rien d'autre sous la couette qu'une énumération de misères qu'elle recomptait sans cesse, les ongles de ses pieds griffant le cuivre ventru d'une bouillotte tiédasse.

On l'invitait peu, car elle dérangeait par son aspect douloureux. C'était comme un épouvantail qu'on posait en bout de table. De toute façon, elle évitait ces après-midi de vains papotages chuchotés du bout des lèvres, autour d'un thé fade et de craquelins au goût de fond d'armoire.

Le regard perdu sur le clocher dardé du village, elle se promenait sur la place avec le vent lui malaxant le chignon, détressant ses nattes, s'engouffrant sous les jupes, avivant ses entrailles. Elle allait flâner dans la campagne jusqu'au soir. L'odeur forte de la glaise lui montait de la gorge aux joues. Elle revenait lentement sur le chemin de la Sardinerie, rencontrant souvent des ouvriers qui rentraient chez eux, la nuit tombée.

Une fois, l'un d'eux la suivit. Elle pressa le pas mais se perdit bêtement dans une touffe de sureaux.

Il la rejoignit dans le taillis où elle essayait vainement de se relever. Sa bottine ayant buté contre un brin d'herbe, le choc l'avait jetée à terre, jambes écartées, la culotte sur les chevilles.

Elle essaya, le souffle court, de repousser le rustre qui déjà l'empoignait, lui dévorait l'haleine. Elle tenta de se dégager de l'étreinte en enserrant ses cuisses autour des reins du mâle. D'une main il arracha le chemisier, dénudant un sein. Le **Dra** sauta aussitôt en l'air et le **cula** également. Les sept lettres grotesques largement étalées sur les nichons dodus.

Éclaboussée par une hilarité sonore, elle repoussa le cuistre qui s'affala, secoué par une cataracte de rires gras. Elle le frappa de toutes ses forces frustrées : de ses mains, de ses griffes, de ses poings, de ses genoux et talons, puis s'enfuit, l'écho des ricanements collé au fond de ses oreilles.

Elle sentit s'encrypter des choses précieuses en elle et tourna comme une folle des rêves de toupie. Le temps passait, elle prit des blancs très vite qui s'accrochaient aux cheveux. Se farda outrageusement et chercha des amants par les villes voisines. Mais l'histoire était connue : ses avances restèrent stériles. Seuls quelques débauchés, curieux, vicieux, aux mœurs déviants se présentèrent, mais elle les balaya en leur sifflant des imprécations de sorcière entre ses gencives crénelées.

Enfin, elle se fit mettre discrètement un bridge chez un lointain dentiste et se décida à écrire au « Courrier du cœur » dans *La Gazette du vieux marin.* Honnête, elle ne cachait rien de ses tristes avatars ni de la signature du fou.

Fin de la troisième semaine d'attente, une réponse lui parvint. Aimable, concise, sobre à point. On devinait un homme de cœur doublé d'une nature solidement trempée, désirant enfin trouver le port d'attache : « Une compagne tendre et dévouée après une vie d'aventures, d'errances et de bourlingues. »

C'était un ancien capitaine au long cours, il apportait dans son sillage une confortable retraite et un mobilier cossu.

Ils s'envoyèrent leurs photos dédicacées : Rozenn Le Gallec et Yann Gwernic. Il était trapu, carré et portait beau. Des yeux azurescents éclairaient un visage buriné encadré de grisonnants favoris. Dans ses lettres il ne faisait jamais mention des marques maudites, mais derrière ce silence poli on sentait la largesse d'esprit de l'expérience océane. En bref, question tatouages et particularités, le marsouin avait dû découvrir bien d'autres extravagances sous les pagnes bigarrés des bougresses tropicales, et les braies soyeuses des geishas !

Rozenn reprit vie et roseur, fit une cure de beauté, s'aspergea le visage et le corps de lotions et de crèmes à base de plantes, de gelée royale et de fraises écrasées, puis se redodufia les formes en faisant du vélo. Ils convinrent alors d'un premier rendez-vous.

Le 17 juillet, c'était un samedi tout retentissant de cris d'enfants. Il flottait au coin de l'air des arômes de moisson. L'été bondissait autour de Rozenn, fleuri des rubans arc-en-ciel de fillettes en vadrouille. Elle s'était pouponnée. Il s'était pomponné. Ils s'accueillirent avec dans le regard ce même fond de miroir qui fait que les reflets unissent leurs promesses.

Et, effectivement, ce fut une très belle journée, une magnifique soirée, une adorable nuit qu'ils passèrent à se promener dans le parc au clair de lune, tricotant leurs accords sans aucune fausse note en une même mélodie. Il lui avait offert une broche sertie de petites pierres bleu myosotis qui étincelaient sous les lampions d'un fest-noz.

Ils y gambillèrent des ridées, des gavottes, des jabadaos jusqu'au matin en se mignardant des yeux, en se grignotant du sourire. Aussi, très vite — pourquoi attendre davantage lorsque deux cœurs s'aimantent —, ils mirent les choses au point et décidèrent le mariage pour le 17 du mois prochain, quand Messidor couronne le zénith. Rozenn nageait dans le bonheur, glissait dans un rêve, cramponné au mât de misaine du bras galonné.

Ils s'épousèrent à l'église, firent un repas intime et passèrent une nuit de noces exquise, passionnée puis apaisée. Le **Dracula** fut chouchouté, mignoté, suçoté et sans aucune gêne. Le capitaine n'eut pas un sursaut, pas un seul sourcillement lorsqu'il le découvrit.

Et le temps s'écoula heureux, sans tache ni rature.

Un beau soir, après le repas — un ragoût de bar aux pommes de terre, chutney et curry, une recette que Gwernic tenait d'un coq irlando-malais —, comme ils passaient au salon finir la soirée — lui à lire Defoe, Oexmelin, Nordhoff et Hall, Garneray ou quelques vieux récits de naufrages et de tempêtes écrits à l'aide d'une plume de cormoran trempée dans un encrier d'écume et de goudron, elle à broder une fine frise de passementerie à un nouveau devantier —, il posa sa bouffarde plus culottée qu'une cheminée d'antique steamer et la prit doucement par la taille.

S'ensuivit alors une de ces scènes touchantes et intimes dont ceux qui n'en ont pas connu de semblables ne pourront point partager l'émotion :

— Ma douce Rozenn, commença-t-il, l'attirant vers lui comme on pose un enfant sur ses genoux. Écoute bien ce que je vais te dire. Voilà.

Il se racla la gorge et sourit.

— Tu sais, ma sirène, je me suis rendu compte combien... tes cicatrices te chiffonnaient. Chut, ne dis rien, j'ai attendu avant de t'en parler que nous soyons vraiment unis, que tu comprennes que je n'y attache quant à moi aucune importance. Je t'aime telle que tu es. Cependant je te sens encore crispée lorsque tu te déshabilles. Tu essaies toujours de les cacher, aussi, si tu le désires, je peux faire quelque chose. J'ai un ami d'enfance, ancien séminariste — devenu par la suite chimiste —, qui vient justement d'installer une droguerie à la ville voisine. C'est dans sa partie un véritable artiste ! Je suis certain qu'il pourrait te concocter un détachant infaillible. Je lui expliquerai que c'est pour rendre service à une proche connaissance... et si tu le désires, il aura vite raison de ce méchant barbouillage qui t'obsède tant.

— Vrai ? Oh, mon chéri !

Elle l'enlaça et enfouit dans le giron viril son visage inondé d'espérance.

—Tu crois que c'est réellement possible ? Tu crois ? Tu crois que je pourrais me sentir à nouveau toute neuve... rien qu'à toi ?

— Bien sûr. Je l'ai vu venir à bout des taches les plus rebelles !

— C'est merveilleux, chéri !

Elle sautilla trois entrechats, retrouvant en pensée le sillon de ses quinze printemps, voué à un céleste entretien.

Pressé par son impatiente épouse, le capitaine alla donc dès le lendemain trouver le virtuose de l'éprouvette et conter la sinistre histoire tout en lui faisant jurer solennellement la discrétion la plus absolue. L'ami promit et, le reconduisant sur le seuil de la boutique, certifia que l'« élixir » serait prêt à cinq heures.

En attendant il avait grandement le temps de faire un tour en ville, de visiter le petit musée de la marine et surtout de ne pas manquer l'église, « une véritable dentelle de pierre » riche de quelques boîtes à crâne et de toute une impressionnante flottille d'ex-voto offerts à la Vierge par les marins rescapés de la noyade.

Le capitaine flâna donc d'une curiosité à l'autre, arpenta les rues tortueuses du vieux quartier, s'arrêtant dans quelques boutiques acheter quelques livres chez le bouquiniste, une bague qu'il fit dissimuler au cœur d'un mignon bouquet de myosotis. À cela, il ajouta deux tourteaux, des étrilles et une bouteille de champagne pour les agapes du soir.

À l'heure convenue, le flacon bouchonné l'attendait sur le comptoir encombré d'enfilades de bocaux colorés.

— C'est prêt ?

— C'est prêt.

— Tu me promets que c'est sans danger pour la peau ?

— Absolument.

Il déboucha, renifla. Une bouffée musquée flatta agréablement ses narines.

— J'ai cru bon de parfumer la solution... et j'ai même ajouté quelques gouttes d'eau bénite.

— De quoi ?!

— D'eau bénite. Ça ne peut pas faire de mal... et puis on ne sait jamais ! « Il y a plus de choses sur la terre et dans le ciel, Horatio, qu'il n'en est rêvé dans votre philosophie », cita-t-il, l'index dénonçant l'ombre vague.

— Gast ! J'ai l'impression que sous ta blouse blanche traîne encore le bout de soutane de l'ecclésiastique que tu as failli être, plaisanta le capitaine, en quittant la boutique. Sacré potard ! qui gamin déjà voyait le diable partout...

La micheline était déjà à quai lorsque Gwernic arriva à la gare. Il monta dans un compartiment fumeur et, l'humeur joyeuse, s'amusa à moduler des arabesques de fumée en jouant dans sa bouffarde. Derrière les vitres embuées, la campagne paisible répétait à l'infini son horizon de bocage, parfois dans la surprise d'un creux de vallon scintillait, au loin, un éclat de mer. Bercé par le lancinant cahot, il somnola, rêvant à la poitrine blanche et pure que bientôt il étreindrait.

Rozenn l'attendait sur le perron de la maison.

— Alors ?

— Je l'ai.

— Ça sent bon, huma-t-elle, le nez plissé d'un plaisir de chaton.

— C'est le musc qu'il a mêlé aux ingrédients.

Il passa sous silence les quelques gouttes d'eau bénite.

Au soir, après souper, dans la pénombre de la chambre, ocrée par le halo de la lampe de chevet, il appliqua la crème. Rozenn, étendue sur le dos, nue, tendait à pleines mains ses deux seins, abandonnée, confiante. Le mode d'emploi dans une main, il frictionnait de l'autre, lentement, afin que le produit pénètre et fasse effet : « Frottez en appuyant par cercles de plus en plus grands afin que le mélange agisse, jusqu'à la disparition complète des tatouages. Ne pas s'inquiéter des rougeurs causées par les frottements. Un massage intensif et constant ne peut qu'activer le résultat ».

Ils ne purent s'empêcher, au bout d'un moment, de laisser s'exprimer leur enthousiasme. Non, ce n'était pas l'effet trompeur d'une lueur vacillante. Ce n'était pas non plus une illusion d'optique causée par une attention trop soutenue. Non, le 𝔇 perdait de sa noirceur, virait au brun... de plus en plus jaunâtre. La raideur gothique mollissait, perdait son agressivité, s'estompait.

— Chérie, regarde !

Ils se serrèrent l'un contre l'autre dans un baiser.

Le 𝖗 vira aussi au bistre avant de s'effacer, laissant la peau satinée, intacte. Le cauchemar se gommait sous la potion miraculeuse. Le 𝖆 pâlit et disparut, suivi bientôt du 𝖈, puis du 𝖚...

Lui haletait dans l'effort. Elle l'encourageait de piaillements enfantins, de mots doux, de caresses.

Les doigts endoloris, essoufflé, Gwernic s'arrêtait de temps à autre pour se détendre, assouplir ses phalanges. Elle l'enlaçait et il reprenait sa tâche.

Le 𝖑 disparut, ainsi que le 𝖆.

Et à l'instant où l'ultime jambage s'effaçait, Rozenn aussi se désagrégea dans l'air, absorbée parmi les ombres.

La vieille femme qui habitait dans un soulier

N'est-ce pas dans les Nursery Rhymes ?
Pourtant je suis presque sûr que c'est là…
Trois petits fantômes étaient
Assis sur leurs perchoirs, voyez-vous, dévorant
Des tartines de beurre.

LEWIS CARROLL
Fantasmagorie

Il était une fois Lord Caldecoat qui s'en allait chasser le renard.

« *D'ye ken John Peel with his coat so gay,*
D'ye ken John Peel at the break of day,
D'ye ken John Peel when he's far, far away,
With his hounds and his horn in the morning » ?

Connais-tu John Peel à la gaie redingote ?
Connais-tu John Peel au lever du jour ?
Connais-tu John Peel quand il est très, très loin,
Le matin avec ses chiens et son cor ?

La veille au soir, Lord Caldecoat avait envoyé son fidèle Peastrew lâcher le renard au fond d'une combe boisée au-delà de Snow Hill et il comptait bien que le rusé goupil leur offrirait au moins une courre de dix miles — mettons de Barnesley Wood à Chinford Pass, ou de Carleburg Cluny à Wetherden Head. Une belle chasse en perspective composée de l'équipage Puffington et de celui de Muggeridge exceptionnellement réunis, ainsi que ce l'on pouvait compter de mieux parmi les Nemrod du voisinage : les squires Hallworthy et Scamperdale en tête. Lord Brett Halifax, qu'une sournoise crise de goutte tenait alité, avait dû à regret se décommander mais envoyait en renfort son piqueux — le meilleur du comté — rejoindre la chasse à hauteur du Clapperbridge de Scutley. Un équipage de choix pour l'ouverture de la saison !

Levé avant l'aube, Lord Caldecoat prenait des forces devant un breakfast copieux de roastbeef, de faisan, de ragoût de cerf et de pâté de chevreuil, car, déclarait-il : « Rien ne valait la viande rouge et la venaison avant une partie de chasse. Stimulé par la saveur du sang animal, l'homme y retrouvait ses instincts primordiaux affaiblis par un mode de vie passif. » Théorie qu'il ne manquait de pratiquer scrupuleusement à coups de fourchette farouche dans les larges tranches trempées de sauces brunes et de pickles qu'il accompagnait de rasades de porto et de bourgogne.

À deux pas, debout en bout de table, Spounge, son *butler* depuis l'adolescence, toujours aussi strict sur l'étiquette, astiquait une dernière fois les boutons dorés ornés de masques de renard de la jaquette écarlate au col de velours noir posée sur un portemanteau avec tout l'équipement qu'il avait tenu à rafraîchir lui-même, brosser, repasser, remettre en plis cérémonieusement, renvoyant les lingères à des tâches subalternes. Des bottes à la boucle de chasse, chemise, gilets, cravate et l'épingle piquée comme une étoile : tout étincelait...

Le Maître n'avait plus qu'à la passer, ce qui n'était pas une mince affaire car, d'année en année, le cou s'épaississait, le ventre s'arrondissait, les mollets gonflaient. Et c'est cramoisi par l'effort que Lord Caldecoat, la cravache sous le bras, descendit, le souffle court, les marches du perron de Cockerthwaite Hall, accueillir ses invités.

Toute la fine fleur chasseresse venue des lieux à la ronde convergeait au pas, au trot, au galop sur les pelouses rasées de près, le long des allées gravillonnées, se regroupait en éventail face à la terrasse où le personnel en livrée offrait des flûtes de champagne, passait des plateaux de *savouries.* Se mêlaient les couleurs de la chasse de Puffington — habit vert pois doublé de jaune, col noir, culotte blanche, jarretières dorées — aux jaquettes cramoisies à parements violets de celle de Muggeridge, habits rouge et bleu roi, robes émeraude et lie de vin des amazones Lady Bellastone et Lady Arkwright jargaudées par ce vieux libertin d'Hallworthy engoncé dans les brandebourgs et fourragères de son extravagant uniforme de hussard.

On trinquait, on se complimentait, on s'interpellait virilement, on se défiait en riant, pariant sur le nombre de chutes de la journée et sur qui remporterait la « brosse » — ou queue trophée — du renard !

L'air vif du matin émoustillait les joues des dames et enflammait les couperoses des messieurs.

— Le ciel est joliment dégagé, la course sera ensoleillée, remarqua le jeune héritier de Fulford Manor, le huit-reflets posé crânement de côté, son étalon excité par les coups de talon.

— Davantage de soleil, jeune homme, que les strictes règles de Beckford le prescrivent ! grommela raidement Lord Scamperdale, toujours aussi scrupuleux sur les usages de la chasse. Les traditions se perdent !

— Bah ! Il serait criminel de se plaindre du beau temps ! concilia Lord Caldecoat qui, aidé par son valet à se mettre en selle, était venu les rejoindre.

— *By Jove !* Je vois que vous montez toujours

votre vieux Jack-a-Dandy. Ne serait-il pas mieux à l'écurie à profiter d'une retraite paisible...

— Point du tout.

Vexé, Lord Caldecoat éperonna si soudainement sa monture que le paisible Jack-a-Dandy, peu accoutumé à ces comportements excessifs, s'élançant en pilant du poivre, se crut obligé d'improviser des cabrioles par-dessus les massifs automnaux suivies d'improbables figures équestres resurgies en vrac d'antiques participations à des concours hippiques.

Polie, quoique déconcertée, l'assemblée, croyant à quelques démonstrations sportives de mise en train, applaudit Lord Caldecoat accroché à son palefroi, tout en priant qu'une mauvaise chute n'interrompît point la chasse avant qu'elle ne commence. Heureusement, vite essoufflé par l'effort, Jack-a-Dandy ralentit rapidement ses excentricités pour reporter son attention sur la saveur des dernières pâquerettes du gazon.

— *Fine!* s'émut gracieusement la divine Lady Slumkey du manoir Slumkey, le mouchoir déployé aux prouesses du champion.

Ce à quoi Lord Caldecoat, rassuré sur le sort de ses membres, s'en tira avec panache, par un effet de cravache et un gaillard *Tally ho!* un rien crispé.

Mais on ouvrait les portes du chenil et les chiens libérés, oreilles pendantes queue en l'air, se précipitaient au-dehors, donnant de la voix, impatients de bondir à travers bois et champs. Maintenus en meute compacte par les ordres et claquements de fouet des valets de chiens, ils attendaient fébriles, la truffe auréolée de vapeur, et la tension presque palpable qu'ils dégageaient gagnait chevaux et cavaliers.

Majordomes et valets avaient dégagé le terrain des tréteaux chargés de bouteilles, de verres et de plateaux et, massés sur les marches de la maison élisabéthaine, attendaient le départ de la chasse.

Les naseaux renâclaient, lançaient par saccades de grises volutes, les encolures tiraient sur les rênes, les sabots piaffaient, les crinières frappaient les robes luisantes rayées sous les coulées de miroitements obliques parvenues du fond du parc, à travers les taillis.

Les profils tendus des cavaliers penchaient en avant, prêts à basculer hors du temps, de l'autre côté des chasses sauvages, de Herne le Chasseur, de la Wisht Hound, de la Devil's Dandy Dogs menée par Skuck, ou Shag : le vautre du diable.

Les chiens de jappements nerveux accueillirent l'arrivée du maître qui lentement prit la tête, suivi des chasseurs, des *whips* et des *stud grooms* placés sur chaque flanc.

Puis *Forward !* En avant ! Une trompe sonna longuement, renvoyée de loin en loin des combes blondes aux brumeuses collines encore engourdies de flanelle.

La chasse se mit en marche.

D'abord un piétinement sourd et mesuré. Un roulis d'orage grondant partout sur le sol et le sous-sol, fendillant au passage la vaisselle de porcelaine sur les étagères ébranlées des logements coquets des familles Taupe, Hérisson, Musaraigne, Campagnole et Lapin.

— Tiens ! C'est l'ouverture de la chasse, commenta Mrs Tiggy-Winkle en rattrapant la théière au sol, son gros dos de pelote d'épingles ébouriffé de contrariété.

— Pauvre renard ! soupira dans sa pipe Peter Rabbitt, assis près du poêle, un album de Beatrix Potter posé sur les genoux.

Une fois passé les grilles de la propriété Caldecoat, la chasse se mit au galop. La troupe à l'invite du *huntsman* a éclaté ses rangs. Le long des pentes, la déferlante piquait vers les vallées. Chacun pour soi — sus au gibier. Le trophée au meilleur cavalier. Ah, les chiens ! les chiens ! *Tally ho !*

Ah, les hardis cavaliers, ils éperonnaient, s'éparpillaient, ventre à terre, se dépassaient, se talonnaient, se distançaient, disparaissaient au creux d'un vallon boisé, réapparaissaient au sommet d'une crête, groupés en casaques rouges, en jaquettes vertes, se découpaient en silhouettes sur les cieux jaunissants, les mâtins bruns, tachetés de noir, de blanc courant devant. Puis les bois sombres mouchetés d'ocre et de pétales d'or les avalaient pour les voir plus loin s'égailler dans les prés.

On entendait rouler la vague des sabots monter, descendre, s'enfler et s'assourdir dans les confins.

Le piqueux allait toujours en tête, Scamperdale et le jeune vif-argent de Fulford Manor accrochés à son sillage. En traversant la Dart River, ils soulevaient des gerbes d'écume, laissant flotter derrière eux une lueur d'arc-en-ciel dans la buée des eaux.

Ils escaladèrent en débandade Hill Tops, se regroupèrent au carrefour de Scutley : les y attendaient le piqueux de Lord Halifax et ses deux plus fins limiers. Ils n'eurent pas un regard pour les vestiges de la Watching Place, où jadis se tenait le gibet — on y laissait pendre les bandits de grand chemin, barbouillés de goudron, enfermés dans une cage de fer rouillée —, et, laissant les rocs escarpés de Haytor Vale sur la gauche, filèrent vers Castle Combe dont on apercevait, au-dessus d'une imposante chênaie, la tour carrée de l'église, entourée de bandes de choucas à tête grise. Ils déboulèrent comme des diables dans la grand-rue au moment où se menaient les troupeaux à l'abreuvoir et semèrent une telle pagaille qu'au fond des chaumières on en parla encore longtemps. Un bœuf affolé à coups de corne trouva refuge dans une auberge, et une bande d'oies qui se rendait en dandinant à la mare s'envola en jacassant, projetant partout des amas de plumes et de duvets blancs.

« Une sacrée chasse que la dernière chasse de Lord Caldecoat ! »

La chasse sauvage longea les ruines de Wharfedale Abbey et s'engouffra sans ralentir l'allure sous l'épais couvert de Deer Forest. Le sol moussu détrempé par les pluies des semaines précédentes était fort glissant, les fûts des hauts arbres très serrés et les branches dangereusement basses... trop basses. Le jeune héritier de Fulford Manor, un instant distrait par le joli minois enfiévré de la divine Lady Slumkey du manoir Slumkey apparaissant soudain à sa hauteur, s'en aperçut trop tard... Son crâne frappa le bois dur de l'if vénérable en plein élan et il vida les étriers.

Cependant on ne s'arrêta pas pour autant. Le gandin méritait une leçon et puis surtout de brefs appels signalaient que le renard venait d'être repéré dans la direction de Doone Valley.

Déchiquetant les fourrés au galop, ils débouchèrent sur la lande qu'ils dévalèrent en poussant des « *Yo-i-icks !* Évente-le ! » à travers la bruyère.

Lord Caldecoat connaissait le terrain comme sa poche. Il savait qu'au bout du mur s'étendait toute une succession de petites pâtures entourées de haies et de murets de pierres sèches qu'il faudrait sauter. Certes, il tenait encore suffisamment sur sa selle pour en franchir quelques-unes, mais il était hors de question d'aller s'aventurer à bondir par-dessus le haut Bullfinch de Cranmere au risque de se briser les os. D'autant que les excès du breakfast matinal, à force de secousses et de tape-cul, commençaient à lui travailler l'estomac.

Mine de rien il tira doucement sur les rênes, fit semblant de vérifier une boucle de harnais et petit à petit se laissa distancer. Il continuerait son gentil bonhomme de chemin le long de la crête et rejoindrait la troupe par le raccourci de la ferme des Barners.

Lord Caldecoat tira une flasque de sa poche et savoura sa lampée de whisky en y ajoutant le plaisir de renifler l'air ambiant parfumé d'arômes d'automne : odeurs de feuilles fanées, d'humus, de champignons et de tourbe. La subtile alchimie des senteurs, mêlée à l'alcool de vieux malt, trouva son chemin à travers l'organisme contrarié du squire, et, atteignant l'âme, fit sourdre une larme d'émotion à sa paupière fripée.

Quelle belle journée ! Quelle belle chasse !

Le cœur et les prunelles spongieux d'attendrissement, il admirait de la colline le spectacle se dérouler en bas. Les taches de couleur vive des cavaliers, la blanche jument de Lady Rowena tranchant sur l'onde bleutée des combes, le bouquet de chiens lustrés de teintes fougère... et peut-être, tout aussi fluide qu'une illusion, le passage roux d'un feu follet fuyant toujours plus loin.

Lui parvenaient des abois, des claquements de fouet, forhuir le cor, répondre les troupes et se répéter l'écho des hourvaris et *who-hoop !Yo-o-icks ! Tally ho !*

En même temps que la rosée, buvardée par les cieux radieux, s'évaporaient les soucis de Lord Caldecoat. Envolés en légères fumeroles ses problèmes de fermages impayés, les manigances de son maudit joueur de fils endetté jusqu'au cou, prêt à tout pour le plumer, les folies de sa fille aînée entichée d'un mage luciférien et maintenant les tracas causés par ces vastes terrains achetés sur la Thames Valley où sans doute il ne mettrait jamais les pieds.

Rasséréné jusqu'à la béatitude par sa contemplation champêtre et la dernière gorgée de whisky, il poussa tranquillement Jack-a-Dandy sur la sente pentue.

En bas, devant la barrière de la ferme des Barners, il souleva le loquet à l'aide du manche de sa cravache et s'engagea sur le chemin du pont.

C'était un vieux pont sans âge : quelques antiques dalles de pierre usées, jetées par les Anciens, bien avant l'arrivée des Normands par-dessus le cours effervescent de la Dart River, dont les multiples ramifications sillonnaient la région de courbes serpentines.

Un air de chasse fredonné entre les dents, Lord Caldecoat sauta guilleret la première marche et s'arrêta d'un seul coup, stupéfait par ce qui l'attendait de l'autre côté.

Il battit un instant des paupières, trompé par quelques jeux de lumière et d'imagination, mais lorsque, à nouveau, il ouvrit les yeux, ils s'écarquillèrent devant la fantasque silhouette dressée à contre-jour.

Sur son destrier lourdement caparaçonné, un chevalier harnaché d'une armure cramoisie, coiffé d'un heaume à tête de cheval, lui barrait bel et bien le passage.

Soupçonnant une farce, Lord Caldecoat, primesautier de nature, inspiré par quelques souvenirs de pantomimes arthuriennes de sa jeunesse, leva le bras en guise de salut à la façon d'entrée en lice d'un preux paladin au tournoi.

— Holà ! Noble Sire ! déclama-t-il, sa face joviale fendue d'un large sourire. Seriez-vous assez courtois pour me laisser la place... Mon suzerain m'attend à Camelot, Lancelot à joyeuse garde, et je suis très pressé.

Ce à quoi la lance vers sa poitrine se baissa.

— Holà ! Holà ! Échec.

Et une voix assourdie par l'acier du rostre parvint, menaçante :

— Vous êtes mon prisonnier.

Partagé entre le rire et l'inquiétude, Lord Caldecoat ne savait plus que penser. Y avait-il eu une fête, une célébration historique dans une proche localité dont il n'avait jamais entendu parler ? Pourtant ce genre de manifestations, de jeux de Robin, ou du Green Man, avait plutôt lieu au début du printemps quand les humeurs ravivées du bocage suggestionnent aux activités pastorales.

— Vous observerez, bien entendu, les règles du Loyal Combat ? reprit encore la voix dont on pouvait deviner l'intonation affectée par les pertuis du bassinet.

Un fou ! Un dément échappé d'un asile ou d'un livre de contes, trembla Lord Caldecoat. Il n'eut même pas le temps de tourner bride, de s'enfuir que le chevalier contre lui s'élançait. Il le vit, dressé sur sa monture, assombrir d'une vaste ombre gothique tout le pourpris du pont, et le fer étincelant de la lance fendre l'air à sa rencontre.

Lord Caldecoat désarçonné voltigea dans les flots, le cœur embroché.

Au-delà des collines, on entendait la troupe annoncer l'hallali et la mort du renard.

Connais-tu John Peel à la gaie redingote ?
Il habitait Troutbeck autrefois,
Maintenant il est parti loin, très loin,
Et nous n'entendrons plus sa voix le matin...

QUI A TUÉ LORD CALDECOAT ?

Gone to earth.

La mort de Lord Caldecoat consterna toute la région, des respectables gentilshommes, de la gentry au plus humble vacher. L'affaire fit grand bruit. Assassiné et jeté comme un chien à la rivière. On n'avait jamais connu un drame pareil au pays depuis le vieux-vieux temps des capitaines Jack, Judas, Dick Turpin et des détrousseurs de grand chemin. Pensez donc, quelle affaire, mais quelle affaire !... Un si bon homme que l'on aimait, que l'on respectait, qui faisait le bien autour de lui et distribuait des vêtements chauds et des paniers de gâteries à ses gens à la Noël. Il devait y avoir quelque chose de louche caché là-dessous, car c'est personne du coin qu'aurait été assez fourbe pour commettre un coup pareil.

Lord Caldecoat avait été une personnalité suffisamment en vue pour que le coroner des champs prenne la peine de déplacer des limiers de la ville. On en appela à Scotland Yard... et Scotland Yard vint, représenté par l'inspecteur-chef Walras, son adjoint Dexter et l'agent Hill.

Plunkett, le majordome du défunt, accompagné de Mr Nupkins — coroner — se rendirent en tilbury les chercher à la petite gare de Chaghurst pour les emmener d'abord déposer leurs bagages au Grey Hound et ensuite sur la scène du crime.

L'enquête, pourtant rondement menée, n'aboutit toutefois pas au succès escompté. Ni les rives de la Dart River, ni les pierres usées du pont, hormis quelques traces de sabots, ne révélèrent rien de suspect. Ayant examiné la plaie, l'inspecteur-chef Walrus conclut que l'arme utilisée par le meurtrier devait être une sorte de pique, ou quelque chose comme un fauchard dont on se sert pour élaguer les haies.

En vain on chercha des témoins, mais personne n'avait rien vu rien entendu... et encore moins les membres de la chasse, tous occupés qu'ils étaient à courser le renard. On interrogea un métayer ombrageux et insoumis, accusé d'avoir plus d'une fois carotté sur le fermage et traité son maître d'exploiteur, mais le drôle au jour du crime vendait une couple de veaux au marché de Witcombe à des lieues de là. Un coquin de braconnier, menacé plusieurs fois par la victime de peines de prison, put fournir un solide alibi ; quant au fils indigne, il n'avait pas quitté de huit jours les tables de jeu de Bath... et la cadette invoquait les Azazel, Balberith, Nysroch, Succor-Benoth, Esprits, égrégores et succubes auprès de son occultiste d'amant sous la voûte étoilée du temple-mère à Holborn à l'heure où le destin serein de Lord Caldecoat virait au saugrenu.

Les deux semaines d'investigations s'étant révélées infructueuses, Scotland Yard rappela ses agents.

Sur le quai de la gare, un vieil ivrogne d'Irlandais, vagabond par vocation, tardivement alerté par le bouche-à-oreille, accourut au dernier moment rapporter son témoignage.

Le jour du crime, il avait cru apercevoir de loin galoper auprès du pont de la Dart River une silhouette bizarrement fagotée : « Quèque chose comme un chevalier du Moyen Âge sorti tout droit d'une vieille gravure ou d'un vitrail. En armure rouge. Toute rouge. Cramoisie. Avec une tête de cheval à la place du casque. Il s'était arrêté, la lance au poing, devant le parapet. Il se tenait là sans bouger. M'est avis qu'il attendait quelqu'un. »

Mais c'était un vieil ivrogne d'Irlandais dont chaque mot semblait sortir d'un alambic. Un de ces rôdeurs, voleur de poules que l'on voyait délirer le long des chemins... Et puis le train arrivait.

L'enquête en resta là.

Somme toute à sa juste place, glissée entre deux dossiers et embuée de suffisamment de poudres d'oubli pour attirer plus tard la rêverie d'un amateur d'énigmes inachevées.

IL ÉTAIT UNE FOIS SIR JAMES BRIDESTOWE QUI JOUAIT AU CRICKET

« *Humpty Dumpty sat on a wall;*
Humpty Dumpty had a great fall;
All the king's horses and all the king's men
Cannot set Humpty Dumpty up again. »

Tout satisfait de sa nouvelle performance, Sir James Bridestowe savourait son drink, le sourire mi-triomphant mi-désabusé du héros invaincu subtilement dosé entre deux fossettes. Pardessus l'assemblée occupée à bavarder, le verre à la main, son regard caressait chacun de ses trophées et coupes exposés en enfilade sur les étagères du Royal Windsor Cricket Club, en astiquait, lustrait les reflets d'argent. Rien que des victoires, aucune défaite depuis l'université. Aussi excellent batteur que lanceur, encore quelques balles de plus et son nom serait acclamé sur tous les terrains de cette bonne vieille Angleterre, mère du cricket qu'il connaissait si bien et du nonsense qu'il connaissait trop peu.

Autour des tables sans cesse réapprovisionnées en champagne, en cocktails, en plateaux de sandwiches au saumon, cheddar et concombre, des groupes s'agglutinaient avec la même avidité têtue que des bancs de poissons sur une épave. Les robes soyeuses des élégantes voisinaient avec le tweed et les costumes blancs des joueurs qui n'avaient pas pris le temps de se changer pour fêter la victoire, les battes et les jambières abandonnées sur le gazon avaient été confiés aux bons soins des garçons du vestiaire.

Pour la sixième fois ou plus, on porta un toast au vainqueur, verres levés.

« For he's a jolly good fellow,
For he's a jolly good fellow,
For he's a jolly good fellow,
And so say all of us... »

auquel il répondait encore et encore par un viril « Hourra pour le glorieux Royal Windsor Cricket Club ! Son inestimable président et toute son invincible équipe ! »

« Hourra pour son capitaine ! » répétait le chœur éméché, puis, entraîné par une même déferlante, tout l'équipage s'en retournait naufrager sur le buffet.

Pour l'heure, le président du Royal Windsor Cricket Club, l'inestimable Lord Alister Charles Bridestowe, géniteur-mécène-papa gâteau du jeune et fêté James Bridestowe, était très occupé à captiver son auditoire, composé entre autres par le colonel Meanwhile, sa jeune épouse Sylvia, Norman Warne, Rupert Heelis — respectivement secrétaire et trésorier du club —, Sir Macnaghten, la divine Lady Slumkey du manoir Slumkey accolée pas à pas par son jaloux de fiancé, le fat Screw, et tout un parterre de queues de pie dont James de son fauteuil n'apercevait que les dos.

L'orateur enthousiaste, le visage plus joufflu et illuminé encore qu'une citrouille d'Halloween, haussé sur la pointe des pieds, la gestuelle emphatique, s'exaltait sans compter à dévoiler et décrire les mirifiques projets, les mirobolants travaux prévus afin de transporter et transformer le club en un Éden idéal et panthéon du cricket :

— Le terrain est déjà choisi, acheté... Nous avons le permis de construire. Les plans sont à l'étude. Au fond, le bâtiment principal prolongé de deux ailes, d'un jardin d'hiver... un salon réservé aux dames.

Et ses bras écartés largement repoussaient loin d'invraisemblables dimensions, tiraient de l'invisible d'hypothétiques architectures des arcades, des dômes, des multitudes de pavillons.

— Imaginez les gradins couverts d'une verrière et le green à perte de vue !

Ceux qui l'observaient de loin sans en entendre le propos pouvaient l'imaginer en train d'exécuter quelque extravagante pantomime évoquant à la fois le creusement du canal de Suez et l'enlèvement des Sabines.

Toutefois, si le regard de James Bridestowe semblait fixé de ce côté, ce n'était point les entrechats de son cher père qu'il suivait mais l'anodin mouvement d'un minuscule mouchoir fleuri à l'extrémité d'une blanche main... dans l'attente qu'il chût.

Il allait et venait, ses ailes de papillon tantôt repliées, chiffonnées entre les doigts, prêt à s'ouvrir, à s'envoler... à choir.

Il tomba enfin sans se faire remarquer sur le parquet, aussitôt effacé par l'ombre froufrouteuse d'un jupon, puis poussé sous un buffet par la pointe furtive d'une élégance bottine.

C'était le signal.

Nonchalamment James étira ses muscles et ligaments encore bistournés par les efforts exigés durant le match : les intercostaux, biceps, triples dentelés, tenseur du fascia lata, pectiné, lamellé brachial antérieur, extenseurs grinçaient sous la peau. Une petite promenade agrémentée d'une récréation physique pastorale leur ferait le plus grand bien. Subrepticement fondu au décor, il quitta le Royal Windsor Cricket Club côté cour, que la jeune Sylvia quitta à son tour quelque dix minutes plus tard, tout aussi discrètement, côté jardin.

Mais le secret que l'on croit le mieux gardé ne cache-t-il pas toujours au fond de son tain lisse une traîtresse fêlure ?

Surtout lorsque l'époux militaire de la belle infidèle a obtenu ses galons en Inde, au temps où les thugs sournois étranglaient l'Anglais par les nuits parfumées, quand chantait Lakmé sous le dôme épais du blanc jasmin et que l'on ne dormait que d'un œil, doigt sur la détente.

Surtout lorsqu'une divine rivale, étouffée par les méfiances maladives de son Othello, vous convoite furieusement un amant.

James traversa de biais le terrain où tout à l'heure *bowler, cover point, mid-off, deep third man, wicket-keeper, batsman* s'affrontaient sur le gazon, longea les haies topiaires taillées en formes géométriques et disparut sous les arcades de la majestueuse hêtraie que les premières gelées effeuillaient en lents ruissellements. Entre les colonnes ogivales des hauts fûts lisses se découvrait un paysage de prés clôturés et de combes bleutées. James d'un bond franchit un échalier enserré dans l'entrelacs d'aubépines et prunelliers perlés de baies violines et vermillon et descendit un raidillon froissé d'une jonchée que dérobait en bas le couvert complice d'un bosquet.

Il entra, sans le savoir, sous la frontière végétale, comme les héros de jadis franchissaient « en aventure » l'orée périlleuse de la forêt des contes.

James connaissait parfaitement le parcours pour l'avoir si souvent emprunté ; les yeux fermés, il aurait bifurqué là où il le fallait, tourné sur la droite au layon caché sous les noisetiers, en évitant d'instinct les pièges du sous-bois, crevasses, rocailles, tortueuses racines. Il avançait en terrain conquis, pressé d'arriver à la cabane de berger abandonnée où sur le rêche lit de paille s'offrirait la colonelle à la bouche ardente, à l'appétit d'affamée. Même s'il n'était point amoureux, la pouliche valait bien quelques sauts d'obstacles.

Un court instant, il évoqua le tableau du préraphaélite William Holman Hunt, *Le Mauvais Berger*, qui, dans un semblable décor champêtre, délaissait coupablement son troupeau pour s'adonner au libertinage auprès d'une coquine. La comparaison fit sourdre à ses lèvres un gloussement que reprit à son compte un merle de passage.

Le merle est parfois en matière de mauvais présage bien pire que le corbeau, mais c'est les sens fouaillés encore davantage par le désir que le vaillant capitaine du Royal Windsor Cricket Club déboucha des taillis au sommet de Daffodil's Vale.

Si, au printemps, les nymphes floralières illuminaient les vallées de jonquilles, à cette époque de l'année s'en était fini de leur éclat et, de Daffodil's Vale, il ne restait en cette fin d'automne qu'une lande frileuse et grise que James déchira de la semelle écrasant sous son talon quelques bulbes enfouis à fleur de terre.

J'allais solitaire ainsi qu'un nuage
Qui plane au-dessus des vaux et des monts
Quand soudain je vis en foule — ô mirage ! —
Des jonquilles d'or, une légion !
À côté du lac, sous les branches grises,
Flottant et dansant gaiement à la brise...

récitait-il, les dents grinçantes, soudain assailli par ses souvenirs honnis de Christ Church. Les interminables heures d'études à commenter sans fin les états d'âme du poète Wordsworth lévitant dans la contemplation béate d'un champ de jonquilles, tandis que l'horrible Master Todd s'acharnait à lui faire partager la béatifique harmonie de cette communion mystique en lui zébrant chaque vers à travers les fesses à l'aidc d'unc cannc dc jonc.

... Souvent leur vision, ô béatitude !
Vient illuminer l'œil intérieur
Qui fait le bonheur de la solitude ;
Et mon cœur alors, débordant, pétille
De plaisir et danse avec les jonquilles.

Mais James ne voulait pas danser avec les jonquilles, ne voulait point connaître ce sage abandon au cycle heureux des choses. Il se voulait au contraire tournesol dressé face au soleil à lancer sa balle droit dans les cieux, animé par la rageuse intention de briser quelques ailes séraphiques au passage. Comme tout à l'heure, dans peu de temps, au fond de l'abri aux péchés, il réduirait orgueil et préjugé de l'ingénue à quelques grotesques et indécents couinements.

Quand soudainement les crincrins malgracieux d'un archet raclant des cordes retinrent son attention derrière le mûrier violacé de fruits confits.

Quelque violoneux de retour de noces, sans doute, pensa-t-il.

Pas du tout.

La tête glissée à travers les rames ronceuses, il resta figé, éberlué par le spectacle d'un chat debout au milieu d'une pâture en train de jouer au violon *Hey diddle diddle* à un chien plié par un fou rire, et une cuiller sur son bol appliqué à battre la mesure. Or, sa stupéfaction s'empira en panique lorsqu'il aperçut descendre de l'espace et atterrir dans l'herbe avec souplesse, à quelques pas du félin musicien, une vache en pleine santé.

« Hey diddle diddle
The cat and the fiddle
The cow jumped over the moon.
The little dog laughed to see such fun
And the dish ran away with the spoon ! »

Hey diddle diddle
Le chat et le violon
La vache a sauté par-dessus la lune.
Le petit chien a ri de voir de telles drôleries
Et le bol est parti en courant avec la cuiller !

Le sentier caillouteux, James le dévala d'une traite jusqu'en bas, là où, au cœur d'un fouillis de sureaux et de rhododendrons, se nichait le havre en ruine du pasteur, aménagé en pavillon d'amour.

— Sylvia ! appela-t-il d'une voix mal assurée.

— Plaît-il ? coassa-t-on dans son dos.

— Qui va là ?

— Quelqu'un qu'assurément vous n'attendiez pas.

James cligna des yeux pour mieux discerner dans la pénombre moussue l'improbable créature perchée au faîte d'un mur écaillé de lierres et en partie écroulé. On eût dit une outre, ou plutôt un œuf. Un œuf qui, au fur et à mesure que James, d'un pas prudent, s'en approchait, continuait de grossir et de prendre de plus en plus figure humaine. Lorsqu'il se jugea assez près de l'étrange chose, il lui découvrit des yeux, un nez, une bouche, et reconnut clairement que c'était Humpty Dumpty en personne. « Il ne saurait s'agir de quelqu'un d'autre !, dit-il à part soi. J'en suis aussi certain que s'il avait le nom écrit au milieu de la figure. »

On eût pu l'écrire d'ailleurs cent fois sur cette vilaine et énorme face.

— Vous êtes Humpty Dumpty.

— Évidemment. Humpty Dumpty, dont la signification est cette forme qui est mienne, « court et rond », et qui, du reste, est une très belle forme, vous en conviendrez.

James, visiblement soulagé, sourit au bonhomme mal assis, les jambes croisées à la turque, en déséquilibre sur le mur, son gros ventre boudiné dans un habit trop étroit.

Humpty Dumpty, tombé du haut d'un mur,
Humpty Dumpty s'est cassé la figure.
Ni les chevaux du roi, ni les soldats du roi,
N'ont pu soulever Humpty Dumpty pour le remettre droit.

— C'est bien cela, se réjouit James, vous êtes donc avec le chat au violon, la vache volante, le bol et la cuiller que j'ai aperçus plus haut. Participeriez-vous à quelque festival des comptines de Mère l'Oye et de *Nursery Rhymes*? Voilà qui est charmant. Réellement. Tout à fait charmant.

« Quoi de plus normal ! Quoi de plus rationnel, naturellement, toussota le jeune Bridestowe, s'interrogeant sur la façon la plus prompte quoique polie de prendre congé.

« N'auriez-vous pas aperçu, de votre perchoir, une jeune personne que je dois rejoindre au plus pressé ?, s'enquit-il d'un ton détaché, prêt à s'éclipser.

— Ne s'agirait-il pas de Lady Meanwhile, par hasard ? Votre maîtresse.

— Monsieur, je ne...

— Taratata. Par le parcours le plus aisé que vous lui aviez judicieusement indiqué, elle est arrivée la première. Elle ne vous a pas trouvé... elle est repartie.

— Impossible. Sylvia m'aurait attendu.

— Et pourquoi impossible ? Sériez-vous à ce point irrésistible que l'on prenne tant de risques pour satisfaire vos caprices ?

— De risques ? ! Que lui avez-vous fait ?

— Juste un peu peur.

— Qu'entendez-vous par là ?

— Qu'il suffit quelquefois d'un simple bouh ! pour que la plus vive passion disparaisse d'un coup, les jambes à son cou.

Pauvre Sylvia ! James l'imagina s'enfuyant terrorisée à travers champs avec cet affreux monstre en train de hurler et grimacer sur scs talons. La trop émotive enfant avait-elle récupéré ses esprits de retour au club ? Le colonel avait-il éventé quelques troubles chez son épouse ? Leur scandaleuse liaison était-elle en train de parvenir de bouches hypocrites en bouches haineuses aux oreilles de son père effondré ? Envolés les grandes espérances, l'aménagement du Royal Windsor Cricket Club et ses rêves glorieux !

— Tssk, tssk, tssk. Allons, peccadilles que tout cela, jeune homme, ricana Humpty Dumpty comme s'il suivait ses pensées. À votre place, je négligerais ces futilités pour prendre conscience d'ennuis plus graves et, ajouterais-je, plus imminents.

Et, sur ce, il sortit de sa jaquette un couteau affreusement long.

« … All the birds in the air
Fell a-sighing and a-sobbing,
When they heard the bell toll
For poor Cock Robin. »

QUI A TUÉ SIR BRIDESTOWE ?

L'assassinat du jeune Bridestowe, le cœur frappé par six fois d'un coup de poignard — une lame de quarante centimètres, d'après les experts —, endeuilla cruellement le noble milieu des sportsmen. Un athlète si prometteur fauché à l'aube de sa gloire. « Il est des crimes pires que les autres », déclara un des articles du *Sporting Times*. L'affaire particulièrement délicate fut cependant assez vite escamotée des journaux. Y flottait en coulisses un certain parfum de galanteries clandestines qu'il valait mieux éviter. Le superintendant Goodfield, responsable du dossier, ancien compagnon d'armes du colonel

Meanwhile aux Indes, n'insista pas pour interroger Lady Sylvia que son époux, inquiet quant à sa santé mentale, éprouvée par le drame, avait préféré envoyer se « refaire le sang » sous les vivifiants embruns des plages de Whitby (North Yorkshire).

Personne ne semblait avoir quitté les salons du Royal Windsor Cricket Club à l'heure du meurtre. C'est tout au moins ce qu'affirmait la divine Lady Slumkey du manoir Slumkey, une amie proche de Sir Charles Warden, Premier ministre.

— Dire que nous étions tous à porter des toasts à la victoire de ce cher James, alors que le malheureux était en train de se faire sauvagement assassiner à quelques pas, frémissait-elle. Mais pour quelle raison a-t-il bien pu aller se perdre en cet endroit ?

Si Goodfield avait sa petite idée sur la question, il n'en mentionna jamais rien dans son rapport. Rompu aux arcanes politiques des sphères décidantes, il préféra replier ses soupçons sur la campagne environnante. Fit battre les halliers, rechercher des indices dans la caillasse et arrêter les va-nu-pieds du coin. On garda quelques mois en prison un mauvais berger accusé par le qu'en-dira-t-on d'abandonner ses moutons à travers les cultures pour courir le tendron et se conduire en satyre dans les buissons.

La déposition d'une petite gardeuse d'oies,

une certaine Bessy Brooks, laissa malgré tout le superintendant circonspect.

Ladite enfant interrogée jura sur la tête de son chat bien-aimé avoir aperçu détaler non loin de la cabane sanglante un individu suspect qui agitait un couteau en chantant une ritournelle, mais elle se trouvait trop loin pour en reconnaître l'air et les paroles.

Quant à l'aspect de l'individu, elle était restée évasive : « Un bonhomme rond comme un œuf, avec des jambes très grêles. » À la demande d'apporter davantage de précisions, elle avait murmuré avec hésitation qu'il ressemblait à Humpty Dumpty. Vexée par l'hilarité générale que sa réponse avait suscitée, elle s'était refermée, aussi muette qu'une huître.

Quoique peu crédibles et pour le moins extravagants, Goodfield joignit quand même ses propos au dossier, en définitive moins dérangeants que les oublis du colonel et les exquises dérobades de la divine Lady Slumkey du manoir Slumkey.

L'enquête s'en alla donc rejoindre « l'affaire Caldecoat », glissée entre deux classeurs et embuée suffisamment de poudre d'oubli pour attirer, plus tard, la rêverie d'un amateur d'énigmes inachevées.

Le meurtrier propose, l'ange du crime dispose... et cet hiver-là, le Noir Démiurge se sentait pousser des ailes. La saison dans le baroque avait bien commencé, il soufflait sur les toits et les arbres défaits un vent débauché, animé du plaisir de s'engouffrer sous les portes plombées de Scotland Yard, d'y bousculer l'alignement des étagères, de transformer en tourbillonneuses jonchées les piles de dossiers, de glisser entre les feuillets des images grimaçantes de meurtres farceurs découpés dans l'imagerie d'enfance et les *penny dreadfuls*... puis, par généreuses brassées, de les distribuer par les cheminées :

Merry Christmas... de la part du Père Fouettard grimé en Père Noël !
We wish you a merry Christmas
We wish you a merry Christmas
We wish you a merry Christmas
And a happy New Year.
La hotte est pleine de diableries.
Lord Alister Charles Bridestowe sera le premier servi !

On le retrouva en train d'agoniser, le nez dans la neige au bout de Vicar's Close, ce petit bijou d'enclos, composé d'une seule ruelle bordée de deux rangées de vingt et une maisonnettes toutes identiques, construites sous l'évêque Ralph pour loger les choristes du collège de manécanterie de la cathédrale de Wells, toute proche. Jack Blandifer, le jaquemart de la grande horloge, flanqué de ses quatre chevaliers, était à frapper les douze coups de minuit de son talon de bois, quand Mr Tibs, le veilleur de Prebendal House, avait entendu des gémissements depuis le parapet de Chain Gate, l'élégant pont de style perpendiculaire qui reliait le saint lieu à la maison du chapitre.

Se penchant sur la victime, il avait pu en recueillir ses étranges et derniers vagissements :

— Étouffé... jeux de cartes.

L'examen du corps révéla qu'effectivement Lord Alister Charles Bridestowe était bien mort par un étouffement « non d'origine pathologique mais criminel ».

Quelqu'un l'avait agressé, maintenu à terre en pesant de tout son poids sur les poumons jusqu'à la suffocation. Deux côtes étaient brisées, des marques de doigts autour de la bouche et sur le nez indiquaient qu'on lui avait également bouché les voies respiratoires.

Quant à l'allusion aux jeux de cartes, elle demeura sans réponse, Lord Bridestowe, depuis la mort de son fils, ayant perdu tout intérêt pour le bridge, le whist et toutes autres formes de vaines distractions. Seule lui restait la volonté redoublée de mener à son terme le projet de construction du Royal Windsor Cricket Club dédié à la mémoire du cher disparu.

Mr Tibs, avec beaucoup de réticences, finit par confier du bout des lèvres avoir cru discerner des formes vagues se volatiliser au coin de Tower House, au fond de la ruelle : « Des rectangles blancs qui semblaient flotter dans l'air, au ras du trottoir, mais il faisait si sombre, la neige m'aveuglait et le halo du bec de gaz vacillait si malignement qu'on pouvait tout imaginer. »

Il ajouta en regardant ailleurs, comme s'il cherchait dans l'invisible l'encouragement d'un ange : « qu'une des formes pâles... »

— Eh bien, quoi, la forme pâle ?... l'avait encouragé le doux inspecteur Triggs.

— Je crois qu'elle portait un cœur rouge... comme un as.

RONDE CAPUCINE
DES COMPTINES ASSASSINES

Ronde du mimosa,
Dis-moi si tu es là ;
Ronde du muguet,
Dis-moi si tu y es ;
Ronde de l'œillet
Dis-moi qui a tué.

Une

La divine Lady Slumkey du manoir Slumkey rayonnait. Son visage au teint de rose, ses lèvres de fruits confits, ses boucles blondes artistiquement empapillonnées d'une nébuleuse de strass scintillant rivalisaient par leurs éclats avec la brillante étoile piquée au sommet du gigantesque sapin illuminé, dressé près de la cheminée.

« *Twinkle, twinkle, little star,*
How I wonder what you are... »,

chantonnait-elle, voletant d'un convive à l'autre, un verre de champagne en corolle au bout de ses doigts de résille blanche gantés, la traîne lunaire de sa robe vaporeuse déployée sur l'arabesque des tapis. On eût pu croire à la visite d'une fée de Noël descendue des cieux dans la fumée légère des toits givrés.

— Merry Christmas à vous, Lord Scamperdale.

Elle accueillait chaque nouveau venu d'un coup d'éventail sur l'épaule comme pour y parsemer les rayons de bonheur d'un effet de baguette magique... et désignait les places assignées autour de la table nappée de dentelles, sous les guirlandes d'or et les couronnes de houx.

Les vœux, les compliments échangés s'envolaient sous les lustres en une buée de promesses que l'Esprit de Noël réaliserait après minuit, à l'heure heureuse des échanges de cadeaux, lorsqu'on tirerait ensemble les papillotes multicolores des *crackers*, à l'arrivée du

Christmas pudding bluettant son halo de brandy flambé.

Le long de la façade de sa demeure londonienne, les cabs à la queue leu leu s'arrêtaient, déchargeaient les invités emmitouflés, puis repartaient dans un sautillant trot de sabots sur le sol vernissé de gel. On se secouait dans le grand hall, abandonnait au majordome des capes et manteaux chargés de parfums ambrés, de bouffées de porto, de tissus mouillés et James désignait le grand escalier à la voûte déjà emplie d'échos joyeux, d'éclats de rire, de grelots de Noël... et chacun s'extasiait sur le palier, impressionné par le décor aussi somptueux que la galerie royale du Crystal Palace.

« Twinkle, twinkle, little star,
How I wonder what you are.
Up above the world so high,
Like a diamond in the sky. »

La divine Lady Slumkey avait voulu que tout soit parfait pour le dernier réveillon qu'elle donnerait à Londres. Depuis un mois, tout son temps avait été consacré à la conception et à l'élaboration de ce bouquet final. Une réception qui ferait date dans la vaniteuse mémoire de ses fréquentations. Le sapin, la décoration, le chemin de table, le menu, les vins, les cigares, les cadeaux personnalisés, les parfums d'ambiance, jusqu'à la couleur du moindre ruban, elle avait tout choisi... C'est à minuit, à l'heure culminante de la fête, qu'elle annoncerait son départ définitif pour l'édénienne Italie, sa rupture avec le pauvre et pâle Screw, la vente de ses biens, y compris le manoir familial de Slumkey — et ses terrains de Port Meadow acquis par les nouveaux actionnaires du Royal Windsor Cricket Club —, et surtout un fabuleux mariage avec un prince florentin, dont elle avait su garder l'idylle secrète.

Lady Slumkey, les joues empourprées sous le fard, pouffait d'avance en imaginant le coup de tonnerre que sa déclaration allait déclencher sur l'assemblée coiffée de cotillons : les bouches béantes de stupéfaction, les monocles se décollant des paupières, et les visages de ses rivales crispés de jalousie s'essayant à décoincer un simulacre d'heureux sourire.

Dans une semaine, elle aurait fui la vieille Angleterre enneigée et ronronnerait entre les bras du prince charmant dans le palais de Florence dont les cent chambres avaient toutes vue sur l'Arno.

On goba les huîtres, chipota les *jellied eels*, dégusta les *Hindle wakes* avant d'attaquer le roastbeef en croûte et d'applaudir l'arrivée de la dinde traditionnelle, croustillante à point sur son lit de cresson et de *pease pudding*. Au fur et à mesure que passaient les plats, que les carafes de vieux bordeaux se vidaient, s'échauffaient les propos, s'ensauçaient les décolletés, se mouchetaient les plastrons... Et sur la cheminée, la pendule complicitement poussotait, mine de rien, ses aiguilles.

— George, faites apporter le porto et le sherry.

Aux douze tintements argentins du cartel répondirent tout à la fois, au-dehors, les vibrantes envolées de Big Ben accompagnées des joyeux carillons des clochers alentour. D'un même élan se levaient les verres brillant d'ambre et de rubis, quand la divine Lady Slumkey, dans le mouvement soyeux de ses blanches draperies, se leva ouvrir grandes les fenêtres. Les tulles brumeux volèrent dans le vent, piquetés de nuées de flocons scintillants ; la nuit s'engouffra, claire et glacée, balayant les bougies d'un vaste souffle, hanté par les âmes délivrées des anciens Noëls.

Malgré la morsure du froid, saisis par un frisson de grâce, ils admirèrent le ciel étoilé par-dessus l'horizon découpé des pignons crénelés, des tours et flèches ciselées par les invisibles orfèvres des féeries neigeuses, et réveillés de souvenirs lointains leur parvinrent comme des voix angéliques les *Christmas carols* des chanteurs des rues.

Dressée sur le balcon, toute à l'ivresse vertigineuse de son bonheur, la divine Lady Slumkey ne sentait pas les rafales cinglantes de grésil gifler sa peau d'ivoire, n'entendait pas les voix amicales la rappelant à table... À mi-voix, elle répétait le texte soigneusement appris pour ce dernier réveillon et, de même qu'une diva, retardait encore un peu le savoureux instant de son entrée en scène.

Lord Hallworthy s'inquiéta le premier :

— Allons, revenez donc nous rejoindre, vous allez attraper la mort dehors par ce froid, insista-t-il, dérangé par cette silhouette livide et immobile au milieu de ses voilages agités par le vent.

Il ne put s'empêcher de songer au fantôme de Marley enveloppé de son suaire au chevet du vieux Scrooge. Mais, bon Dieu, que fabriquait-elle ainsi figée dans le verglas ?... Subitement prise d'un malaise, avait-elle eu besoin de respirer l'air frais ou bien leur préparait-elle quelque inattendue fantasmagorie de Noël ? Sa transformation en Dame Holle entourée de ses Gobelins ?...

Alors, il se produisit cette chose que personne ne comprit.

On entendit quelque chose, une rafale brusque suivie d'un « hjckrrh ! ». Une ombre passa devant elle, la poussant très lentement en arrière... On la vit entrer en titubant à l'intérieur, esquisser un tour sur elle-même... et puis sa tête se détacha pour rouler sur le plancher.

— C'était horrible. J'en ai encore la chair de poule, rien que d'y penser ! ne put que frissonner Lady Cadbury, son bras gélatineux granulé d'effroi tendu sous le nez du superintendant Goodfield, furieux d'avoir été en pleine sauterie missionné par le ministre lui-même, pour se colleter avec une affaire aussi abracadabrante et délicate que celle du jeune James Bridestowe, sur laquelle il s'était émoussé le bon sens.

Décidément, il flottait depuis quelque temps sur la *High Society* une atmosphère des plus farfelues. La divine Lady Slumkey du manoir Slumkey décapitée devant une quarantaine de personnalités respectables et raisonnables, dont un général et deux pairs du Royaume, et personne n'avait rien vu, rien entendu. Si ce n'est une ombre volante, si ce n'est un « hjckrrh ! ».

— Une ombre, dites-vous. À quoi ressemblait-elle ?

— À une ombre, avait répondu sèchement Lord Sackville.

— Ça s'est passé si vite ! Dans l'obscurité du balcon et avec tous ces tulles blancs qui tourbillonnaient dans le vent et les flocons, nous distinguions très mal, avait essayé de temporiser Lady Sackville. Mais c'était assez grand...

— Grand comment ?

— Comme une ombre assez grande, avait alors tranché définitivement Lord Sackville, en réclamant d'un ton impératif manteaux, canne et chapeaux.

— Et le... « hjckrrh » ?

— Bonsoir, Sir, je crois qu'il est temps maintenant de mettre un terme à cet absurde interrogatoire.

On allait emporter le corps. La tête avait été coupée net, d'un seul coup. Aucune trace de pas dans la neige du balcon, hormis les tristes pas de la victime qu'une gaze de givre commençait à recouvrir. Dans la cheminée, les dernières braises de la bûche cendrillonneuse offraient leurs quelques rares étincelles aux guirlandes du sapin, sans en atteindre l'étoile recroquevillée sur ses pétales.

Les musiciens de la rue, le nez plongé entre les feuillets de leurs partitions, les sourcils enneigés, n'avaient rien aperçu non plus. Enfin presque. Le chanteur levant les yeux un instant vers l'étage illuminé, en quête d'une pluie bienvenue de menue monnaie, n'était pas du tout certain de l'espèce de scène de théâtre d'ombres chinoises qui s'était joué là-haut.

— Tout avait été si silencieux et furtif ! Une forme blanche et vague plutôt mince, une manière de fantôme, et puis tout soudainement une ombre noire s'était détachée d'une balustrade du toit pour dégringoler sur elle. Un gros et grand oiseau avec des ailes, ou un bonhomme vêtu d'une cape. Quelque chose avait brillé, éclairé par la lune, un bec ou bien une serpe... et puis qu'était reparti comme il était venu par les toits.

— Ça ne l'avait pas frappé sur le moment. Avec le blizzard dans les yeux, ça pouvait être n'importe quoi. Juste un jeu de lumière sur la façade, et puis c'était à son tour d'attaquer le refrain !

Mais pas de « hjckrrh », ni d'autre bruit ; de toute façon, avec la trompette de Brown et le crincrin d'Oliver de chaque côté de ses oreilles, c'eût été bien le diable qu'il ait pu entendre autre chose.

Non, ça ne l'avait pas étonné outre mesure :

— De toute façon, dans ces quartiers chics, les gens de la Haute sont capables de tellement de bizarreries, surtout les soirs de réveillons, qu'on préfère se faire discret. On arrive, on chante notre cantique, on ramasse l'aumône à l'occasion et... Hop, Merry Christmas mes seigneurs ! On disparaît. Ni vu, ni connu. Tout le monde est content. Pas vrai, Sir ?

Planté sur le trottoir face à la demeure aux fenêtres larmoyantes de feu Lady Slumkey, Goodfield avait entendu les vieux airs de Noël décroître et s'éteindre au fond des quartiers. Comme il faisait froid ! La neige tombait maintenant à gros flocons. Un bref éclat de luciole sous un porche attira son regard sur une petite marchande d'allumettes affaissée dans un coin. Ses petits pieds nus dépassaient rouge et bleu de froid de ses haillons.

Goodfield se pencha sur le visage affamé, hérissé de longs cheveux blonds collés par le gel. Ses grands yeux fiévreux avaient tout vu, tant vu, trop vu.

Elle avait vu un griffon descendre du ciel, et d'un coup de bec trancher la tête de la princesse des neiges. Elle avait entendu le « hjckrrh ! » distinctement, ainsi que les lamentations d'une tortue fantaisie. Elle avait vu encore un poêle rougeoyant et une belle oie farcie de pruneaux et de pommes qui rôtissaient dedans. Elle avait vu un magnifique arbre de Noël plus riche et plus grand encore que celui aperçu le Noël dernier, à travers la porte vitrée d'un riche magasin. Mille chandelles brillaient sur les branches vertes et des images de toutes couleurs semblaient lui sourire. Elle avait aussi vu sa vieille grand-mère, qui seule avait été bonne pour elle, mais hélas n'était plus, tendre ses bras vers elle de l'autre côté de la rue.

Tout cela, elle l'avait vu en craquant ses allumettes une à une.

Son souffle était rauque, les poumons s'épuisaient. Combien de temps tiendrait-elle encore ? Des milliers d'étoiles de Noël semblaient déborder de ses yeux trop fiévreux. Goodfield chercha dans sa poche de quoi lui acheter un paquet. N'y trouvant rien, il s'éloigna, le sens du devoir vermoulu, laissant sur l'autre rive la petite marchande brûler ses derniers lumignons.

Deux

Mais les contes, mais les comptines, serinettes, fabulettes, turlutaines, rimes, formulettes, ritournelles, chansonnettes, kyrielles, rengaines, raconteroûles, disettes jamais ne s'arrêtent. Les fileuses d'Abracadabra les ont tricotées pour être reprises sans fin. Incantation, prestidigitation, évasion... et, au fil du compte, matérialisation, hors du chapeau, d'un lapin blanc.

Ainsi en fit les frais, quelques jours après le Nouvel An, le Fantastique Carmichaël, un magicien de grand renom, à qui un notaire — intermédiaire d'un important homme d'affaires anonyme — avait passé l'étonnante commande de concevoir une sorte de Palais des illusions. Une attraction unique en son genre. Du « jamais vu » qui s'intégrerait à un vaste projet déjà en préparation. On lui offrait carte blanche. Son prix serait le leur. Bien entendu, tout cela devait pour l'instant demeurer confidentiel, mais le résultat serait grandiose et, à n'en pas douter, fructueux. Il avait signé.

Disons-le, tombait là une aubaine inespérée pour le Fantastique Carmichaël dont les fantasmagories, malle des Indes, découpages de partenaires en morceaux, commençaient à lasser. Il avait même dû, afin d'arrondir ses revenus, s'acoquiner à de douteux médiums et trois fois par semaine, après son spectacle, lors de séances spirites, il actionnait dans le noir des tables tournantes et soufflait des fumigènes bourrés d'ectoplasmes en ouate et de figures de cire.

Le cœur guilleret, un air de Gilbert et Sullivan aux lèvres, il poussa donc la porte de chez Hatch and Son. C'est dans le secret de son atelier, dans l'arrière-boutique de jouets et d'automates, que le vieux Hatch, de ses doigts agiles, lui fabriquait presque tout son matériel d'illusion : jeux de miroirs, armoires à double fond et autres accessoires à malice.

— Mister Hatch ! appela-t-il en faisant tinter une seconde fois le carillon d'entrée du bout de son parapluie trempé — car, depuis la veille, une pluie verglacée avait remplacé la valse poudreuse des flocons.

N'obtenant pas de réponse, il se fraya un chemin au milieu de l'amoncellement de pantins, polichinelles bossus, chevaliers cuirassés et reines de cœur. Assise sur un cheval à bascule, une blonde princesse lui lança une œillade perlée. Tout autour, entassés dans des vitrines, sur des étagères, s'alignaient soldats de plomb, toupies, jeux de cubes et de société. Appuyée contre la vitrine, une imposante maison de poupée attira son regard. À travers les fausses fenêtres on pouvait observer l'intérieur méticuleusement reproduit d'une demeure cossue avec son hall, ses escaliers, les salons, la salle à manger meublée de dessertes et table garnie, la cuisine tapissée de placards et vaisseliers, les fourneaux couverts de marmites, et même le seau à charbon. À l'étage se succédaient les chambres aux lits douillets, la nursery encombrée d'un désordre enfantin... Et, sous les combles, les chambrettes réservées aux gens de maison. Éparpillées dans chaque pièce, de petites figurines peintes miniaturisaient la vie quotidienne d'une famille figée par un caprice du temps. Une horloge posée sur la cheminée arrêtait à jamais ses aiguilles sur sept heures. Papa lisait, Maman brodait, les enfants s'amusaient, tandis que frappés d'immortalité s'activaient servantes, nurses et lingères.

Le Fantastique Carmichaël claqua trois fois ses doigts, en vain, par-dessus le fronton comme pour sortir de leur léthargie le petit monde engourdi.

Bien sûr ! L'idée jaillit aussi facilement que les tourterelles qu'il tirait de ses manchettes. Voilà ce qu'il devait réaliser. Une maison semblable à celle-ci, habitée d'automates grandeur nature et qu'une ingénieuse machinerie activerait discrètement sous les yeux écarquillés des invités.

Les spectateurs entreraient dans les lieux pétrifiés et silencieux, et lui sortirait soudainement du sol pour, d'un coup de baguette magique, réveiller toute la maisonnée.

— Que penses-tu de cela, ma jolie ? demanda-t-il gaiement, pinçant le menton d'une Belle au bois dormant, le visage fendu d'un sourire de Prince charmant. On pourrait voir se réanimer toute la maison. On pourrait voir chacun s'affairer aux tâches ménagères : allumer le feu, préparer le thé, frire le bacon, laver, lessiver, repasser le linge, assister au repas... et que sais-je encore, les suivre dans les chambres... Assister, peut-être, à leur intimité..., ajouta-t-il plus bas à l'oreille de Cendrillon, lui pinçant la taille d'un air fripon. Nonon. L'attraction devra rester bienséante, familiale, qu'allez-vous imaginer là ?... À moins que... (prenant l'accent cockney) qu'un de ces messieurs — contre quelque supplément en espèces sonnantes et trébuchantes — n'insiste pour visiter les combles !

Puis, pirouettant vers le fond du magasin :

— Hatch ! Bon Dieu, où donc vous cachez-vous ? J'ai un fabuleux travail pour vous !

Il souleva avec enthousiasme la lourde tenture frangée tendue devant l'entrée de l'atelier et resta ébahi sur le seuil.

À la place de l'établi planté sous son habituel capharnaüm de manniquets aux membres brisés, de jonchées de poupées martyrisées, la tête de porcelaine fendue, d'automates ventres ouverts éviscérés de leurs entrailles mécaniques, d'embarras de cages refermées sur des rossignols désaccordés, une table était dressée pour le thé. On avait fait de la place, repoussé les outils, les boîtes à membres de rechange et yeux de verre, balayé la poussière de sciure et de limaille dans les coins et, cérémonieusement, on attendait que l'Earl Grey infuse ses parfums de bergamote. Assis l'un contre l'autre, un loir endormi entre eux, un petit bonhomme malingre coiffé d'un énorme gibus et un lièvre aux longues oreilles cravaté d'un nœud papillon bleu devisaient à bâtons rompus.

Hatch avait réuni là un véritable chef-d'œuvre de précision. Comment le bougre s'y était-il pris pour réaliser une telle performance ? Ils semblaient si réels. Le Fantastique Carmichaël laissa échapper un sifflement d'admiration. C'était exactement ce genre de scène qu'il faudrait pour animer sa prochaine « fabuleuse attraction ». Mais comme il s'en approchait afin d'en deviner la machinerie, d'une voix de crécelle ils se mirent à protester...

— Pas de place ! Pas de place !

Si furieusement que l'un d'eux, de son coude, fit voler à terre les tasses de porcelaine, suivies de la pyramide de muffins beurrés.

— Allons donc ! sourit le magicien, désignant les chaises vides, de la place, il y en a à ne savoir qu'en faire !

— Pourquoi un corbeau ressemble-t-il à un

bureau ? l'arrêta le nabot, le regard brillant d'un éclat mauvais.

Une main posée sur un menaçant couteau à pain, l'autre sur sa fourchette :

— Quel jour du mois sommes-nous ?...

Il avait tiré de son gousset une montre et la regardait d'un air inquiet, en la secouant et en la portant à son oreille de temps à autre, le pouce s'assurant sournoisement du fil tranchant de la lame dentée.

— Hatch ! ?

— Nous attendons vos réponses, jeune homme, glapirent-ils de concert. Quoique magicien, il semblerait que vous ne connaissiez pas grand-chose. Carmichaël est ignorant, ignorant, ignorant.

— Hatch ? ! appela encore le Fantastique Carmichaël, qu'un écœurant malaise commençait à gagner. Votre démonstration est parfaitement réussie, mais si nous en restions là pour le moment ? J'ai une juteuse affaire à vous proposer...

Tandis que son regard balayait les recoins, cherchait à deviner parmi les ombres d'où l'ingénieux farceur pouvait à distance manipuler ses créatures.

— Hatch ? Hatch ?... Hatch, Hatch, Hatch, Hatch, l'imitaient les deux compères de leurs voix nasillardes. Hatch ! Mais où est donc passé ce cher Haaaatch ! Saperlotte ! Ne nous prendrait-il pas pour des pantins !

— Je le crains, pouffa le lièvre.

— Je le crains, pouffa le chapelier. Répondez plutôt à notre devinette au lieu de chercher votre Hatch qui, de toute façon, ne peut plus vous entendre. Voyez par vous-même...

La nappe prestement soulevée révéla deux pieds dans une mare de sang qui grandissait.

Le Fantastique Carmichaël, hypnotisé par le reflet rouge du couteau à pain, sentit ses membres s'immobiliser comme les petites figurines de la maison de poupée.

— Tuez-le ! grogna le loir soudainement réveillé.

En voyant s'approcher couteaux et fourchettes, le grand Carmichaël regretta les machineries du théâtre, quand son partenaire en coulisse, d'un mouvement de levier, pouvait l'escamoter de la scène dans un rideau de fumée.

Le superintendant Goodfield, heureusement absent de Londres pour raison de santé, eut la chance cette fois d'échapper au mystère de la « boutique sanglante ». De retour de vacances bien méritées dans le midi de la France, on ne lui glissa qu'un dossier incomplet à parcourir, classer et oublier au fond des tiroirs aux incongruités. Le seul coup d'œil las qu'il jeta suffit cependant à le replonger dans cet état d'égarement chronique qui lui minait l'entendement avant sa convalescence, lorsque le moindre écho de comptine, la plus puérile allusion à un conte de fées le faisait sursauter et lâcher d'incontrôlables chapelets de hoquets.

Le seul témoin de l'affaire rapportait « qu'étant entrée dans la boutique de jouets de Mr Hatch récupérer une poupée en réparation que sa petite-nièce avait abîmée, elle s'était permis, comme Mr Hatch ne répondait pas à ses coups de sonnette répétés, de pénétrer dans son atelier où de nombreuses fois elle était venue le surprendre, si absorbé par son travail de souris qu'il n'entendait plus rien ». La vieille dame avait failli s'évanouir en découvrant son cadavre — le crâne fracassé — allongé dans un lac de sang auprès d'un gentleman dont le corps — Mon Dieu, elle ne l'oublierait jamais et ne pouvait plus désormais s'endormir sans une dame de compagnie, la nuit, à son chevet — gisait, un couteau planté dans le cœur et des fourchettes dans les yeux.

Mais ce n'était pas tout car, au moment où elle se précipitait dehors pour appeler à l'aide, trois démons certainement à l'affût dans l'ombre l'avaient bousculée à terre. Ils s'étaient volatilisés d'un seul coup... mais elle avait eu le temps de les apercevoir. « D'abord une espèce de fouine avec une théière à la main, un lièvre en jaquette et enfin celui qui semblait mener la danse : un Gobelin très maigre, au long nez pointu. L'allure d'un fou mais correctement vêtu d'une redingote à basques, un nœud papillon bleu en guise de cravate, coiffé d'un chapeau trop grand pour sa taille, mais qu'il venait certainement d'acheter car le prix était encore glissé dans le ruban. »

Goodfield n'en lut pas davantage. Il n'osa pas soupirer de peur de réveiller quelques souris assassines, aux aguets sous les planchers de Scotland Yard.

Trois

Bercé par le cahot régulier de la voiture qui le ramenait à Lyndhurst, Lancelyn Reed Collingwood songeait à ses conceptions du Landscape Gardening — ou jardin paysager — qu'il allait devoir abandonner, renier au profit de ces molles et vides étendues, quadrillées de rectilignes allées menant à d'ineptes bosquets de buis dépourvus de mystère. Des pelouses, rien que des pelouses rases, ponctuées de sottes plates-bandes, de gloriettes vulgaires, d'arbres piqués comme des poireaux à la manière française, emprisonnés de haies taillées et d'édifices modernes du plus mauvais goût bien dans l'esprit et les exigences de la nouvelle classe bourgeoise et des parvenus ignares issus de la révolution industrielle. Un parc désincarné, débarrassé de sa flore naturelle, de ses courbes, de ses vallons ensauvagés, de ses bois ombragés où, sous le feuillage, se devinaient les fées et le *genius loci.* Ce serait un parc pour ventres gras barrés de chaîne de montre en or, de sportsmen hâlés et sans cervelle, le torse bombé sous la veste armoriée aux couleurs de leur club de polo, de cricket ou d'aviron... de sottes héritières en organdi à la recherche d'un beau parti. Formé aux écoles de John Vanbrugh (1664-1726), de James Gibbs (1682-1754), de Humphry Repton (1752-1818) et surtout du visionnaire Lancelot Brown — dit Capability Brown (1716-1783) —, pionnier du réenchantement paysager, à qui l'on devait les jardins paradisiaques de Stowe (Buckinghamshire), de Stourhead (Wiltshire), où se cachaient grottes et temples dédiés aux divinités où, par-dessus les eaux libérées, se miraient des saules célestes et des ponts palladiens, il ne pouvait accepter de participer à cette domestication et désacralisation de la nature par une société au matérialisme triomphant. Pourtant il l'avait fait. Il avait signé, séduit par la somme tentante inscrite en bas du contrat. Grâce à cette petite fortune, certes, il pourrait enfin réaliser son œuvre : acheter Verderer's Hall et dessiner, créer, voir pousser autour le jardin de ses rêves. Mais à quel prix ?! Le prix, il le connaissait à présent car il le tenait serré dans son portefeuille...

Et puis, qu'aurait dit Lucy, sa Lucy, si elle avait appris son refus ? Il n'osait y penser. Il savait qu'il ne la trouverait pas au cottage en rentrant, appelée à Bath par une vieille tante qui y prenait les eaux. À quoi donc pouvait-elle s'occuper auprès de cette affreuse coquette toujours assoiffée de bals et de mondanités ? Lancelyn n'avait pas su cacher son dépit lorsqu'elle avait accepté joyeusement l'invitation, surtout quand il avait fortuitement appris que ce gandin fortuné de Screw — qui ne manquait jamais une occasion de venir jouer de son charme dès qu'il s'absentait — y serait aussi.

Une brusque embardée le tira soudainement du puits de sombres doutes dans lequel il s'enfonçait. Il baissa la vitre et reçut au passage une rafale de vent et de pluie fine. On était en février, mois d'averses et de neige quand la Vieille de l'hiver menacée d'anathème par l'approche du printemps crache ses derniers et pires venins. Mais elle pourrait souffler tout son saoul son haleine de gel sur les bois, elle n'empêcherait pas l'aube d'or des chatons d'illuminer les coudraies ni le perce-neige de fleurir.

Si Février n'a ni pluie ni giboulée
Seront mauvais tous les mois de l'année.

Février trop doux
Printemps en courroux.

Verglas et neige en février
Beau temps pour l'été.

Lancelyn enfila l'un derrière l'autre des dictons recueillis auprès de ses vieux jardiniers comme les anneaux de terre cuite d'un collier sans âge.

Le fiacre avait quitté la route de Winchester et s'engageait en tanguant sur le chemin crevassé des boueuses ornières de New Forest. À travers la vitre ruisselante, le ciel s'assombrit, noyé par l'ombre des chênes, des hêtres aux troncs lisses et noirâtres et des taillis. Ils dépassèrent la pierre de Stoney Cross où Guillaume le Roux, l'ancien maître des lieux, avait trouvé la mort. Une mort accidentelle ou criminelle, le mystère demeurait. Une flèche décochée lors d'une chasse par un certain Walter Tirel, détournée de sa trajectoire par l'écorce d'un arbre, était malencontreusement revenue se ficher dans la poitrine du fils du conquérant. La légende suggérait plutôt un sacrifice païen.

De loin en loin, le paysage s'effilochait, se transformait en landes, en marais voilés de stagnantes brumailles.

Lorsqu'ils traversèrent le bourg engourdi de Minstead, le soir tombait, et Lancelyn Reed Collingwood, le corps recroquevillé au fond de la banquette, la tête oscillant à droite, à gauche, cherchait dans le sommeil la porte du jardin perdu. Le cocher en profita pour allumer ses lanternes, vérifier l'attelage et s'envoyer deux ou trois copieux *toddies* avant de repartir, d'un galop ragaillardi, affronter les venteuses ténèbres.

La voiture acheva enfin sa course devant King's House à vingt heures. Le dernier tintement de bronze à peine s'éteignait au clocher que le cocher, le fouet sous le bras, les mantelets du carrick raidis par le gel, le nez violacé pardessus l'écharpe, sautait déjà de son siège pour ouvrir la portière et déplier le marchepied au passager.

— Lyndhurst ! annonça-t-il d'une voix fortement enrouée, vous voilà rendu, Sir ! En espérant que le voyage s'est bien passé...

Il remercia pour le pourboire d'un grognement et l'empocha avec la rapidité vorace d'un escamoteur.

Son sac à la main, Lancelyn, un peu hébété, regarda le véhicule s'ébranler dans un bruit de trot et d'essieux, les feux de ses falots bientôt étouffés par la nuit de grésil. Il tituba un instant sur le pavé, encore sous l'emprise du cauchemar que le contact avec la réalité des lieux ne parvenait pas tout à fait à déchirer. Il entendait, accrochées désespérément aux parois de sa pauvre tête désaccordée, les voix des nymphes, des naïades, des esprits champêtres et sylvestres lui reprocher sa faute et ses cinq deniers, avant que le vent les emporte, les éparpille, les perde à jamais.

De l'autre côté de la place chatoyaient au loin les chaleureuses fenêtres en culs de bouteille du Fox and Hounds, dansait joyeusement le chasseur jovial de l'enseigne. Son large sourire pardessus la chope levée invitait à entrer.

Un frisson pernicieux parcourut perfidement l'échine de Lancelyn, comme s'il préludait au silence glacé qui l'attendait dans sa maison déserte. Sans Lucy. Une maison morte et déjà hantée.

Lancelyn ne se sentit pas la force de l'affronter.

Pour rien au monde il n'y dormirait ce soir, mais prendrait une chambre au Fox and Hounds. C'est ce dont il avait besoin : du bruit, des plaisanteries, des chants; manger, boire et trinquer en insouciante compagnie. Se fondre et participer à la rustique bonne humeur villageoise dont il ne connaissait rien. Il se commanderait un copieux repas : une large part de steak-and-kidney pie, des saucisses et du fromage accompagnés de pickles. Pourquoi ne pas fêter dans la gaieté la signature de ce satané contrat que Lucy espérait ? Il commencerait par une bouteille de porto, du stout, des bordeaux et offrirait une tournée générale.

Il faisait si froid dehors, si chaud à l'intérieur ! L'auberge illuminée rappelait la rassurante image d'un feu de berger posé sur un bourbier hostile au secours du voyageur égaré.

Mais si éloigné semblait le fanal et le sol pour y parvenir si poreux que Lancelyn pensa ne jamais pouvoir l'atteindre. Il s'appuya contre le mur d'enceinte du cimetière, fasciné par le halo étoilé des fenêtres. Autour s'enfuyait la profonde et noire vastitude des cieux.

Lui parvint sur la droite, au fond de l'allée menant à l'église, un léger tintement qui allait et venait parmi les tombes. Il devina la forme indécise d'un chat blanc, un grelot retenu au cou par un ruban rose. Contre sa jambe, il sentit se frotter le doux pelage et sourit au chant de gorge du ronron.

— Toi aussi tu es perdu.

Du bout des doigts, il flatta la tête tendue vers lui et croisa les deux étincelles vertes des yeux.

— Dinah ! Dinah ! es-tu là ? demanda une voix.

Une voix faufilée à des menus pas pointus, cousus aux gravillons.

Il fallut à la petite fille le plus beau rayon de lune pour apparaître dans un cercle d'argent au milieu du sentier. D'un bond Dinah s'en retourna atterrir aux pieds de sa maîtresse chaussée de souliers vernis. Longs cheveux blonds bouclés et ruban bleu, robe sagement plissée, soigneusement protégée d'un blanc tablier, serrée à la taille d'un ruban bleu, bas blancs, la pâle fillette leva vers Lancelyn un joli minois à la bouche boudeuse.

— Ah, c'est vous ! C'est à cette heure que vous arrivez ? Nous vous attendions plus tôt. Auriez-vous traîné en chemin, comme cette désobéissante Dinah ou le Lapin blanc toujours en retard ? reprocha-t-elle dès que Lancelyn l'eut salué.

— C'est que... je ne savais pas que nous avions rendez-vous.

— De plus en plus pire, se rembrunit plus encore l'enfant. Vous admettez quand même que vous nous avez trahi.

— Oui, trahi ! crièrent en même temps une rose, un lys tigré, un bouquet de pâquerettes et un pied-d'alouette jaillis de l'ombre. Il y a de quoi vous faire faner sur pied.

— Et vous voici maintenant bien malade, gronda la demoiselle, fronçant les sourcils sous le bleu ruban. Enfin, tenez, prenez ceci, c'est deux pence la médication, reprit-elle en tirant de sa poche un petit flacon pourvu, autour de son goulot, d'une étiquette de papier portant les mots « Bois-moi », magnifiquement imprimés en gros caractères que sa main menue présenta.

Lancelyn l'entendit applaudir lorsqu'il vida le contenu d'un trait.

NURSERY CRIMES

> « *Une, deux ! une, deux ! Fulgurant, d'outre en outre,*
> *Le glaive vorpalin perce et tranche : flac-vlan !* »
>
> LEWIS CARROLL

Il y eut ce matin-là grande émotion et branle-bas sur la place du petit bourg de Lyndhurst, tout tourneboulé d'avoir perdu sa tranquillité. Quel malheur ! On l'aimait ce doux Lancelyn Reed Collingwood qui ne pensait qu'aux fleurs. Et son épouse qui n'était pas même là pour recevoir le corps ! Aux premières heures de l'aube, le vieux John Ives, atteint de cécité, que tout le monde surnommait Pew, en promenant son chien Tobby avait failli buter dessus. Heureusement que les aboiements du fox-terrier l'avaient averti à temps. L'homme était allongé, déjà raidi, au beau milieu de l'allée.

— J'ai tout de suite deviné qu'il était mort, en le tapotant du bout de ma canne, et j'ai appelé à l'aide aussitôt.

Une fois sur place, les autorités compétentes s'étaient appliquées à respecter les règles d'usage. En attendant la police, on n'avait rien touché, on n'avait pas piétiné autour, mais tous devinaient qu'il s'agissait d'un acte criminel.

D'un suicide peut-être. Certains songeaient aux absences répétées de la frivole Lucy.

— Dans tous les cas, un empoisonnement à cause de la bave vilainement figée sur les lèvres bleuies et le long du menton.

Hypothèse confirmée par le docteur lorsque, sous son nez, il passa le petit flacon pourvu autour de son goulot d'une étiquette de papier portant les mots « Bois-moi », magnifiquement imprimés en gros caractères, posé près du cadavre.

— Arsenic, renifla-t-il. Il a, ou on lui a fait avaler de l'arsenic.

Le policeman dépêché, s'adressant au témoin Pew, le calepin à la main, croisant le regard blanc, ravala à temps la question — s'il n'avait rien vu — , mais se trouva stupéfait lorsque ce dernier lui déclara qu'il y avait certainement là-dessous une histoire de petite fille.

— Une petite fille ! Qu'entendez-vous par là ?

— Ma foi, qu'une fillette se tenait ici, hier soir, à cet endroit.

— Et d'où tenez-vous cela ?

— Je suis peut-être aveugle, mais je peux encore sentir. J'ai l'avantage, entendez-vous, de posséder un sens olfactif particulièrement développé. Un véritable flair de limier !... s'exaltait-il, pointant en avant un appendice nasal veinulé et effectivement fort conséquent, dont il faisait frémir et palpiter les larges narines garnies de longs poils roux. Allons, dites-moi de quoi sont faits les petits garçons ?

— Mon Dieu... vous me prenez au dépourvu... Je n'en ai pas la moindre idée.

— Mais « de vinaigre et de limaçons.

Voilà de quoi sont faits les petits garçons ».

— Ah.

— Et les petites filles ?...

— « De vanille et de pain d'épice.

Voilà de quoi sont faites les petites filles. »

— Tiens donc.

Et, humant l'air ambiant, reniflant ici, reniflant là, à la façon d'un chien de chasse, le nez frétillant dans l'atmosphère ouatée de brume matinale, l'aveugle semblait danser et respirer, au milieu de l'assemblée consternée, les parfums que laissent, paraît-il, derrière elles les fées sur la rosée.

— Comment, vous ne sentez pas ces essences de miel, de vanille, de sucre glacé, d'anis et de dentelles amidonnées ? Il y avait cette nuit une petite fille qui se tenait ici, auprès de feu Lancelyn Collingwood. J'ajouterai également, et j'en mettrai ma main à couper, renchérit-il, sans crainte de s'infliger une autre infirmité, la présence d'un chat... Plus précisément d'une chatte blanche.

— B... blanche ?

— Les chattes blanches, voyez-vous, dégagent un arôme tout à fait caractéristique, surtout celles qu'une enfant a l'habitude de câliner... D'ailleurs Tobby pourrait vous le confirmer.

Il fallut énormément de concentration, d'encre, de papiers chiffonnés jetés à la corbeille, pour que le policeman Wardel termine la rédaction de son rapport. Après l'avoir lu, relu, fait lire à son épouse qui lui conseilla de démissionner au plus tôt. Après l'avoir plus de cent fois raturé, dépouillé, expurgé, réduit à quelques constatations techniques, il finit tout de même par l'envoyer au Yard, où il atterrit un matin sur le bureau de Goodfield.

Malgré la prudente sécheresse stylistique du compte rendu, il devina les grimaces moqueuses des chats blancs, des griffons, des vaches volantes et autres niaiseries des nurseries lui tirer la langue entre les lignes. Sa pauvre raison sombrait lentement tandis qu'il entendait la neige tomber, évanescente, à travers les fenêtres, sur les dossiers empilés des affaires non élucidées. Oui, l'*Illustrated Police News*, la *Pallmall Gazette*, le *Sunday Chronicle*, le *Times*, le *Daily Telegraph*, le *Punch*, le *Monmouthshire Merlin and South Wales Advertiser*, le *Referee*, le *Weekly Budget*, le *Lloyd's Weekly News*, ainsi que les racoleuses feuilles de chou à un sou avaient raison : la terreur était générale sur tout le pays. Elle s'étendait sur les villes et les campagnes, s'insinuait entre les jardinets alignés des banlieues, aussi bien que sur les sommets crayeux des *moors* du Yorkshire, dérivait le long des berges mélancoliques de la Tamise. Elle précédait aussi la neige sur les tombes et les croix bancales du petit cimetière solitaire perché sur la colline où Mic Ferret allait être enterré.

Mic Ferret, patron d'une petite entreprise de démolition, fut découvert, un jour de mars, coupé en deux par la lame d'une scie circulaire, dans son atelier. On allait conclure à une mort accidentelle, quand un jeune apprenti qui, chassé par les grêles d'une giboulée, était allé se réfugier sous un appentis tout proche, vint, malgré l'incohérence de ses propos, relancer l'enquête sur une autre piste. Alerté par les cris d'effroi et les appels au secours de son maître, il était accouru aussitôt, mais trop tard. Les deux tronçons du corps gisaient déjà de chaque côté de la machine, toutefois il avait eu le temps de voir s'échapper en ricanant un homme très petit, revêtu d'un déguisement de lièvre, « un déguisement parfaitement imité. On aurait dit un vrai ».

Durant les doux mois renaissants de mars, avril, alors que le coucou par ses deux notes ouvrait les portes au printemps, on eut encore à déplorer une vague de crimes affreux. Alors que bosquets et taillis s'enfeuillaient d'une buée verdelette, que les haies s'étoilaient de blancheur, que rosissaient les vergers, que les jacinthes tapissaient de clochettes bleues les clairières du sous-bois, on compta un important propriétaire terrien égorgé, un bûcheron démembré, une capricieuse héritière étripée, un ministre défenestré, un hôtelier décapité, chacun occis successivement par une galerie de suspects plus fantasques les uns que les autres. On avait cru deviner une petite Bo-Peep de bergère, un chat souriant dont le corps s'était estompé dans l'invisible, un lutin-marchand de sable, un individu grimé en roi de pacotille, barbe blanche, pipe au bec. Mais lorsque le cinquième fut décrit comme « une vieille grand-mère à chapeau pointu montée sur une oie », Goodfield n'y tint plus. Ça ne tenait pas debout. Qui étaient ces assassins saugrenus ? Pourquoi ces déguisements ? Il semblait ne pas y avoir de liens entre les victimes. À quoi correspondaient ces jeux pervers ? Désir de vengeance ou actes de pure démence ?

— Tout cela n'a ni queue ni tête ! tempêta-t-il, frappant du poing sur le bureau. Ou bien derrière toutes ces sanglantes et abracadabrantes mises en scène se cache dans l'ombre une intelligence diabolique qui en tire les ficelles. Ou bien...

Mais il eut beau fouiller longuement au fond de sa longue expérience criminelle, à la recherche de quelques autres explications logiques... n'y trouvant que du nébuleux et de l'occulte, il retomba épuisé sur sa chaise.

— Ou bien...

— Ou bien ?... l'encouragea avec bienveillance le ministre, entouré des personnalités les plus gradées du Yard.

— Ou bien... Mon Dieu, je ne sais pas, avoua-t-il, déconfit.

— Comment, vous voulez dire que vous abandonnez ? Impossible. Un criminel quel qu'il soit ne peut ainsi agir impunément et ridiculiser la plus efficace des polices. Réagissez, bon Dieu de bois, Goodfield, il s'agit de l'honneur du Yard.

— C'est que... En ce qui concerne ce genre d'histoires à dormir debout... je ne connais qu'une seule personne susceptible d'y comprendre quelque chose... hasarda-t-il prudemment.

— Qui donc ? souffla le ministre d'un ton déjà empreint de méfiance.

— Perthwee, déglutit-il dans un murmure de souris sous la patte d'un chat.

— Perthwee ! s'empourpra Sir Charles Warren, faisant sursauter les premières mouches de l'année. Vous voulez dire C. Marmaduke Perthee[1] ! Le détective des Fées ! La honte de Scotland Yard ! Ce... Cette espèce de décadent ridiculement vêtu,

1. Voir *Les Contes de crimes*, des mêmes auteur et éditeur de la rue du Dragon (repris en Folio, n° 4885).

chapeauté, jaboté, botté de rose et mauve et aussi parfumé qu'une coquette de Mayfair et que nous avons fort heureusement viré de la maison parce qu'il avait... parce qu'il avait...

— Parce qu'il avait découvert l'identité de Jack l'Éventreur, osa susurrer Goodfield, s'attirant aussitôt les foudres de l'assemblée.

— Pas d'insinuation douteuse, Goodfield, tonna Macnaghten. Vous savez que cette sulfureuse affaire ne doit jamais être mentionnée. Toute cette histoire n'a jamais existé. Vous m'entendez.

— J'entends, Sir, j'entends. Malgré tout j'incline à penser qu'en ce qui concerne le cas présent, Perthwee serait le plus à même de démêler l'intrigue. Ces lapins, ces chevaliers rouges, griffons, cartes à jouer et autres pantins tueurs font partie d'un monde chimérique qui n'a plus de secret pour lui.

— Perthwee, dites-vous. Perthwee, répétait Warren, comme pour essayer de se convaincre.

— On peut toujours essayer, au point où nous en sommes.

— Hmmm. Savez-vous au moins où votre chasseur de croquemitaine est allé se terrer? Aux dernières nouvelles, il avait quitté Londres, je crois.

— Peut-être qu'à force de traquer les fées, il est devenu l'une d'elles, ironisa l'inspecteur-chef Walrus, pulvérisé sur-le-champ par huit paires d'yeux glacés.

— Perthwee s'est retiré à Buckland-in-the-Moor.

— C'est bon, Goodfield. Vous avez carte blanche. Mais n'oubliez pas : ceci est officieux, de la discrétion, Goodfield, de la discrétion... Et surtout que votre Perthwee nous évite ses discours sur l'existence des Elfes, et ses effets de cape violette.

Et c'est ainsi que les dossiers, délivrés du placard aux affaires classées, s'envolèrent à tire-d'aile jusqu'au bucolique presbytère du détective des Fées.

LE PARAPLUIE DU PRESBYTÈRE

« Il est beau l'antique presbytère,
Le presbytère de Croft,
Le soleil le baigne de sa lumière
Et la brise doucement le frôle. »

LEWIS CARROLL

La chorale de l'aube s'égosillait, pépiait, gazouillait, roucoulait d'un chœur céleste par-dessus le village. Petits chantres des haies et landes, fauvettes, pinsons, mésanges, moineaux et verdiers semaient à tout-va leurs grainées de notes sur les repousses de mai. Autour du clocher de Saint Pancras Church qui dominait le hameau, des bandes stridulantes d'hirondelles et martinets affolaient par leurs vertigineux manèges les grognons choucas des tours renfrognés sur leur corniche, piquaient ensemble une même vibrante et tourbillonnante plongée vers la façade de l'Old Inn et, soudainement, mues par un message indicible, s'éparpillaient d'ailes en ailes de tous côtés. Par deux, par trois, par quatre, ils montaient au sommet de l'aurore y picorer un duvet d'étincelles à ramener au nid, replongeaient en zigzag sur les cheminées de Widecombe, puis voletaient au ras des toits en d'autres directions... vers les landes de bruyère de Grimspounds, les fermes disséminées entre *moor* et bocage, frôlaient les bosquets au-delà de Rider's Hill, le long des rives moussues de la River Teign et, planant un instant sur les amas pierreux des tors, s'égaillaient sur les chaumes des accueillants cottages de Buckland-in-the-Moor.

Assis près de la fenêtre, sa théière apprivoisée sur les genoux, Ackroyd observait avec ravissement leur élégant ballet, leur va-et-vient incessant, la paille au bec, entre les branches de lilas pourpre qui, enchevêtrées à la haie d'épine et d'églantiers, entouraient au chaud l'antique presbytère.

— C'était un beau soir d'automne, et les superbes effets de l'aberration chromatique commençaient à se manifester tandis que la terre se détournait en pivotant du grand luminaire occidental, marmonna-t-il, ébloui.

— Indéniablement, cher Ackroyd, indéniablement, l'approuva, distrait, Perthwee, absorbé par la lecture des piles de dossiers reçus la veille.

Certes, il aurait pu prêter plus d'attention à son vieil ami et ex-biographe, dont l'esprit depuis quelques années s'était arrêté dans la marche du temps pour s'en retourner avec bonheur sur les chemins perdus de l'enfance. Certes, il aurait pu lui faire remarquer que les rayons clairs traversant les rideaux n'étaient point ceux d'un soir d'automne, mais ceux d'une belle matinée de printemps. Mais pour quelle raison aurait-il dû décevoir sa rêverie en la ramenant à la réalité d'un instant glissant déjà vers le soir et, inévitablement, vers un autre automne ?

Doucement il repoussa du bureau son lapin blanc occupé à grignoter consciencieusement le bois d'un porte-plume et, tournant à demi la tête vers la fenêtre :

— Avez-vous jeté un coup d'œil sur ces rapports ?

— Cette nuit même, je n'arrivais pas à dormir avec tous ces Pixies jouant dans la penderie. J'y ai même noté quelque chose de particulièrement bizarre qui devrait vous intéresser...

— Quoi donc ?...

— N'avez-vous pas remarqué un détail des plus étranges...

— Mais tout dans ces affaires me semble aussi bizarre qu'étrange. La singularité des crimes, comme celle des assassins.

— Allons, Perthwee, je ne vous parle pas des crimes ni des assassins... mais des témoins.

— Des témoins ?! s'étonna le détective des fées, bouche bée.

— C'est pourtant flagrant. Ça ne vous a pas interpellé... Énumérons-les, voulez-vous. D'abord un vagabond irlandais porté sur la bouteille, ensuite une gardeuse d'oies, ensuite encore un veilleur de nuit chenu, puis une pauvre petite marchande d'allumettes. Vous me suivez toujours ?

— Je vous écoute attentivement, Ackroyd, mais je ne vois toujours pas.

— Attendez un peu. Nous avons maintenant la vieille dame à la poupée, et enfin un aveugle, sans compter les individus les plus disparates qui s'ensuivent...

— Alors ?! s'impatienta Perthwee.

— Alors je suis absolument certain qu'il s'agit toujours de la même personne. D'un seul individu qui à chaque fois s'est habilement déguisé pour emprunter une identité différente.

— Vous insinuez qu'il aurait pu tromper son monde en passant de l'ivrogne à une jeune et rose paysanne, d'une frêle enfant à moitié morte de froid à un aveugle aux yeux blancs...

— Exactement. Et je peux, sans détour, vous révéler son nom. Cette façon bien à lui d'opérer, de se grimer tantôt en marin, en vieille lady, en clergyman, ça ne vous rappelle rien...

— ...

— Mon Dieu, Perthwee, vous m'inquiétez ! Je crains que cette vie oisive à la campagne ne vous ait fait perdre une grande partie de votre pétillante vivacité d'esprit. Ne vous souvenez-vous pas de votre rival ? Ce grand escogriffe efflanqué, coiffé d'une ridicule casquette et toujours à ramper par terre une loupe à la main. Hemlock Marple. La plupart de son temps traînant à ses basques une espèce d'herboriste ou de vétérinaire, je crois, écrivaillon à ses heures : un certain Hudson si ma mémoire est bonne. C'est lui, vous pouvez m'en croire. Il est déjà sur la piste pour essayer de vous doubler !

Le soupir que Perthwee poussa fendit le cœur des farfadets en train de galoper au grenier, puis, s'échappant par la cheminée, frappa en plein vol une pauvre alouette qui, soudain déprimée, s'en alla sur une branche pleurnicher le reste de la journée.

— C'est bien, Ackroyd, sourit Perthwee, en tapotant tendrement l'épaule de son ami. Je vous remercie. Vos ressources sont inépuisables.

Que deviendrais-je sans vous ? Mais prenez garde, votre théière va tomber.

— Oh, pour cela, aucun danger, je lui ai donné du cake aux raisins, le rassura Ackroyd, chaussant ses besicles pour s'installer devant ses livres d'images, et ses contes à chanter :

Chantez une chanson de six pence,
Une poche pleine de seigle,
Vingt-quatre merles
Cuits dans une tourte.
Quand la tourte fut ouverte,
Les oiseaux se sont mis à chanter,
N'est-ce pas un joli plat à mettre devant le roi ?

Et sur fond de serinettes, Perthwee se remit au travail, comme si crimes et comptines pouvaient, au fond, rimer.

Cela faisait une bonne dizaine d'années maintenant — le temps se conte mais ne compte guère — que Perthwee et Ackroyd avaient fui Londres pour venir s'installer dans ce val oublié du Devonshire, semblable à une de ces îles enchantées : Avalon, Tir Nan Og ou Hy-Breasail, ces fragments de jardin arrachés à des royaumes sans âge, glissant à la dérive pour s'arrêter ici et là, avant que le vent plus loin les entraîne sur les cartes légendaires. Un hameau de quelques chaumières blanchies à la chaux, enfouies au milieu des bois, sous des buissonnances de glycines, de quenouilles d'épilobes, de capucines grimpantes, de rosiers et de pois de senteur. Puck devait y venir, les nuits d'été, jouer de la flûte et faire danser les fées. Perthwee, encharmé par les lieux et par le vieux presbytère abandonné à l'écart, avait devant le seuil planté son parapluie, décidé à y enterrer à jamais les fantômes sanglants des croquemitaines, des chaperons rouges à la hache, des Belles dormantes empoisonneuses qui toujours le poursuivaient.

La jeunesse s'était enfuie, ses cheveux blanchissaient, se fanaient ses violets et mauves atours, s'effilochaient ses jabots. Sa fluide taille de danseur fléchissait. Il s'était mis à écrire des « Fairy Tales », une biographie de Thomas le Rimeur, un ouvrage sur le folklore des modistes et chapeliers et à l'aquarelle.

À ses côtés, Ackroyd, plus âgé, vieillissait à travers un visage d'enfant. On eût dit que le temps, hésitant à en chiffonner la candeur, avait préféré le friper en dedans. Tout son organisme intérieur, si on l'avait observé par une fenêtre, devait ressembler à un paysage ratatiné, miniaturisé, sur le point de tomber en poussière afin de faire toute la place à l'épanouissement de l'âme. D'une âme, qui, trop étroitement logée, parfois débordait ses pensées.

Ils ne se rendaient jamais en ville : Buckfastleigh, Totness, ou, plus loin, Exeter, mais préféraient s'approvisionner aux boutiques des petits bourgs voisins. Ils ne fréquentaient personne — les tenues excentriques du détective des fées n'encourageant guère les familiarités. Ils se promenaient souvent et longuement dans les bois ou exploraient les vastes étendues sauvages du *moor* veillées par les hauts rocs dressés des tors, dans la pierre desquels le vent avait gravé ses contes et légendes : des histoires de Dame Blanche, de Pixies, de cocher sans tête, de jument fantôme, de fées et d'un chien de meute jailli de l'enfer...

Des histoires qu'ils collectionnaient tout en jardinant, en herborisant, en mijotant des confitures.

Sous le toit rassurant de l'antique presbytère dont le chaume abritait chaleureusement toutes les faunes et flores de passages : oiseaux, souris, loirs, hiboux, papillonnances ailées et génies familiers, Perthwee avait fini par noyer au fond de ses aquarelles son passé de traqueur d'ogres et d'ogresses, de spécialiste à démêler l'inexplicable et les charades métaphysiques. De temps à autre pourtant une buée nostalgique ramenait à la surface de sa mémoire le beau et préraphaélique visage d'une châtelaine meurtrière[1] qu'il avait admiré au cœur des brumes ardennaises... Et ses pommettes ridées rosissaient de plaisir lorsqu'il se remémorait ses succès et l'enivrante

1. Cf. « Rapunzel », *Les Contes de crimes, op. cit.*

exaltation des périlleux cache-cache à la frontière des deux mondes... sur ces rives friables où Goodfield venait, brutalement, de le ramener.

Il ne devait point faillir. C'était Merlin qui, du fond des éternités, lui lançait un défi en le rappelant sur les voies de la quête. Ackroyd, absorbé par sa lecture, ne le vit pas sortir, chapeau posé crânement sur la tête et canne de jonc virevoltant au bout des doigts, une rose thé cueillie sur la treille épinglée à la boutonnière.

Rien de mieux qu'une marche à travers la lande jusqu'à Jay's Grave pour lui stimuler le périsprit et provoquer les transes de médiumnité mécanique dont il avait besoin afin de retrouver le fil qui forcément devait se trouver dissimulé au plus secret des ronces et des fausses pistes du labyrinthe. Car même les contes les plus irrationnels, les plus obscurément touffus cachent toujours un chemin menant à la fleur d'or ou au château de la Belle Dormante. Les sorcières, les mirages, les ogres et les Dragons ne sont là que pour en détourner l'ignorant — celui qui, cuirassé de raison et de logique, ne sait plus se fier aux bruissements de l'instinct, ni s'abandonner à la pensée magique.

Perthwee n'avait plus besoin de s'embarrasser des comptes rendus aveuglément retranscrits et mal interprétés des dossiers. Tout était inscrit, image par image, au fond de ses yeux verts, présenté en vrac tel un puzzle éclaté, ou plus exactement comme les cartes malignement distribuées d'un tarot divinatoire, dont les arcanes ne demandaient qu'à parler.

Après les avoir classés, il les aligna en ordre sur le tapis herbu de l'horizon. Un rang pardessus pour les victimes, un rang pour les assassins, en prenant soin que chacune corresponde bien à son chacun.

La première lame représentait Lord Caldecoat posant avantageusement en costume de chasse, la botte posée sur un renard mort. Important propriétaire terrien, jovial et bon vivant, apprécié par ses gens. Apparemment sans histoire, si ce n'est les soucis que lui causaient sa luciférienne de fille et son débauché de fils, endetté jusqu'au cou par ses pertes au jeu ; innocentés tous les deux par l'enquête menée par l'inspecteur-chef Walrus, ils avaient hérité de tous les biens du squire, châteaux, bois et fermes, ainsi que des prairies sur la Thames Valley que le squire avait achetées avant son décès.

En vis-à-vis, l'image d'un chevalier, vêtu de rouge, attendait sa proie sur le pont, lance au poing.

La carte voisine montrait un jeune et athlétique joueur de cricket, le teint hâlé, la mèche rebelle et charmeuse, exhibant triomphalement la coupe de la victoire devant une cour de jeunes beautés enamourées. On le devinait plein d'avenir — à tort — : le tranchant d'un couteau lui ayant fauché l'herbe sous le pied, avant qu'il ne puisse profiter des largesses de son père et de la direction du colossal Royal Windsor Cricket Club.

Que s'était-il réellement passé, dans la cabane, derrière Daffodil's Vale ? Rivalité sportive ou passionnelle. Jalousie d'un mari trompé... ou autre chose encore ? Toute l'affaire baignait dans le flou et le non-dit. On avait même évoqué une vache volante et un chat violoneux. Goodfield, pour le coup, était resté singulièrement évasif et discret.

Au-dessous, Humpty Dumpty, l'assassin présumé, perché sur son mur, un sourire mauvais malhabilement tracé sur son crâne d'œuf, aiguisait le fil d'un lardoir de boucher.

L'autre carte, poudrée de paillettes argentées comme sur un chromo de Noël, présentait dans un charmant décor de clochers, de tourelles, de petit pont, de maisonnettes aux toitures enneigées sous un ciel étoilé, le cadavre du vieil Alister Bridestowe, père malheureux du regretté James Bridestowe, ex-champion de cricket, allongé, bras en croix, le nez dans le givre. Jusqu'au bout il s'était battu pour mener à bien son miragineux projet que de tristes margoulins allaient reprendre à leur compte.

Au-dessous, Perthwee retourna un simple as de cœur.

Et puis venait la carte de la Dame, la divine Lady Slumkey du manoir Slumkey, aussi gracieuse et auréolée qu'une fée parmi ses voilages lunaires et les bougies dorées du sapin. On l'eût prise pour une reine de théâtre s'apprêtant à un dernier salut sous les applaudissements... Perthwee imagina la stupeur horrifiée des spectateurs lorsque son adorable tête, soudainement, sur le tapis avait roulé.

Le cas de la Belle fortunée était fort compliqué. Vengeance du fiancé éconduit ? Mais si Screw — que Perthwee trouvait toujours trop présent lors des crimes — avait présenté un peu crédible alibi, il voyait mal ce frileux gandin jouer les acrobates voltigeant de toit en balcon, affublé d'une cape et brandissant un cimeterre.

Quant au prétendant florentin — dont l'existence princière finit par être révélée grâce à l'information d'une confidente de la victime —, malgré d'intensives recherches, on n'en retrouva jamais la trace.

Dessous, le pendant de la carte tragique énonçait, à travers le regard fiévreux de la petite marchande d'allumettes, une suite nébuleuse de griffon, de tortue fantaisie, d'oie farcie de pruneaux, d'un poêle rougeoyant, d'un arbre de Noël et d'un fantôme de grand-mère. En titre du cortège, une bannière déployait en grand le mot : « Hjckrrh » !

La cinquième carte sortit toute seule de la manchette de Perthwee. Tout de suite il reconnut celle du Fantastique Carmichaël. En habit de gala, plastron éclatant et haut-de-forme à reflets, il se tenait tel que sur ses affiches publicitaires placardées aux portes des théâtres, si ce n'était sa mine déconfite devant une table dressée pour le thé, des fauteuils vides et, dépassant de la nappe, deux pieds dans une mare de sang. Cette fois, le Fantastique Carmichaël s'était fourvoyé dans ses tours de passe-passe.

L'enquête avait révélé qu'il venait de signer un mirobolant contrat, l'engageant à réaliser un « Palais des illusions » qui prendrait place au sein d'un immense parc d'attractions, de sports et loisirs d'une nouvelle conception, prévu dans l'Oxfordshire.

Drôle d'idée, pensa le détective des fées avant de reprendre le cours sinueux de ses méditations.

Ce que le magicien avait alors tiré de son chapeau n'avait certainement pas correspondu à ce qu'il attendait.

Les trois assassins apparaissaient dans le reflet de la lame de tarot comme dans un vilain jeu de miroir : un lièvre au regard sournois, un loir endormi et un manniquet maigrichon au chapeau trop grand.

La sixième carte frémit tristement dans la main de Perthwee. Un soupir vaporeux en sortit, esquissant la syllabe d'un prénom et le contour à peine tracé d'un visage féminin qu'un sanglot vint effacer semblablement à l'intuitive présence d'un esprit qu'un simple mouvement éclipse.

— Que veux-tu me dire ? demanda Perthwee penché sur le pâle visage de Lancelyn Collingwood, perdu dans la nuit bruineuse d'une allée de cimetière.

Sa mince silhouette vacillait, menacée de toutes parts par les hantises que sa mauvaise conscience créait sur son passage : arbres-ogres, les flancs saignants, les branches griffues, dryades pleureuses et nymphes vengeresses brandissant des moignons couverts de sève.

Perthwee reconnut les courbes douces et les vallons verdoyants d'un paysage familier resurgi de sa jeunesse qu'une pioche éventrait, que des socs de charrues labouraient. On en rasait les bosquets, déracinait les majestueux chênes centenaires, défrichait les saules penchés sur la rivière... et par jonchées, les fleurs, sous la marche des faux, disparaissaient pour toujours.

— Que veux-tu me dire, Lancelyn ? répéta Perthwee, aspiré par l'abîme de détresse que la carte creusait comme un puits très profond où s'achevaient les désirs et les rêves.

Agrippé à la margelle, il y devina les images regrettées d'une belle maison heureuse ouverte sur un jardin idéal mais déjà contaminé par la jolie et puérile belle Dame qui s'y promenait en écrasant machinalement la virginale blancheur des lys, l'attention attirée ailleurs par les fastes clinquants et les flatteries mensongères. La faute était prémonitoire.

Compatissant, Perthwee ferma avec tendresse les yeux de Lancelyn en souhaitant qu'il puisse accomplir dans la paix, de l'autre côté du miroir, son verger d'éternité. Puis, se tournant vers celle qui avait tendu la coupe fatale, il croisa le regard absent de l'enfant.

Une fillette, trop angélique pour comprendre la cruauté de la sentence que, sans doute, son geste somnambule épouvanterait dès qu'elle se réveillerait. À moins qu'elle n'en sût jamais rien.

Car tout ceci sans doute devrait demeurer,
Du reste des humains à jamais ignoré,
Un secret : un secret entre vous et moi-même.

Il désirait prêter crédit d'innocence au minois émerveillé, sagement encadré de boucles blondes frisées au fer, à la jupe plissée bleu d'azur protégée d'un blanc tablier, aux hautes chaussettes tricotées par les aiguilles d'une horloge à coucou. Perthwee la laissa disparaître,

Dinah sur ses talons vernis, à l'intérieur du petit flacon pourvu, autour de son goulot, d'une étiquette de papier portant les mots « Bois-moi », magnifiquement imprimés en gros caractères.

Perthwee entendit les tintements du grelot diminuer au fond de la bouteille. D'un glissement rayonnant du pouce sur l'index, il ouvrit le reste du jeu en éventail : un patron d'entreprise de démolition, coupé en deux par un lièvre, un propriétaire terrien égorgé par une bergère, un bûcheron démembré et un chat souriant assassin, une héritière laissant ses tripes entre les mains d'un Wee Willie Winkle, un ministre jeté d'un septième étage par un vieux roi Cole, la tête coupée d'un hôtelier brandie triomphalement au bout du maigre bras de Mère l'Oye... Somme toute, ces crimes répétaient toujours la même histoire. C'était comme autant de contes et de comptines rassemblés dans un même recueil de contes de fées, à la façon des frères Grimm, Charles Perrault ou Mère l'Oye... Mais quel message cachait cette succession d'images, d'épisodes saugrenus dont la collection semblait ne pas devoir s'achever ? Qu'avaient donc à cacher toutes ces victimes, quelles indicibles filandres les reliaient entre elles et surtout de quelle faute grave s'étaient rendus coupables tous ces gens d'origines et conditions si disparates, pour attirer sur eux la colère des... ?

De qui ? De quoi ? De qu'est-ce ?

Tous les bourreaux soupçonnés paraissaient, à première vue, posséder d'évidentes particularités propres à l'Autre Monde. Perthwee ne croyait pas à la version d'un seul et même assassin capable de se travestir en Humpty Dumpty, en chat, en fillette, en griffon, en loir et Dieu sait quoi encore. C'était humainement impossible. Aussi inconcevable que cela puisse paraître, il devait s'agir d'authentiques as de pique, lièvre de Mars et Gobelins sortis de leur royaume légendaire pour une raison précise.

Toutes les fées n'étaient pas gentilles et pouvaient même, si elles se sentaient menacées, se montrer fort dangereuses. Or, la douloureuse confession de Lancelyn qui, en détruisant leurs vallons et bosquets, s'accusait de les chasser des Bienheureux Séjours, semblait appuyer sa thèse, mais qu'en était-il des autres ? Un démolisseur, un bûcheron, peut-être, mais un squire, un magicien ou un joueur de cricket, cela demandait réflexion, ainsi qu'une recherche approfondie.

Occupé par ses réflexions, Perthwee tout cheminant était enfin parvenu à Jay's Grave. Il choisit pour s'asseoir un muret bas de pierres sèches recouvert de fougères et de mousses odorantes.

Les fées des contes, les marraines fileuses de l'enfance, les créatures de féerie s'étaient-elles révoltées toutes seules ou bien quelqu'un d'ici-bas — un intermédiaire très influent — les y avait-il incité ?...

Étirant ses vieux membres las, « l'indésirable de Scotland Yard » se laissa avec soulagement gagner par la mélancolie apaisée des lieux. La tombe de Jay se bornait à un humble tertre herbu et rectangulaire, entouré de quelques cailloux pour en retenir la terre. L'histoire de la pauvre enfant qui y reposait ressemblait à une de ces complaintes à deux sous vendues par les colporteurs pour faire pleurer Margot. La jolie Kitty Jay, naïve servante au Ring of Bells de North Bovey, séduite, engrossée, puis abandonnée, comme l'usage le voulait, par un jeune squire débauché, était allée se pendre de désespoir au premier arbre venu. On l'avait enterrée loin du village, dans un coin isolé près de Cripton Down, pas loin de Hound Tor, un croisement de quatre sentiers, afin que son fantôme demeure sur place et ne puisse trouver le chemin pour aller se venger, comme l'usage également le voulait.

Le temps passant, l'herbe poussant, Jay, sous son bout de lande, avait trouvé la paix. Le folklore local en avait fait, petit à petit, une sorte de Belle Endormie. Une fée qui exauçait les vœux. On venait des environs chercher de la consolation sur sa tombe, été comme hiver, toujours fleurie par des mains mystérieuses — certains préféraient désigner ses amis les Pixies.

Perthwee aimait l'endroit empreint d'amour et de pardon. Une enclave pour alouettes. Et si un jour, pensa-t-il en frémissant tout à coup, un fermier avide y venait planter son soc dans l'idée d'agrandir son champ ou construire une nouvelle métairie, il n'osait imaginer la détresse des espérances et des rêves qu'on y avait enfouis.

Avant de quitter Jay's Grave et de lentement s'en retourner, il déposa sur le tertre une couronne de myosotis, de pâquerettes et de boutons-d'or, tendrement tressée.

Derrière lui, Perthwee entendit le feuillage bouger et devina qu'on l'épiait. Un lapin ou un lièvre peut-être. Peut-être un lapin blanc ou un lièvre de Mars.

Sans crainte, il continua son chemin. Confusément il sentait qu'il n'appartenait pas à la liste des accusés.

LE MAGAZINE DU PRESBYTÈRE

Il délire, mais sa folie ne manque pas de logique.

SKAKESPEARE,
Hamlet

Perthwee rentra au presbytère accompagné d'une bienveillante ondée chantante. Une pluie de jardinage céleste idéale pour purifier les nues, éclaircir le cantique des oiseaux, raviver l'éclat du feuillage et le bleu des jacinthes. Sous le soleil mouillé, les toits de chaume du hameau évaporaient des infusions d'arc-en-ciel et des parfums de paille fraîche. À l'intérieur des cottages rapetissés par l'infini des campagnes éblouies, on devait s'affairer dans les cuisines à préparer le thé du soir. Perthwee se plut à imaginer des familles de souris et de lapins, vêtus comme dans les livres d'images, en train de dresser la table, déplier la nappe à fleurs et disposer la vaisselle de porcelaine.

Ackroyd dormait dans son fauteuil installé près de la fenêtre, jambes allongées, bras écartés. De ses lèvres entrouvertes s'échappaient des bribes de phrases sans suite ponctuées de ouateux ronflements : « Les petits oiseaux écrivent... des livres intéressants, très lus dans les cuisines — ronron ronron, ronflait son nez... Polly met la bouilloire à chauffer, Polly met la bouilloire à chauffer — ronron ronron, répétait le nez — laissant s'enfuir l'heure trop brève, dans l'or du beau jour qui s'achève — ronron ronron, comme s'il imitait le ronron extatique d'un chat. Tels étaient tes charmes — mais tous ces charmes ont fui. » Perthwee, interpellé par le ton gémissant, tendit l'oreille et sur le murmure qui s'enrouait, s'angoissait, se pencha... « La main du tyran a marqué tes tonnelles... le dodo ne sera pas content... Oxonia chasse l'usurpateur ! » Le cri qu'il poussa surprit Perthwee, occupé à lui éponger le front, moite de sueur.

— Quoi ? Que se passe-t-il ? sursauta-t-il, ses grands yeux de vieil enfant encore envahis de troublantes images.

— Vous rêviez.

— J'ai parlé en dormant ?

— La faute en revient à toutes ces lectures dont vous vous êtes rassasié toute la journée.

— Bon, je crois que je vais aller préparer le souper. Cela me changera les idées, soupira Ackroyd, en se dépliant lentement.

— Pour moi, un thé fort, un œuf et deux toasts suffiront. J'ai du travail en cours et plein de choses à vérifier. Mais laissez donc tout cela par terre, je vais m'en occuper, poursuivit-il, interrompant le mouvement de son ami qui, avec peine, s'apprêtait à se baisser pour ramasser ses livres tombés épars sur le tapis... Mais n'oubliez pas votre théière !

— Mon Dieu, où avais-je donc la tête ? le remercia le vieillard, calant avec affection l'objet au creux de son bras. Elle doit mourir de faim.

Un sourire indulgent aux lèvres, le détective des fées, chargé de sa brassée de livres, s'efforçait devant la bibliothèque de trouver les places vides qui leur correspondaient : *Le Songe d'une nuit d'été*, *Mère l'Oye*, *Nursery Rhymes*, bien sûr, *Le*

Royaume secret du révérend Kirk, La Chasse au Snark, Les Bébés de l'eau, Les Exploits de Tom Pouce, Jack le tueur de géants, les ouvrages préférés et cent fois relus de son compagnon. Embarrassé par le grand format d'un abécédaire, un fort volume lui échappa des mains pour atterrir, ouvert, à ses pieds. Il reconnut *Alice au pays des merveilles,* suivi de *De l'autre côté du miroir et ce qu'Alice y trouva,* illustré joliment par Tenniel. Il le feuilleta, le refeuilleta, surpris sans l'être vraiment de retrouver de page en page le chevalier rouge, Humpty Dumpty, le griffon, la tortue fantaisie, le loir, le lièvre de Mars, le chapelier fou, Dinah et Alice qui l'observaient d'un air moqueur. Tout comme dans les *Contes de Mère l'Oye,* il risquait de croiser, tout aussi railleurs, les sourires du vieux roi Cole, petite Bo-Peep la bergère, de Wee Willie Winkle et des autres galopins des comptines.

Mal à l'aise, Perthwee sentit ses jambes se dérober sous lui... et c'est le cœur empli de doute et de tristesse qu'il se laissa tomber sur le fauteuil de son bureau.

« Tu le savais, tu le savais pourtant déjà », piaillaient les voix aiguës du fond de leurs images. « Et s'ils t'ont choisi pour nous trouver, c'est qu'ils savaient que tu le saurais », clamaient des voix graves d'entre les feuillets.

« Alors cherche plutôt ce que tu ne sais pas

encore », conclut une voix claire de fillette glissant comme un signet.

Quelques phrases émergées de la guirlande de comptines sans queue ni tête, voguant sur les rêves et ronflements d'Ackroyd endormi, lui revinrent de façon confuse en mémoire. Un peu comme dans les murmures et mugissements des vagues, une écoute attentive peut à la fin y deviner des mots, des phrases... et même parfois l'écho d'un nom.

Oxonia ! Que devait-elle faire encore ? Si seulement il pouvait se remémorer les bribes de strophes noyées dans le flot amphigourique des « Polly met la bouilloire à chauffer », des petits oiseaux, auteurs de livres de cuisine ; de beaux jours qui s'achèvent et de dodo mécontent. S'il pouvait démêler et retrouver les vers imagés qui avaient transformé le rêve en cauchemar !...

Il les avait pourtant entendus, et même écoutés, penché sur le visage effrayé de son ami.

« Mais... mais tous ces charmes ont fui. » Pareils au ressac, les mots revenaient pour mieux s'en retourner s'éteindre dans un tumulte lointain.

« La main du tyran a marqué... tes tonnelles. » « Oxonia chasse l'usurpateur ! » C'était cette injonction qui avait arraché Ackroyd de ses songes.

— Oxonia : ça vous dit quelque chose ?

Perthwee surgit dans la cuisine avec tant de précipitation que le pauvre Ackroyd, d'un sursaut, fit tomber le contenu de la cuiller de porridge qu'il tentait de verser dans le bec de sa peu obéissante théière, en l'encourageant à avaler.

— Ah, Perthwee ! Vous avez bien failli me décrocher le cœur ! déglutit-il, une main tremblante crispée sur la poitrine. Mais quelle espèce de frénésie vous agite donc aujourd'hui pour me tourmenter ainsi ? Cela fait la seconde fois que vous m'agressez...

— Je ne vous agresse pas, mais « tels étaient tes charmes », récita-t-il. « Mais tous ces charmes ont fui — la main du tyran a marqué tes tonnelles. Le dodo ne sera pas content. »

— Ah non ?

— Ah non, quoi ? !

— Eh bien, qu'il ne sera pas content le dodo... C'est vous-même qui venez de me le dire.

— Non, c'est vous, tout à l'heure, dans votre délire, lorsque vous cauchemardiez la tête farcie de fantasmagories béates.

— J'ai dit ça, moi ?... Que le dodo... ne

— Et vous avez ajouté : « Oxonia chasse l'usurpateur ! » Avez-vous souvenance d'où, de quel ouvrage proviennent ces vers ?

Le front plissé à la fois par l'inquiétude et la

concentration, le vieillard plongea de façon hasardeuse et balbutiante dans les méandres filandreux de sa mémoire, tout en suivant d'un œil soupçonneux les hochements de tête répétés de Perthwee, censés l'aider à trouver le bon chemin parmi l'embrouillamini labyrinthique qui se présentait.

— Hmmm. Oxonia chasse l'usurpateur... Mais tous ces charmes ont fui... dites-vous... la main du tyran a marqué tes tonnelles... oui, oui, peut-être... c'est très vague.

— Mais c'est quelque part imprimé là-dedans... Et l'index de Perthwee toucha le front absorbé dans ses lointains « ou bien là... » et l'index toucha la poitrine à l'endroit où battait le cœur en dérive...

— Ne me pressez pas ainsi... C'est si flou.

— Faites un effort, je vous en prie. Il s'agit de la vie d'autrui.

— Je... Oui... mais ce ne sont que des bribes.

— Dites toujours !

Et d'une voix enfantine et chevrotante se mit à sourdre un mince filet, puis un flot saccadé, tantôt fluide, tantôt trébuchant, enfin ininterrompu :

Où la Cherwell serpente vers son confluent ;
Que de fois j'ai flâné parmi ta verdure
Qu'un humble bonheur me rendait plus chère.
Que de fois j'ai fait halte pour ce qui me charmait
...

Le bouquet d'arbres avec ses sièges sous l'ombrage...
...le murmure incessant du moulin au travail...
... tels étaient tes charmes — mais tous ces charmes ont fui.
La main du tyran a marqué tes tonnelles,
De grossiers pavillons attristent tes pelouses.
Un passe-temps égoïste a saisi ton domaine,
Et une faction dévore plus qu'à moitié la plaine.
Tes clairières ont vécu, sacrifiées au cricket,
Et la batte au son creux protège le guichet.
Tes tertres ont sombré dans l'uniformité
Afin que rien n'entrave la course de la balle;
...
Il va mal, le lieu qui du luxe est la proie,
Où la richesse abonde et l'esprit dépérit;
...
Mais au dommage, oui. L'homme vain et fortuné
Accapare la place qui manque aux malheureux.
De la place pour le jeu et pour ses accessoires
Pour les pavillons, les tentes des marqueurs.
La balle, qui frappe ses jambières matelassées,
A détruit la verdure en un gâchis stérile
Son parc, où ces sports seuls sont admis,
Rejette les gens de ses pelouses avec mépris...
...
Ô luxe, toi que condamnent les célestes décrets,
Entre toi et tout cela, quel fatal échange!
En joies trompeuses tu ne distilles
Que des plaisirs destructeurs;
Boissons glacées, badminton, panachés

Inspirent la grosse blague et le rire imbécile !
Dans une griserie de grandeur,
On se vante d'une illusion de voleur...
...
Maintenant que le pillage est commencé,
L'œuvre de destruction à demi faite,...
...
Tout cela, je le vois quitter à regret
Ces lieux si longtemps chers et respectés !
Il est temps encore, Oxonia lève-toi,
Chasse l'usurpateur...

Et semblable au bambin, rouge de triomphe, devant l'exploit accompli du compliment récité jusqu'au bout, Ackroyd conclut :

— J'en ai oublié un peu, mais j'ai gardé l'essentiel !

— Bravo, mon ami, bravo ! Vous m'étonnerez toujours ! Et de qui est ce terrible poème ?

— Un pamphlet de Charles Dodgson, écrit en opposition à l'aberrant projet du vice-chancelier de l'université de transformer les parcs d'Oxford en terrains de sport. Vous savez bien, Dodgson... Lewis Carroll...

— Lewis Carroll. Bien sûr ! Vous vous souvenez, très cher, que l'arrière-arrière-grand-père de mon lapin avait servi de modèle à Tenniel pour représenter le lapin blanc d'Alice.

— Ma théière aussi.

— Certainement, Ackroyd, certainement,

toussota Perthwee en lui tapotant affectueusement l'épaule. Allons, « après l'effort, le réconfort ! », comme on dit. Je crois qu'une excellente tasse de thé serait la bienvenue.

— Volontiers ! Allez donc vous installer au salon, j'apporte le plateau.

Le visage rembruni, ses yeux d'émeraude brillant dans le déclin du soir, le détective assis au fond de son fauteuil, Alice au pays des merveilles ouvert sur ses genoux, tirant un fil par-ci, tirant un autre fil par-là, démêlait l'écheveau noir de ses pensées. Oxonia ne désignait donc pas une personne, mais une ville : un lieu. « Oxonia. » C'est par ce nom que les Anciens, dans les vieux temps, désignaient Oxford. C'était sans doute l'esprit menacé d'un lieu sacré que l'auteur invoquait, appelait à s'éveiller, à se défendre, à détruire l'ennemi. Un dieu... une déesse ?

Un souffle attira son regard vers la silhouette de l'innocente Alice courant avec ravissement sur les pentes vertes des pelouses.

Chère Alice, au cœur ébloui du révérend Dodgson, ne symbolisait-elle pas le plus parfaitement l'image idéale d'Oxonia ?

IL ÉTAIT UNE FOIS SIR SCREW ET SIR TAPY QUI MARCHANDAIENT

Tweedledum avec Tweedledee
Tenait à se battre en duel
Tweedledum, en effet, disait que Tweedledee
Lui avait abîmé sa nouvelle crécelle.

Sir Screw et Sir Tapy marchandaient en marchant le long des rives de la Cherwell, de l'Isis — « qu'on la nomme Cherwell ou Isis, c'est quand même toujours la Tamise ! » plaisantaient-ils grassement. Avant toute chose, un fleuve dont le cours plaisamment sinueux profitait d'un paysage suffisamment attractif pour attirer le client.

Ils en marchandaient donc, de concert et sans vergogne, les rives alanguies que ciselaient le vol rasant des libellules, les sages vallées bleutées, les bois ombragés, l'heureuse sérénité du vent dans les saules et les points de vue plongeant sur les châteaux en pierres blondes des Cotswolds. Ils en marchandaient le tic-tac des moulins à roue et les reflets des vieux ponts patinés par l'Histoire, les berges constellées de nénuphars où les pêcheurs rêvaient d'accrocher à leurs hameçons de frétillants poissons d'argent.

Ils la marchandaient de sa source, dans les collines de Lechlade à Abington, d'Oxford à Henley-on-Thames et plus loin jusqu'à Marlow : dans son plus bel écrin. Il faudrait sacrifier des écluses, quelques nids à poussière, des abbayes en ruine — qu'une poignée de poètes asthéniques et décadents affirmaient romantiques —, deux ou trois tours croulant sous le lierre, ainsi que quelques hameaux désuets. Ils s'arrangeraient pour graisser quelques pattes ici et là afin de pouvoir contourner Wittenham Clumps et son ouverture sur les Chilterns Hills, « retoucher » Pangbourne et l'antique village de Wargrave enchâssé à sa colline. Certes, ils devaient s'attendre à d'ennuyeuses protestations de la part de certains conservateurs chagrins « accrochés » au passé, comme celles qu'avait dû affronter leur malheureux prédécesseur devant les attaques perfides et répétées d'un vieux professeur de mathématiques acariâtre d'Oxford. Mais cette fois, ils s'étaient arrangés pour débouter les fâcheux. L'argent achète tout.

Les plans étaient terminés et les travaux commencés. D'un pas égal, satisfait et conquérant, ils foulaient les sols défrichés et labourés que de gros rouleaux s'apprêtaient à aplanir, apprêtaient à l'ensemencement de pelouses calibrées et uniformes sur lesquelles viendraient proliférer des terrains de jeux, de cricket, de polo, des pléthores de parcs de loisirs entourés d'ensembles de boutiques chics, d'hôtels, d'auberges, de palais de la rigolade, d'attractions foraines et de music-halls.

Si Sir Screw arborait avec distinction l'agréable et mince silhouette d'un Beau Brummell : œil de velours, traits aristocratiques, la taille joliment cintrée dans un costume d'été taillé sur mesure par Monsieur André, de Paris. Si Sir Tapy exhibait avec arrogance une tête porcine à gros favoris, sans cou, directement vissée sur une inconcevable bedaine, conçue au rosbif, malhabilement empaquetée dans une tenue blousante et approximative, façon « négligé d'artiste ». Si, de prime abord, le svelte élégant et le gros débraillé, le pâle et le rougeaud présentaient l'image même de la dissemblance, en réalité ils sortaient tous les deux du même moule à coquins.

On avait vu un jour débarquer dans le beau monde, venu d'on ne sait où, un jeune homme peut-être issu de quelque caprice divin de l'Olympe. Les hommes aussitôt le trouvèrent fat, et les dames à croquer. Partout où il importait de se montrer, il se montrait. Aux courses, au théâtre, au concert, dans tous les bals et cérémonies, on rencontrait Lord Screw, sous les lustres, en train de charmer des parterres féminins de tous âges, princesses mûres, veuves très mûres, jeunes oies débutantes, pourvu qu'elles fussent titrées, fortunées ou héritières. Que leur racontait-il pour ensuite les emmener, grisées, après quelques valses, vers l'ombre discrète d'un balcon — peu de chose sans doute — mais à la brillante mélodie du rossignol, qu'importent les paroles : « The singer not the song. »

Une vieille princesse, en mourant, lui avait laissé suffisamment de biens pour mener grand train, spéculer, acheter, revendre et s'installer dans la gentry, approcher la regrettée Lady Slumkey du manoir Slumkey et lui dérober une promesse de mariage, qu'un séduisant rival florentin avait rompue. Screw, dépité, en se servant de la naïveté amoureuse de l'épouse d'un créateur de parcs, s'était alors lancé à la conquête d'une certaine dame proche de la Cour, qu'il avait en peu de temps menée à l'autel, et en encore moins de temps, grâce à un malheureux accident de cheval, à la tombe.

Screw, cousu d'or, bardé de titres et de protections, propriétaire désormais des terrains de la vallée de la Tamise acquis auprès des enfants de feu Lord Caldecoat, ainsi qu'à tous les spéculateurs qui avaient cru au projet de « parc de jeux et d'attractions » de Lord Bridestowe and Co, pouvait maintenant réaliser, pour son propre compte, ce qui n'était alors qu'un hasardeux et fragile château de cartes.

Il lui fallait, pour ce faire et poser la première pierre, trouver un maître d'œuvre.

Il existe hélas sur notre terre plus d'individus à préférer conjuguer le verbe avoir au verbe être. Les fées qui, dans leur pays des Merveilles, se moquent de nos comportements, dictonnent ainsi :

Jetez-leur une fleur par la fenêtre
Peu d'entre eux la ramasseront
Jetez-leur un sou par la fenêtre
Et tous dessus ils se précipiteront.

C'est ainsi que Screw rencontra Tapy. Architecte officiel, aféodé à la gloriole, architecte des palaces surchargés, des dorures, pièces montées et pâtisseries de marbre, des édifices pompeux mais aussi des clapiers à pauvres, des dortoirs en boîtes d'allumettes aux murs en papier mâché qui laissent passer la bise et que le *fog* moisit. Cité de l'abîme serrée entre les docks et les usines, taudis pour les « joues creuses » et les « regards éteints », que l'ombre immense des banques triomphantes plonge dans une nuit sans fin.

Architecte des dessous-de-table et des opérations douteuses, des permis de construire véreux, des réfections bâclées... que Screw allait finir par croiser, comme un reflet, un soir de débauche, dans l'antichambre d'un club très fermé.

L'affaire fut vite conclue. Même si autour de leur projet, quelques-uns de leurs employés, de leurs intermédiaires, de façon singulière, mouraient, ni rien ni personne n'arrêterait la construction de leur tour de Babel.

Les fées pouvaient bien hérisser leurs ailes, les sorcières glapir, les griffons rugir, les lapins blancs, les Gobelins pouvaient bien se transformer en croquemitaines de contes pour nursery, ils chasseraient toutes ces billevesées de leurs terriers. Tout cela n'était que mauvaises farces de quelques concurrents, ou d'idéalistes champêtres censés les impressionner. Les plans étaient terminés, les travaux commencés.

Ils devisaient joyeusement en marchant de concert, d'un pas égal, satisfait et conquérant le long des rives de la Cherwell. Le ciel d'été brillait haut dans le bleu du ciel qu'aquarellaient les alouettes. Autour d'eux leur civilisation industrielle et citadine avançait en même temps que le chantier sur le taillis et la vallée boisée. Les ouvriers, les bûcherons, les terrassiers labouraient, arrachaient, sciaient. On voyait les arbres vaciller, tomber dans de grands gémissements, s'abattre sur le côté sous le fer des haches. De puissants chevaux de trait, les flancs blanchis d'écume, traînaient, enchaînées derrière eux, d'énormes souches aux longues barbes de lichens, couronnées de lierre et de racines. Navrant spectacle que ces géants vaincus tirés par les chars de leurs bourreaux.

Screw sauta lestement par-dessus l'un d'eux.

Les chênes, les charmes, les hêtres les plus vénérables étaient déjà vendus à diverses entreprises de charpente et menuiserie, les hauts peupliers à des chantiers navals de Bristol. Les essences de moindres qualités seraient transformées en guinguettes à la française, si prisées sur les bords de la Seine et de la Marne. Pourquoi ne pas en faire profiter les riverains de la Tamise ? « Il fallait aller de l'avant », « devancer les désirs des gens ! ».

Screw et Tapy entrèrent dans la forêt du même pas égal, satisfait et triomphant, et la forêt se referma sur eux. On leur avait signalé qu'au-delà de Never Vale, au fond d'un cul-de-sac de ronces et d'orties, vivait une vieille folle qui refusait de quitter sa bicoque. Les géomètres et arpenteurs venus lui intimer l'ordre de quitter les lieux s'étaient vus chassés par ses imprécations. Terrifiés, ils avaient préféré détaler sans pouvoir réellement expliquer la cause de leur malaise. Aux questions de Screw et Tapy, ils étaient restés très imprécis : « ils croyaient avoir aperçu certaines choses », c'est tout, sans autre explication.

Screw et Tapy allaient de ce pas égal, satisfait et triomphant, la déloger. Ils avaient acheté les bois à feu Lord Caldecoat ; ils en étaient à présent propriétaires et pouvaient en expulser qui ils voulaient.

Le chantier se trouvait maintenant loin derrière eux, l'épaisseur du feuillage en étouffait tous les bruits de défrichement et de terrassement, les encerclait d'un silence sacré fait de mille autres silences. Éloignés de leur réalité, les deux compères devinaient intuitivement qu'en ces abysses végétaux, leurs actes notariés, cachetés, signés en bonne et due forme, ne valaient rien...

Tous les deux sursautèrent en apercevant les deux vilains, gros petits bonshommes en habit d'écolier. Ils étaient debout sous un arbre ; chacun d'eux avait le bras passé autour du cou de l'autre, Screw et Tapy les identifièrent immédiatement, car ils avaient, l'un le mot « Dum » et l'autre le mot « Dee » brodés sur le devant de leur col de chemise. « Je suppose que, sur le derrière de leur col, ils ont tous deux le mot « Tweedle », pensèrent-ils en même temps. Quoique leur parfaite immobilité les fit croire à deux méchantes poupées de cire posées là pour faire peur.

— Si vous nous prenez pour des figures de cire, vous devriez — dit Dum — payer pour avoir le droit de nous contempler, voyez-vous bien. Les figures de cire n'ont pas été faites pour qu'on les regarde sans bourse délier. En aucune façon.

— Si, tout au contraire, ajouta Dum, vous estimez que nous sommes vivants, vous devriez nous parler.

— Je vous fais toutes mes excuses, flûta de sa voix la plus enjôleuse Sir Screw, en se fendant d'une révérence ; mais c'est tout ce qu'il fut capable de prononcer, car les paroles de la vieille chanson résonnaient sans cesse dans sa tête, comme le tic-tac d'une horloge, et il avait peine à s'empêcher de les réciter à haute voix :

Tweedledum avec Tweedledee
Tenait à se battre en duel ;
Tweedledum, en effet, disait que Tweedledee
Lui avait abîmé sa nouvelle crécelle.

— Je sais à qui vous pensez, l'interrompit Tweedledum ; mais cela n'est vrai en aucune façon.

— Si, tout au contraire, c'était vrai, poursuivit Tweedledee, il se pourrait que ce ne fût pas faux ; et si cela n'était pas faux, ça devrait être vrai ; mais comme ce n'est pas vrai, en bonne logique, c'est faux.

— Nous étions en train de nous demander, expliqua très poliment Screw, quel serait le meilleur chemin à prendre pour sortir de cette forêt ; il commence à faire si sombre ! Voudriez-vous nous l'indiquer, s'il vous plaît ?

Et, ce disant, il poussait Tapy à battre discrètement en retraite.

Mais les vilains gros petits bonshommes ne firent rien que se regarder en ricanant. D'un même geste, ils sortirent de dessous leurs blazers bordeaux rayés de bandes bleu marine deux énormes et contondantes crécelles de fer. Le sinistre grincement métallique des tourniquets fit fuir Sir Screw et Sir Tapy, mais trop tard.

LA VIEILLE DAME QUI HABITAIT DANS UN SOULIER

Il était une vieille femme qui habitait dans un soulier
Elle avait tant d'enfants qu'elle ne savait qu'en faire...

— Vous dites qu'on les a retrouvés, tous les deux, le crâne fracassé à coups de crécelle.

— C'est cela même, Ackroyd.

— Tiens donc, et comment savez-vous, Perthwee, qu'il s'agissait de crécelles et non de marteaux ou d'une sorte de casse-tête ?

— Parce qu'elles étaient abandonnées près des corps, couvertes de sang, de débris d'os et de cervelle.

— Alors, effectivement, il y a de fortes chances pour qu'on puisse les considérer comme les armes du crime. Tout de même, quelle affreuse utilisation pour de si charmant instruments qui ont le pouvoir de parler aux cloches, ainsi qu'au lièvre de Mars. Enfant, j'en possédais une avec laquelle je faisais pousser les primevères.

— Oh, vraiment? bâilla Perthwee, jetant négligemment sur la banquette le journal sur lequel le sanglant fait divers s'étalait en manchette.

Installés face à face dans leur compartiment tendu de tapisseries fleuries, orné d'appuie-tête recouverts de macramé, le petit train charmant, aussi pimpant et astiqué qu'un jouet, les emmenait à travers un non moins charmant paysage de boqueteaux et de collines vers la Thames Valley. Guillerette la locomotive pipait, au-devant, ses flocons blancs. Ackroyd, le nez collé à la fenêtre, s'extasiait sur les viaducs et les ponts qui enjambaient de leurs arches rondes les miroitis des rivières et les jeux de cubes des villages où les images d'un vieux temps se réfugiaient encore. Images précieuses de petites places ombrées de grands arbres bienveillants, de mares sillonnées de familles canards, de cimetières pentus fauchés de frais où, assises sur les branches des ifs, les âmes des défunts commentent avec philosophie les ragots de la paroisse. L'église fleurie chaque matin par les bons soins d'aspirations célestes de Mrs Pym. Le pub, à l'enseigne du « Royal Oak », du « Coach and Horses » ou bien du « Rose and Crown », ses poutres noircies par le tabac, son comptoir patiné par la bedaine des buveurs de bière : un album d'images à feuilleter de si lointaine et familière mémoire qu'on le connaît par cœur, mais qui jamais ne s'épuise.

— Au fait, Perthwee, vous ne m'avez toujours pas dit ce que nous allions faire là-bas.

— Mettre un terme à cette série de meurtres qui chagrinent tant Goodfield.

— Oh, le griffon, le Gobelin chapeauté, l'as de cœur, le vieux roi Cole et compagnie. Auriez-vous résolu le problème ?

— En quelque sorte.

— *Fine !* Vous allez arrêter l'assassin ?

— Ce ne sera peut-être pas nécessaire.

— Ah, la vallée de la Tamise, que d'agréables souvenirs ! soupira Ackroyd, le regard remontant les années jusqu'aux étés de l'enfance. Ah, Henley-on-Thames, Pangbourne, les écluses de Godstow, le Folly Bridge... Que de jolies promenades : la Cherwell, l'Isis. Croyez-vous que nous aurons le temps de canoter un peu, de taquiner le goujon du côté du château Crapaud ? J'ai à tout hasard apporté ma canne à pêche et un filet à papillons.

Il désigna de son long index d'arlequin un sac toilé cylindrique glissé dans le porte-bagages.

Au cœur d'un été tout en or,
Lentement nous glissons sur l'onde.
...
Au fil d'une onde calme et lisse,
Le bateau indolemment glisse
Imbu d'ineffables délices, récitait-il, son

visage de vieil enfant glissant sur l'eau verte de la vitre, dans le reflet moiré duquel s'écoulait le cours fuyant du paysage.

— À ce propos, pouvez-vous chercher dans votre fourre-tout les deux *Alice* de votre auteur préféré qui ne vous quittent jamais ? J'ai deux, trois détails à y vérifier.

Le train entra en gare d'Oxford un peu avant dix-sept heures. Il était trop tard pour envisager de louer un coche et aller s'égarer dans les bois de Godstow, au-delà de Never Vale. Ils s'y rendraient demain. Le temps n'avait plus d'importance de toute façon, il ne se passerait plus rien de fâcheux avant longtemps. Ils louèrent des chambres dans Saint Aldates, tout près d'une boutique de confiserie pas plus grande qu'un mouchoir de poche. Du sol au plafond s'alignaient des quantités de bocaux emplis de bonbons de toutes couleurs. À la vieille dame assise derrière le comptoir, frileusement enveloppée d'un gros châle moutonneux, une charlotte enfoncée par-dessus ses besicles, Perthwee demanda un grand cornet d'assortiment.

— Ce que vous avez de meilleur pour une vieille petite fille.

— Vous voulez dire une célibataire d'un certain âge... suggéra Ackroyd.

— Non, j'ai bien dit une vieille petite fille.

— Un éclair de malice sembla teinter un instant les verres épais de la marchande barbichue.

— J'ai ce qu'il vous faut, bêla-t-elle d'une voix chevrotante. Des toffees, de la réglisse, des *fudges* au beurre salé, au rhum et aux raisins et des boules de massepain.

— Parfait, mettez-m'en une livre.

Ils prirent un souper léger avant de déambuler rêveusement dans l'antique cité où, selon Matthew Arnold, « chuchotent, du haut de ses tours, les derniers enchantements du Moyen Âge ».

L'ombre follette de la petite Oxonia, peut-être, sautillait devant eux, ouvrait les portes dérobées du jardin botanique de Rose Lane sur les allées bordées de fleurs de nuit, celles que le souffle luminescent de Puck épanouit sur son passage dès que s'évanouit le dernier envol de cloche des cent et un coups de Great Tom au sommet de Tom Tower. Peut-être les conduisait-elle en arrière d'Old Ashmolean, à Magdalen College, du Sheldonian Theatre, du fuseau de pierre de Saint Mary Church, jusqu'au square Radchiffe où, sous la rotonde de la Bodleian Library, se retrouvent, dès la fermeture, pour raviver les couleurs de leurs pensées, les esprits des beaux esprits enfermés dans un trop profond silence.

Peut-être ramenait-elle Ackroyd à ses années de collège à Christ Church, à ses années d'*honours degree* et *first greats* dont il ne lui restait que le souvenir d'un sévère professeur de mathématiques bégayant, et son goût du non-sens qui l'avait emporté.

Peut-être les mena-t-elle prendre un dernier thé à l'*Eagle and Child* avant de les quitter... et de s'en retourner suivie d'autres ombres follettes... à la maison-soulier.

Dans sa chambre d'hôtel, attablé à son petit bureau en bois de rose, Perthwee lisait et relisait les noms des amies-enfants de Lewis Carroll. Il y en avait des centaines.

Déjà plus de trente-cinq rencontres, en un seul été sur les plages d'Eastbourne. Combien parmi elles s'étaient laissé photographier, bercées par ses devinettes, ses charades à tiroirs, ses comptines et histoires de lapin blanc ? Certes, aucune, hormis probablement la petite Gertrude Chataway, n'avait autant compté à son cœur que la merveilleuse Alice, la jeune et inaccessible Alice du doyen Lyddell : « J'ai fait une expédition en amont de la rivière avec Duckworth et les trois petites Lyddell, jusqu'à Godstow où nous avons goûté sur la berge. » « Au cœur d'un été tout en or. » Pourtant, avec l'une de ces autres fillettes, dont il répétait inlassablement les noms, le détective des fées était persuadé que quelque chose de plus mystérieux, entre eux, s'était passé. Mary MacDonald, Amy Hughes, Edith Jebb, Ethel Arnold, Dolly Argles, Isabel Standen, à chaque syllabe, comme autant d'abracadabra, surgissaient du néant des frimousses rousses fixant l'objectif d'un air espiègle, de pâles visages à la paupière lassée par la pause, ou dressant fièrement des mines de futures ladies, de candides filles-fleurs à demi dévêtues, innocemment provocantes... Gaynor Simpson, Magdallen Millard, Florence Balfour... Birdie de son surnom. Il imaginait le révérend Carroll dans le laboratoire tendu de toiles peintes, l'appareil fixé devant la menue silhouette à l'attitude crispée suivant les gestes du photographe occupé à glisser la plaque de verre dans la chambre noire... soulever l'obturateur... vérifier la netteté et l'éclairage, tout en s'efforçant d'amener le sourire sur les lèvres roses de la patiente par ses farces et chansons.

Voyez avec quelle ardeur les homards et les tortues s'avancent !

Ils attendent sur les galets... Voulez-vous entrer dans la danse ?

Voulez-vous, ne voulez-vous pas, voulez-vous, ne voulez-vous pas, voulez-vous entrer dans la danse. Clic-clac.

Voici Birdie souriant sur l'image dans l'album sépia des instants d'éternité.

Comme j'aimerais, chères Birdie, Ina Watson, May Forshall, Menella Wilcox, Beatrice Henley, Edith Blackmore, Catherine Lucy, Nelly Night que vous ne vieillissiez jamais, ni vous Winifred Stevens, Dorothy Joy Lane Poole, ni toi May Bush...

Quel joli nom May Bush... buisson de mai... pour une fille-fée... une jolie Oxonia... rencontrée au cœur des bois des « il était une fois ».

Le soleil promettait une journée d'été tout en or, quand Perthwee et Ackroyd quittèrent Oxford, en voiture découverte, dans la direction de la Cherwell. Les pelouses verdoyantes de Christ Church s'étendaient le long des rives, tout le long de la rivière aigretée d'herbes d'argent. L'air sentait la moisson. Ils quittèrent la grand-route au milieu des champs de chaumes et de prés cernés d'aubépines et de sureaux pour prendre un chemin creux à hauteur de Godstow vers les bois qu'ombraient des collines aux pentes rêches, mouchetées de bruyères et des étendues dorées des genêts. Haut dans le ciel, deux buses chassaient en larges cercles, les ailes portées par les mouvements du vent.

Ackroyd, heureux, souriait au moindre cadeau de la campagne, aux blanches ombelles des fossés, aux flocons odorants des reines-des-prés, liseronnées de frais calices. Il souriait quand l'agitation lente et bruissante de la brise changeait le rond houppier du saule en frissons cendreux et chassait de sa branche l'éclat violet voletant d'un grand mars.

Il tendait l'oreille quand l'abeille gorgée de pollen frôlait un instant son canotier avant de s'envoler plus loin butiner la digitale pourprée, la balsamine « impatience ne-me-touchez-pas » et les grêles grappes de laurier de Saint-Antoine. Il signalait chaque champ, chaque trille, chaque chapelet de minuscules crissements d'antennules. Citait la sitelle, le pinson, le grillon, et les lèvres pincées, avec application, répondait à chacun.

Mais dès qu'ils eurent franchi la plaisante montée de Putney Hill, un spectacle de désolation les attendait sur l'autre versant...

De la verdoyante vallée boisée, traversée par les sinueux miroitements de la rivière dénouant ses rubans, il ne restait plus rien. Plus une touffe de coudrier, plus un seul sorbier pour le bec de l'oiseau, plus une fougère, plus un seul bouton-d'or ni de trèfle pour la couronne des fiancées de mai. Rien qu'un désert lunaire.

Perthwee entra sous le couvert d'un dernier recoin épargné et laissa Ackroyd avec la voiture en compagnie d'un taillis de *Buddleia davidii* palpitant de centaines de papillons.

— Voici, cher Ackroyd, dit-il, tendant son filet à l'ami de toutes les aventures. Voici de quoi vous occuper, je reviendrai tout à l'heure.

— Vous resterez longtemps absent ?

— Quelques heures, probablement.

— Vous ne voulez vraiment pas que je vous accompagne ? demanda distraitement Ackroyd, déjà occupé par le va-et-vient d'un paon du jour aux ailes coquelicot.

— Ne vous inquiétez pas, je sais où je vais.

— *« Je sais où je vais et je sais qui viendra avec moi Je sais qui j'aime, mais Dieu seul sait qui j'épouserai...* comme dans la chanson [1], fredonna Ackroyd d'un sourire en continuant la suite.

Le chantier déserté depuis la mort tragique de Screw et Tapy étendait loin son triste remblai de crevasses et d'ornières. Il n'avait pas plu depuis longtemps et la terre éventrée, retournée en tous sens, s'effritait sous chaque pas. Perthwee avait l'impression d'avancer à travers quelques limbes inachevés oubliés par les dieux... une ébauche gâchée puis jetée au hasard entre deux rives.

La marche était pénible, le sol s'enfonçait sous ses semelles, vomissait des caillasses et de longs enchevêtrements tordus de racines. D'un bienheureux Éden, les misérables avaient fait un néant. Il comprenait les remords de Lancelyn et

1. *I Know Where I'm Going*, vieille ballade anglaise.

la colère des fées. Si le fantôme de la vieille enfant « qui avait tant d'enfants qu'elle ne savait qu'en faire » n'avait pas arrêté le fer des socs, des haches et des bêches, que serait-il advenu de la miragineuse vallée, réfugiée, là-bas, au creux des horizons ?

Les insectes aussi avaient fui. Perthwee ôta son chapeau, pour éponger son front poisseux de sueur et de poussière. Devant lui s'élargissait un noir océan de cendres, les poudreux vestiges d'une forêt calcinée, d'où émergeaient par endroits les bubons et cancers croûteux de quelques énormes souches épargnées par le feu. Enfouies dans la suie, de gigantesques carcasses branchues évoquaient un absurde combat de titans et de Dragons.

Seuls sa respiration et le crissement de ses trébuchantes enjambées osaient dans le pesant silence semer le frémissement d'un vague semblant de vie.

Le temps semblait s'être arrêté depuis des éternités, avant que Perthwee perçoive enfin le clapotis discret de l'eau proche, et qu'une brise rafraîchie par l'humidité des mousses et des flores secrètes du sous-bois lui parvienne de la forêt de Never Vale. Il pénétra sous l'arche profonde du taillis avec l'indicible émoi de pénétrer un lieu sacré. Le chant d'un geai jaillit de dessous les voûtes et les arcades végétales, aussi pur et irréel qu'une source du bâton de Merlin.

C'était comme s'il retrouvait le premier émerveillement de l'enfance, comme au temps enfui de la première fois où il avait été accueilli par l'esprit des bois. La gorge nouée par l'émotion, il se laissa envahir, emporter par le sentier confondu à la rivière qu'il entendait chanter, glisser et bruire à travers l'Être.

Il s'avançait sur un esquif invisible frôlant l'onde des souvenirs, au cœur d'un été tout en or. Il se devina en compagnie du conteur, à qui les trois petites Liddell réclamaient une histoire « sans queue ni tête » qu'elles suivraient en esprit. « Une héroïne en un pays plein de merveilles inouïes, où l'on devisait avec les bêtes », et par instants, elles croyaient y être...

Mais toujours me hante l'image
D'Alice endormie, en voyage
Parmi d'étranges paysages...

Carroll s'était tant battu lorsqu'on avait menacé le cours enchanté de l'Isis et de la Cherwell, ce fluide ruban en dérive où les petites filles, bercées par le chant des songes, accèdent au pouvoir d'aborder les rives à nulle autre pareilles...

Amy, Ethel, Dolly, Birdie, Nelly, combien d'entre elles étaient devenues fées en ces nombreux voyages ?

Rêvant, rêvant au sans pareil
Pays des monts et des merveilles
Où brille un nocturne soleil.

Et lorsque, de l'autre côté du miroir, par un de ces derniers tours de passe-passe, il s'était éclipsé et que, profitant de son absence, de vilains désenchanteurs avaient voulu s'emparer du Royaume pour en chasser les rêves, laquelle parmi toutes s'était réveillée, s'était levée à son appel ?

Laissant s'enfuir l'heure trop brève
Dans l'or du beau jour qui s'achève...
Vivre, ne serait-ce qu'un rêve ?

Depuis combien de temps et jusqu'en quel endroit perdu de la forêt son errance l'avait-elle mené, Perthwee n'aurait pu le dire, il eut pourtant l'impression, à un certain moment, d'accoster. Son pied toucha le sol et il se sentit tout près.

Pour l'occasion, le détective des comptines assassines avait tenu à se faire beau. Sous le galurin violet, il lissa ses derniers longs cheveux ondulés, vérifia le bouffant de sa lavallière et du jabot, tira sur son gilet de satin brodé, ajusta les plis de la redingote vieux rose et épousseta les cendres et poussières de son pantalon mauve rayé de bleu. Il aurait bien ajouté une fleur à sa boutonnière, mais craignit qu'elle se mette à crier en la cueillant. C'était le genre de sottise qu'il valait mieux éviter en ces lieux enfées, d'autant qu'il n'était plus seul.

À travers le léger rideau étoilé du feuillage, il aperçut la maison.

La chaumine ratatinée en forme de soulier, si lézardée, si prête à s'effondrer qu'il comprit qu'il fallait se hâter.

À peine sa bottine s'avança dans l'allée que les enfants de la vieille petite fille sortirent des buissons. Il y en avait tellement qu'il ne put tous les compter, mais il reconnut le vieux roi Cole, le chapelier fou et le lièvre de Mars. Sur l'épaule du chevalier rouge s'appuyait le chevalier blanc, sur le heaume duquel le chat du Cheshire souriait de toutes ses dents. Little Bo-Beep caressait son mouton et le Gobelin Willie Winkie chevauchait la tête d'œuf d'Humpty Dumpty. Accolés l'un à l'autre, Tweedledee et Tweedledum jouaient de leur crécelle dont l'agaçant tourniquet faisait voleter une vache ailée. Une tortue fantaisie pleurnichait, un griffon la consolait. Il y en avait tellement que Perthwee ne put tous les compter, mais tous semblaient si désespérés, si perdus qu'il ne put empêcher les larmes de mouiller ses paupières.

— Allons, leur promit-il d'une voix enrouée, ça va s'arranger.

De sa poche il sortit l'assortiment de toffees, de réglisses, de *fudges* au beurre salé, au rhum et aux raisins et de boules de massepain, puis, respectueusement, sans bruit, il entra dans la maison en forme de soulier, si délabrée, si fissurée qu'elle semblait prête à s'effondrer.

À l'intérieur un parfum de flore de mai accueillit Perthwee comme s'il pénétrait dans un buisson de blanches aubépines baigné par le même rayonnement que l'aube du printemps. Il n'y avait qu'une seule pièce, semblable à celle que l'on s'attendait à découvrir dans une maison-soulier : sur les murs qui se désagrégeaient s'entassaient des vaisseliers sans vaisselle, des bibliothèques sans livres, des étagères sans objets, des cadres sans gravures car il suffisait à l'esprit de s'y poser pour les deviner apparaître... et la grande cage d'osier vide pendue au plafond abritait aussitôt une pie apprivoisée dès qu'on la cherchait sur son perchoir.

Perthwee s'approcha d'un tas d'albums de contes et de comptines abandonnés sur un fauteuil, et en feuilleta les pages toutes blanches, sans textes ni images car le fabuleux contenu... personnages, paroles et musique désormais s'étaient dispersés dehors, libérés par la vieille petite fille, avant qu'elle ne s'éteigne.

Précautionneusement, Perthwee, après avoir déposé les bonbons sur la table de nuit, se pencha vers Elle, l'informelle esquisse d'une silhouette en train de se perdre dans les replis des draps.

— May... May Bush, Mère l'Oye, Oxonia ?... l'interrogea-t-il tendrement.

Il était presque déjà trop tard, mais une faible lueur de sourire affleura les lèvres desséchées. Il posa son oreille sur cette bouche semblable à une fleur fanée que la mémoire des Mai refleurissait.

C'était une voix lointaine, le filet d'une source souterraine dont le murmure ténu lui parvenait à peine.

Il ne comprit pas tout, mais assez pour imaginer et surtout pour pardonner, même si certaines victimes n'avaient pas mérité de si terribles fins, mais la cruauté des fées est celle des enfants.

Elle se souvenait de l'été tout en or où ils s'étaient rencontrés... Qui était-elle alors, comment l'avait-il aperçu, sous quel aspect ? La vieille dame des contes et comptines, la fée des bois, gardienne des lieux enchantés et du royaume des rêves avait-elle emprunté le visage d'Alice, de Lalie, de May Bush, celui d'une enfant de sept ans, pour séduire ce jeune révérend si timide qu'il bégayait parmi les grandes personnes, mais devenait « Passeur d'imaginaire » dès que le monde autour de lui rapetissait ? Rapetissait suffisamment pour pouvoir s'introduire par le tunnel d'un terrier ou pour disparaître à travers l'infini d'un miroir.

Il avait sorti des épingles d'une boîte afin de

maintenir le bord de sa robe relevé, et que l'onde de l'Isis n'en gâche point la dentelle. Elle s'était laissé photographier en train de barboter parmi les nénuphars — pareille à une nymphe —, avait-il dit dans un sourire de prince charmant, tout en lui récitant de jolies fabulettes sans queue ni tête qu'elle avait tout de suite comprises, car ils parlaient tous deux le même langage, celui du temps de l'âge d'or, lorsque les bêtes, les oiseaux et les fleurs parlaient.

Un simple et unique baiser avait scellé un amour sans fin, lui qui en manquait tant, et elle qui n'avait connu que celui, égoïste, des bambins pour les êtres imaginaires.

Ils s'étaient retrouvés des milliers de fois au même endroit, au cœur de Never Vale. Il lui contait ses histoires, elle lui contait les siennes qui entre elles s'entremêlaient. Enlacés l'un à l'autre, ils riaient du devenir de la fantasque multitude d'enfants que leurs bluettes faisaient naître.

Jamais Carroll n'avait su ni d'où elle venait, ni qui elle était. Peut-être un jour le lui aurait-elle confié en l'entraînant au pied de la maison-soulier. Mais ils avaient manqué de temps. Le temps des Sans Âge n'est pas celui des êtres d'ici-bas.

Un triste jour, elle l'avait attendu en vain.

Sans doute, de rencontre en rencontre, elle avait dû le voir blanchir, se voûter, se rider, fléchir... Mais elle l'avait toujours regardé comme un prince immortel.

Le temps était devenu alors très long. Même si ses rêves et raconteries emplissaient encore les livres d'images et illuminaient, la nuit tombée, les nurseries, appelaient encore les rêveurs de rêves au voyage, elle s'était lentement ratatinée.

Rabougrie, presque oubliée, au milieu de ses enfants turbulents dont elle ne savait plus que faire.

Alors, ceux qui faisaient bégayer Carroll étaient venus menacer le pays des merveilles, la vallée heureuse du révérend. Le jardin hors du monde où ils s'étaient rencontrés et aimés comme seuls peuvent s'aimer les êtres innocents.

Parcelle par parcelle, ils avaient tout monnayé, acheté, marchandé, spéculé. Elle avait vu avec horreur les arbres, les chênes tomber. Elle avait vu les buissons, les taillis déchiquetés, les clairières et les vertes prairies éventrées. Elle avait entendu les dryades, les faunes et les nymphes gémir... et le chemin par lequel son bien-aimé venait la rejoindre disparaître dans les flammes.

Bientôt les socs des charrues saccageraient les Heureuses Frontières et détruiraient sa demeure.

Au fond de son cœur elle avait entendu l'appel... et libéré ses enfants.

Était-elle coupable d'avoir sauvé la vallée des « Hors-venus », d'avoir empêché que disparaisse à jamais le pays des monts et des merveilles, le pays du Snark, d'Humpty Dumpty, des chats violoneux, de Tom Pouce, de Tweedledee et Tweedledum, de Puck, Little Bo-Beep, du Jabberwock et des Borogoves ?

— Certainement non, murmura Perthwee pour répondre à l'écho des derniers murmures.

Elle s'était condamnée elle-même en se laissant disparaître, en se laissant dériver et happer par son monde, dans cet autre infini par-delà le miroir où, espérait-il, elle renaîtrait sous la forme d'une petite fille-fleur auprès de son révérend de prince.

Il n'osa lui prendre un baiser, de peur de désacraliser celui qu'elle avait reçu, et sortit sans bruit.

Au-dehors, les enfants de la maison-soulier avaient disparu. Éparpillés sans doute au bord des frontières partout menacées. Fidèles gardiens que nul n'était en droit de blâmer. Personne, et moins encore Goodfield. Ce n'était pas la première fois que le détective resterait évasif sur les conclusions d'une semblable affaire. Perthwee avait choisi son camp, lui aussi resterait vigilant.

En remontant le chantier dévasté en direction du chemin creux où Ackroyd l'attendait, il lui sembla que l'herbe sous ses pas déjà repoussait. Bientôt les fleurs, les buissons, les arbres recouvriraient à nouveau le pays des monts et merveilles.

— J'y veillerai, lança Perthwee à une alouette qu'il devina sortie de la maison-soulier.

Assis sur le talus auprès de la voiture, Ackroyd, aux papillons qu'il n'avait pas eu le cœur de capturer, récitait quelques-uns de ses vers préférés.

Ainsi du pays incertain
Naquit la légende, un à un
Se constituèrent ses chants.
À présent le conte est fini
Et, heureux, au soleil couchant,
Nous voguons vers notre logis.

Alice ! Prends donc cette histoire ;
Que ta douce main la dépose
Là où les rêves enfantins
S'entrelacent dans nos mémoires,
Telle une guirlande de roses
Cueillies en un pays lointain.

Le Chat botté	11
Croquemitaine	49
La Dame Blanche	113
Les Musiciens de la ville de Brême	145
Les Trois Souhaits	193
Barbe-Bleue	213
Le conte de Dracula	285
La vieille femme qui habitait dans un soulier	305

DU MÊME AUTEUR

Aux Éditions Hoëbeke

LA GRANDE ENCYCLOPÉDIE DES LUTINS, illustré par Roland et Claudine Sabatier, 1992

LA GRANDE ENCYCLOPÉDIE DES FÉES, illustré par Roland et Claudine Sabatier, 1996

LES CONTES DU PETIT PEUPLE, illustrés par Roland Sabatier, 1997

LES CONTES DE FÉERIE, illustrés par Roland Sabatier, 1999

CONTES DE SORCIÈRES ET D'OGRESSES, illustrés par Roland Sabatier, 1999

LES CONTES DE CRIMES, 2000 (Folio n° 4885)

LA GRANDE ENCYCLOPÉDIE DES ELFES, illustré par Roland et Claudine Sabatier, 2003

LE JARDIN FÉERIQUE DE CICELY MARY BARKER, 2004

BIDOCHET LE PETIT OGRE, illustré par Roland et Claudine Sabatier, 2005

LA BOTTE SECRÈTE DE BIDOCHET, illustré par Roland et Claudine Sabatier, 2006

LEÇONS D'ELFICOLOGIE, illustré par Roland et Claudine Sabatier, 2006

COMPTINES ASSASSINES, 2008 (Folio n° 5192)

DRAGONS ET CHIMÈRES, illustré par Camille Renversade, 2008

L'INVENTAIRE MONDIAL DES LUTINS, illustré par Roland et Claudine Sabatier, 2010

Composition Bussière.
Impression Maury à Malesherbes,
le 20 janvier 2011.
Dépôt légal : janvier 2011.
Numéro d'imprimeur : 162001.
ISBN 978-2-07-043753-5./Imprimé en France.

178813